Yellow Label

五木寛之セレクション

HIROYUKI ITSUKI SELECTION Ⅲ

異国ロマンス集

東京書籍

HIROYUKI ITSUKI SELECTION Ⅲ

五木寛之セレクション◉目次

装幀　長谷川　理

霧のカレリア

1

列車が動きだした。自動小銃を肩にかけたフィンランドの警備兵が、ホームの端《はし》からこちらを見ていた。列車は彼らの前を、ゆっくりと通過して行った。

駅が見えなくなると、細い白樺《しらかば》の群生した丘にさしかかる。しかし列車はスピードを上げず、低速のまま進みつづけた。その静かなレールの音が、いかにも今、国境地帯を越えつつあるのだという緊迫感を覚えさせた。

次の停車駅は、ソ連領の最初の町、ヴィボルグのはずだった。ヘルシンキ発、レニングラード行きの国際急行列車は、のろのろと、だが確実にフィンランド領を離れて行く。

〈なぜ速度を上げないのだろう？〉

煙草の火をもみ消すと、冬木は窓ガラスを掌でぬぐい、外の風景に目を凝《こ》らした。

貧弱な灌木林《かんぼくりん》と、荒涼たる湿地帯。いたる所に花崗岩《かこうがん》の露出した丘陵が、ゆっくりと窓のむこうを動いていくのが見える。それは、暗く、異様な空白感を感じさせる風景だ。耕地も、家屋も、人影もない。ソ連とフィンランドの間、数キロの無人地帯が、国境線をはさんで続いているのだった。

〈これがカレリアだ――〉

と、冬木は胸の中で呟《つぶや》いた。これがあの誇り高いフィンランド娘アイノと、その家族たちの、失われた土地だった。

冬木は窓際から離れて、靴をぬぎ、寝台に体をよこたえた。目をつぶり、レールの音に耳を傾けながら、彼は帰国してからの仕事のことを考えようとした。だが、うまくいかなかった。頭の中に浮んでくるのは、あの晩、湖の岸で腕の中にとらえたアイノの白く輝く見事な裸身と、その肌ににじんだ淡い血の色だけだった。

「日本人は素晴らしい民族だと思うわ」

と、ぎこちない英語で喋《しゃべ》ったアイノの声が、記憶の影の部分からよみがえってきた。「わたしたちフィンランド人は、どんなにあなたがたの国に親密な友情を感じていることでしょう！」

その声は、冬木が体の奥深く圧《お》しこめてある或るどす黒い意識の表皮に、鋭いナイフのように突き刺さった。やめてくれ！　と彼は声に出さずに呟いた。

〈おれたちは、おれたちの国は、きみの考えているようなそんなしろものじゃない――〉

そしてこみあげてくる苦《にが》い胃液を唇を歪《ゆが》めて耐えながら、冬木はヘルシンキでのこの奇妙な一週間の日々を、再び思い起こそうとしていた。

冬木工芸社の社長、冬木衛《ふゆきまもる》がヘルシンキを訪れたのは、東京オリンピックの翌年の、六月の中旬である。

羽田を発《た》ったのは、二週間前だった。デンマークとスウェーデンを経由して、彼は船でフィンランドへ入国した。ヘルシンキ港に着いたのは、水曜日の午後である。

ベンツのタクシーに乗りこんだ冬木は、聖ヨハネス教会近くのホテルに着くまで、ひどく落着かない気分だった。ずしりと重い黒皮の旅行ケースを、彼は車の中でも膝《ひざ》の上に抱えたまま離さなかった。そのケースの中には、スケッチブックや、沢山《たくさん》のカタログや、三十五ミリフィルムなどが、ぎっしりつまっていた。

それは冬木にとって、貴重な資料だった。彼にとって、というより、冬木工芸社にとって貴重なものである。十数名の社の従業員と、その家族の生活が、そのケースの中身にかかっているのだった。そして、そのことは、とりもなおさず日本の伝統的なあるガラス技法の将来が、そこにかかっていることを意味した。

冬木工芸社は冬木衛が五年前に再建した工芸ガラスのメーカーである。メーカーというより、工房といったほうがいいかもしれない。

従業員は、冬木自身も含めて十三人だけだった。工場とオフィスを兼ねた建物が、東京の大田区にある。冬木衛は、社の代表であると同時に、製品のデザイナーであり、また見習い中のガラスの技術者でもあった。冬木工芸社の前身は、北九州H市の古いガラス問屋、如水館である。如水館はガラス食器や、製品を扱いながら、一方では数人の職人を抱えて、伝統的な筑前《ちくぜん》切子《きりこ》の加工業も行なっている一風変った老舗《しにせ》だった。

冬木衛の祖父、冬木兵造が、民営のガラス工場をH市に設立したのは、明治三十二年である。祖父は、黒田家のお抱えビードロ職人の次男に生れた。十五歳の時に上京して、工部省品川硝子《ガラス》製作所に見習工として入所した。

一応の技術を身につけると、彼は民間の硝子工場にスカウトされた。やがて、ある程度の資金を持って郷里のH市に帰り、ガラス工舎如水館を設立したのである。

「兵造しゃんな変りもんじゃったばい。あげな根性もんは、最近なちょっとおらんごとある」

親戚《しんせき》の老人がそう語るのを、冬木は聞いた憶《おぼ》えがあった。彼が物心ついた頃は、その祖父はもう世を去っていた。

事業をついだのは、冬木の父である。しかし、その時には、民間のガラス企業はほとんど斜陽の一途をたどっていた。冬木の父親は、製造部門を縮小し問屋に転業して、辛うじて如水館を戦後まで持ちこたえたのだった。

「おまえが高校を出るまで如水館を保《も》たせりゃ、そんでわしの勤めは済む。あとは、お前にまかせて、切子いじりでもやるか」

冬木の父親は、高校に進学した冬木にむかって、よくそんな風に言ったものだ。精力的な事業家だった祖父に似ず、父親はひかえ目で無口な商人だった。ただ、その二人に共通していたのは、筑前切子に対する偏執《へんしゅう》的な愛着である。

「ヨーロッパのカットグラスも良か。江戸切子も、薩摩《さつま》切子も良か。ばってん、なんちゅうたって筑前切子がいちばん美しかごとある。久留米がすりに、筑前切子。これぱっかりゃ、よそで真似できるもんじゃなか」

冬木の父親は、少し酒がはいって口がほぐれると、いつもそう言った。それから少年の冬木を相手に、切子の話をはじめるのだった。

薩摩切子とは、薩摩の島津家でつくられたカットグラスである。九州は以前から新しい外国文明との接点だった。長崎に南蛮ガラスの技術が伝わると、その技術はやがて大坂に流れ、さらに江戸に達した。

江戸では、上総《かずさ》屋、加賀屋という二店が有名だった。文房具、酒器、食器、風鈴や簪《かんざし》など、いかにも小粋《こいき》で庶民的な感覚があふれたガラス器が多かった。いわゆる江戸切子である。

いったん東上したガラス技法は、幕末に再び九州に逆輸入された。島津家だけでなく、佐賀の鍋島《なべしま》家、福岡の黒田家などが熱心にガラス器の製造を行なった。

島津家の薩摩切子をはじめ、佐賀、福岡でも、優れた切子がつくられた。それは、九州を訪れたヨーロッパ人を驚嘆させるほど見事なものだったという。だが、九州のガラス工芸の黄金時代は、短いものだった。明治維新以後は、伝統的な切子の技法も、ほとんど失われようとしていた。

冬木の祖父、兵造は、それを残そうと企《くわだ》てたのだった。彼はH市にガラス工舎如水館を設立し、九州各地から昔の切子職人たちを集めたのである。彼は、工業用ガラス器を製造する一方で、古い伝統的な切子を復活させた。その製品が、いわゆる筑前切子である。

冬木の父は創立者の志《こころざし》をついで、問屋に転業した後も、切子の工房だけは守り続けた。

冬木は、その如水館を継ぐ立場だった。二人の兄のうち一人は戦死し、一人は博多の芸者と一緒に行方不明になっていた。

だが、冬木は、どうしても家の仕事に関心が持てなかった。彼は温厚な父親を説得して、強引に東京の美術大学へ進学したのだった。彼は工業デザイナーになるつもりだった。いかにも古くさい切子などより、国際的な視野をもつインダストリアル・デザインの世界にひかれたのである。だが、三年の時、父親が心臓病で急死した。後に残されたのは、母親と、かなりの額にのぼる負債だった。

冬木が父親のコレクションに目を通したのは、初七日を終えた翌日である。

暑い日だった。庭の青桐《あおぎり》の枝で蟬《せみ》が激しく鳴いていた。土蔵の中は、ひんやりと湿った空気が沈んでいた。高窓から真青な七月の空が見えた。

冬木は、木箱から和紙に包まれた切子のいくつかを取り出し、高窓からの光線にかざした。

土蔵の中に一瞬、鋭い光の反射が走った。
その時の痛みに似たショックを、冬木は今でもありありと体の奥によみがえらせることができる。

それは切子の大ぶりな鉢だった。滑らかに磨きあげたクリスタルの曲面に、久留米がすりの地色を思わせる澄んだ紺青《こんじょう》を重ね、円文《えんもん》を出したものである。厚い円文には斜格子が走り、その中に青い星のような小花文が冷たくきらめいている。その冴《さ》えたブルーの色から、単純で、しかし透明な、美しい幻想が水滴のようにしたたり落ちるのを、冬木は見た。それは古く、そして永遠に新しい、切子の傑作の一つだった。

〈親父が愛してたのは、これだったのか〉

彼には、何かがわかったような気がした。祖父が追いかけたもの、父親が守ろうとしたもの、その情熱の対象が、その時、冬木の目にはっきりと見えたのである。

〈おれも切子をやろう〉

と、彼はその日、決めたのだった。

だが、如水館はすでに債権者の手に渡っていた。すべてを清算するためには、父親の残した切子のコレクションを手放すしか途《みち》はなかった。土蔵の中で彼をおどろかせた、あの切子鉢もある外国人に買い取られた。

美術大学を中退した冬木は、それから五年後に、冬木工芸社を設立した。大学時代の同級生だった友人の花田が、冬木の計画を聞いて出資を申し出たのである。花田は関西に本店をおくある大デパートの会長の次男だった。彼は最近の民芸ブームに目をつけて、冬木につくらせた切子を父親のデパートに陳列することを考えたのである。〈民芸ガラス・コーナー〉が、関西のデパートにもうけられ、やがて同系の各都市のデパートにも、冬木工芸社の製品がおかれた。

　最初の数年は売上げも着実に伸びた。当時の民芸家具のリバイバル・ムードに、うまく乗った幸運もあったろう。冬木工芸社は、かつての如水館時代の職人たちを九州から呼びもどして、若手の養成も開始した。冬木は九州の切子技術の伝統を、もう一度、現代の感覚で受け継ごうという野心に燃えていた。如水館は、東京の一角に復活したかに見えた。かつての封建諸侯にかわるパトロンは、巨大なデパートの系列だった。

　だが、冬木工芸社の危機は、思わぬことに、その保護者からやってきたのである。

　今年の四月の半《なか》ばをすぎた頃、冬木工芸社の出資者である花田が、自分で車を運転して工場へ姿を見せた。花田は大学を出ると、すぐ父親のデパートに入社し、現在は企画室で課長のポストについていた。

　その日、花田が持ってきたのは、意外な話だった。彼のデパートの〈民芸ガラス・コーナー〉を廃止するというのである。

「民芸ブームはもう終ったんだ」

と、彼は言った。「ガラス器も、これからは舶来品ブームになるだろう。もう、切子の時代じゃない。うちの店にもイタリアのヴェニーニから提携の申し入れが来てるんだよ」

「ヴェニーニが――」

「ああ。洋服のカルダンと同じように、イタリアン・ガラス・コーナーを作ろうというんだ」

デパートへの納品を中止したら、冬木工芸社はやっていけない。それは、はっきりしていた。

冬木は、それを花田に言った。

「わかっているさ」

と、花田は肥った顔に微笑をうかべて答えた。

「この会社には、この五年間で大分もうけさせてもらったからな。このへんでしばらく休業したらどうだろう」

冗談じゃない、と冬木は笑った。だが、花田は笑わなかった。その顔を見て冬木は言った。

「この社はつぶせない。やっと薩摩切子に負けない良いものが出来る自信がついたんだ。五年かかって育てた切子職人も、どうやら物になりかけたところなんだぜ。今さら――」

「これは事業なんだ。それを忘れないでもらいたいな」

どんなことでもやる、何か社を潰《つぶ》さずに仕事を続ける方法はないだろうか、と冬木は言った。とに角、ここで引退《ひきさが》ったら、おしまいだ、ほそぼそとやっている江戸切子はともかく、九州の、あの見事な切子の伝統はすっかり絶ち切れてしまうだろう。

「どんなことでもやる、と言ったな」

「ああ、言ったとも」

「よし――」

と花田は、一呼吸おいて、冬木の顔をじっと見つめると、

「北欧ガラス器のコピーはどうだ」

「コピー？」

そうだ、と花田はうなずいた。

「コピーだ。はっきり言えば、デザインの盗用だがね。冬木工芸とは別にもう一つ会社を作る。そこの社で北欧ガラス器と同じものをどんどん作る。冬木工芸は、その社から加工を委託されるだけだ。もし万一、盗用問題が起こっても、発注した会社は潰してしまえばいい。どうかね？」

冬木は黙っていた。

どうかね？　と花田が重ねてきいた。

「帰ってくれ」

と、冬木は言った。「それだけはいやだ」

「そうか」

花田は、目をあげてガラス工場のほうを眺めた。そこには小型の坩堝《るつぼ》があり、若い職人が数

人、上半身裸体で働いていた。坩堝の胴体の小窓から、オレンジ色の鮮《あざや》かな火の色が見えた。

「あの火が消えてもか？」

「――――」

「引受けてくれれば、切子も買っていい」

「馬鹿な」

「考えが変ったら電話をくれ」

と、花田は言い、派手なメガホン・マフラーの音を撒《ま》きちらして帰って行ったのだ。

その日から三日目に、デパートから正式に納品不要の連絡が届いた。一週間たつと、残品が返ってきた。冬木は新しい販路を求めて、東京中を走り回った。だが、彼の努力はすべて空《むな》しかった。道は二つしかなかった。良心に従って筑前切子の技法を消滅させるか、手を汚してでもそれを守るかだ。問題はそれだけではない。従業員と、その家族の生活を守る責任が、彼にはあった。

二週間目に冬木は花田の自宅のダイヤルを回した。彼はデパートの要求するコピーの仕事を引受けたのだった。彼に考えられる手段は、それしかなかった。

そして、その日からひと月ほどたった今、冬木衛はヘルシンキの街をタクシーで走っていた。彼の膝の上の旅行ケースには、スウェーデンで集めたガラス器の資料が、ぎっしりつまっていた。

今度の旅行の最終の目的は、この国である。スカンジナヴィア半島の最北端に位置するフィンランドは、現代ガラス・デザインの宝庫のようなものだ。彼はそのコピーをとるために、東京からやってきたのだ。

2

ホテルは、煉瓦《れんが》造りの簡素な四階建ての建物だった。ラーネティス・ホスピッツと、小さな看板が入口にかかっているだけである。

ボーイも、制服のクラークもいなかった。恐らく学生たちの泊る青年ホテルなのだろう。花模様プリントのワンピースを着た、品の良い老婦人が窓口に坐っていた。眼鏡をかけた老婦人は、片言の英語を喋《しゃべ》った。優雅に微笑しながら、彼に部屋の鍵《かぎ》を渡し、エレベーターを指さして言った。

「日本からいらっしゃったんですね。遠い所からようこそ」

「ありがとう」

と冬木は答えた。老婦人は、若い娘のようにぽっと頬を赤らめて、

「このホテルに日本の方が泊られるのは、あなたがはじめてですよ」

「そうですか」

「亡くなった主人は、ゼネラル・トーゴーを大変尊敬しておりましたの」

「ゼネラル・トーゴー？」

ロシアとの戦いでバルチック艦隊を破った提督です、と婦人は目を伏せてつけ加えた。「あの海戦がきっかけでツァーが倒れ、フィンランドはロシアから独立できたのだ、と夫が申しておりましたが――」

「はあ」

部屋は三階だった。荷物を整理し、腕時計を見ると八時を過ぎていた。ホテルの夕食の時間は五時から七時半までとなっている。外に食事をしに出かけることにした。

ひげを剃《そ》り、髪をととのえると、すっきりした気分になった。旅行者の間に流行しているスタイルを真《ま》似《ね》て、厚手のスポーツシャツの上に丸首のスウェーターを重ねて着る。少し寒そうなので、フラノのズボンにした。夏とはいえ、北欧の一番北の都だ。薄い芝草色のドッグ・シューズをはいて、冬木はヘルシンキの街へ出て行った。

地図を片手に、石畳みの坂道を降りて行った。〈北の白都〉といわれるだけあって、ヘルシンキは美しい街だった。マンネルヘイミ大通りを右へ折れると、見事な緑地帯が続いている。エスプラナーディ公園だろう。その近くの軽食堂にはいって、夕食を取った。

食事をすませて少し歩き、有名なストックマン百貨店の裏手の喫茶店にはいった。それは小さなカフェだった。ドアを開けると、強烈なジューク・ボックスの音楽がぶつかってきた。冬木はリズムの波をくぐり抜けるように、店内にふみこみ、入口に近いテーブルに坐った。奥の方の席に陣どっている少年たちのグループが、いっせいに冬木を眺めた。十六、七歳前後の連中だろう、と彼は思った。グループの中には、二人の少女が加わっている。どの顔もいちご色に紅潮していた。

〈酒を飲んでるな――〉

青い横縞のシャツを着た、ほっそりした女の子が、アメリカ煙草の箱を器用にはじいて一本抜き出してみせると、顔中そばかすだらけの痩《や》せた少年が間髪を入れずライターを器用に抜き撃ちの恰好《かっこう》で点火した。

もう一人の少女は、派手な顔立ちをしていた。肩幅が広く、柔らかな体つきで、ぴっちりしたスウェーターを見事な胸が押しあげている。アイラインを強くくまどった、挑発的な美少女だった。

コーヒーをすすっている冬木に、時おり素早い視線を投げかけながら、連中は何事か相談しているように見えた。カウンターの中から、店の主人が、そのグループを気難《きむずか》しい顔で眺めていた。

ほっそりした縞シャツの少女が立ち上った。細いGパンの尻を左右に振りながら、冬木のテーブルへやってきた。

「あなたベトナム人？」

と、その少女は一応うまい英語できいた。冬木は黙って首を振った。では、中国人か？　と彼女は質問をくり返した。ジューク・ボックスの音が小さくなった。少年たちのグループは、体を乗り出して少女と冬木の対話を見つめている。

「じゃあ、どこの国？」

「日本人だよ」

と、冬木が言った。少年たちがわっと歓声をあげた。手を叩いたり、スプーンでコップを鳴らしたり大騒ぎだ。大柄な美少女が、得意そうに髪をゆすって胸をそらせた。縞シャツの少女は、口惜《くや》しそうに固く唇をかみしめた。そして冬木に突っかかるような声で、

「じゃ、わたしの負けだわ」

そしてGパンのポケットに両手を突っこんで、少年たちの席へもどって行った。彼女がしわくちゃの五マルカ札を一枚、大柄な美少女の前に投げ出すのを冬木は見た。

〈おれが日本人かどうかで賭《か》けたんだな〉

と、冬木は思った。〈あの縞シャツの女の子が負けたらしい。強情そうな子だ〉

冬木はコーヒーのお代りをして、それとなく連中の様子をうかがっていた。負けた少女は、目をキラキラ光らせて、何事か大柄な美少女に提案している様子だった。大柄な娘は自信たっ

ぷりの笑顔でそれをあしらっている。

そばかすだらけの痩せた男の子が、真剣な顔で、縞シャツの少女を止めようとしているらしい。縞シャツの少女は、その男の子に激しい調子で食ってかかっている。

美しい大柄な少女が、ちらと冬木のほうを盗み見た。それから彼女は、縞シャツの少女の前に肉付きのいい腕を差出した。縞シャツの女の子も手を出した。二人はうなずきあって、テーブルの上で握手をした。まわりの少年たちが、どっと歓声をあげた。何かまた新しい賭けが成立したのだろう。

そばかすだらけの痩せた男の子が、顔を真赤《まつか》にして、憤然と起《た》ちあがった。彼はコカ・コーラの空びんを床に叩きつけて、一人だけ店を出て行った。大柄の美少女が、その背中へからかうような声を投げる。皆が大声で笑った。

縞シャツの少女がこちらへやってきた。全員の好奇心に輝く目が冬木をみつめた。

「こんどは何だい？」

と冬木は英語で言った。「こっちの年でも当てようというんだろう」

「まあね」

「手間をはぶいて自己紹介しておこう。年は三十二歳、独身、住所は東京、登山と酒を少しやる。職業は――ひょっとすると泥棒かもしれんよ。こんなところでどうかね？」

相手は顎《あご》をつんと突き出したまま、何も答えなかった。ちょっと風変りな顔で、決して美人とは言えない。だが独特の魅力のある表情が、見る者に強い印象をあたえる——そんな顔だった。冬木は、その少女に一種の関心を抱きはじめていた。

「坐っていい？」

と、彼女は言った。冬木がうなずくと、少女は小動物のような素早い動作で、椅子に細い腰をすべらせた。煙草を抜き出して、冬木に火を催促する。

「この耳、見て」

と、彼女は冬木の前に横顔をつき出して言った。薄い耳たぶに穴をあけて、金色のイアリングを通している。

「これ、自分であけたのよ。氷で冷やしておいて、ミシン針を突き刺すの」

「耳より、鼻にあけたほうが似合ったかもしれんなあ」

軽い冗談のつもりだった。だが、それは相手をひどく怒らせたらしかった。少女の指にはさまれた煙草の火が、跳《は》ねるように冬木の顔に飛んできた。

「何をする！」

煙草の火は、無意識にかばった冬木の腕に当って火の粉をちらし、コーヒー茶碗の中へジュッと音を立てて落ちた。

「無茶なことをするなよ」

と、冬木は言った。腹が立つより、驚きのほうが強かった。異常なほどにエキセントリックな少女の反応に、何か鋭い新鮮さを感じたのだった。

少女は野兎のように歯を見せて、声を立てずに笑った。冬木が本気で怒らなかったことで、すっかり気をゆるした微笑だった。

「わたし、お願いがあるんだけど――」

ぼくにできることなら、と冬木は言った。

「いっしょに出てちょうだい」

と、彼女は席をたち、冬木に手を差出した。冬木は、少年や少女たちの好奇心に満ちた視線と囁《ささや》きを背中に感じながら、少女と連れだってその店を出た。

3

少女はGパンのポケットに両手を突っこんで、すたすたと先に立って歩いて行った。

「どこへ行くんだい？」

「あなたのホテルはどこ？」

冬木はホテルの名前を告げた。

「知ってるわ、それ。安いホテルだけど良い部屋があるのよ。そこへ行きましょう」

旅行者が女の子を連れこむのはまずいと思う、と冬木は言った。

「平気よ、そんなこと。わたしは何度もあのホテルに行ったことがあるわ。アメリカの学生を訪ねたの。眼鏡をかけた未亡人がいるでしょう。何にも言われなかったわよ」

すでに十時ちかかった。これが白夜というのだろうか、通りには淡い陽ざしがさしていて、晩秋の午後のような具合だった。

すれちがう人びとは、最初、驚いたように冬木と少女を眺め、それから気持ちの良い微笑を投げかけた。少女の知合いなのかふり返って手を振る老人もいた。フィンランドの親日的な傾向については、冬木も友人から聞いて知ってはいた。だが、それはやはり彼にとって、一種の驚きだった。通りを走っている小型車の中に、日本製の車が多いことに冬木は気づいた。商店のショー・ウィンドウには日本製のカメラ、ラジオ、小型テレビなどが、凝ったディスプレイで陳列されている。〈クラブ・ミカド〉などという店の看板も目についた。

ホテルの入口で、冬木は少しちゅうちょした。だが、少女は窓口の老婦人に何かフィンランド語で冗談を投げかけ、さっさとエレベーターの所へ歩いて行った。

「早くいらっしゃいよ」

と、彼女はじれったそうに手招きした。

部屋にはいると、少女は自分でドアの鍵をおろした。ビートルズのナンバーを口ずさみながら、弾《はず》むようにベッドの上にとび乗った。そして、大きく背伸びするような恰好で一気に縞のシャツを脱ぎすてた。

冬木は窓際の椅子に腰をおろして、少女の動作をじっと眺めていた。いまさら少女の細い裸の背中を見て興奮するような年頃でもなかった。それに、頭の隅にこびりついているあるいやな意識が、冬木の欲望を圧《お》さえつけていた。それは、自分はこの国へ何かを盗みにやって来たのだ、という劣等感だった。

「ねえ、こっちへこない？」

少女は安っぽい映画のシナリオ通りのせりふで彼を誘った。彼女は何ひとつ体につけていなかった。蒼白《あおじろ》く、細い裸の胸に、わずかなふくらみと淡紅色の尖《とが》った乳首があった。両膝《りょうひざ》をそろえてまっすぐ伸ばした脚の合わせ目に、栗色の優しい翳《かげ》りを冬木は見た。

「どうしたの？　わたしが嫌い？」

「そうじゃない」

と、冬木は椅子から立ち上って言った。「ぼくは駄目なんだ。さあ、シャツを着たまえ」

「どうして駄目なの？」

と少女は体をおこして、詰問するような口調できいた。

「——じゃ、あなたはホモ？」

そうじゃない、と冬木は言い、Ｇパンを拾って少女の白い腹の上に投げた。

男と女が寝るためには、ある気分がいるんだ、と彼は説明した。「ぼくは今その気分が乗らないだけなんだよ」

「わかってるわ」

と、少女は敵意のある硬い声で言った。冬木は慌てて身構えた。さっき煙草の火を押しつけられた時のことを思いだしたのだ。

「わかってるわ」

と、彼女はくり返した。「わたしは美人じゃないもの。体だってこんなに貧弱だし――」

「そうじゃないんだ」

「わたしには魅力がないのよ。そうよ。そうなんだわ」

少女は顔を歪《ゆが》めて、不意に泣きだした。「みんな黙ってても、心の中じゃわたしを軽蔑してるんだわ。ママはいつも言ってたわ。姉さんはあんなに綺麗《きれい》だのに、この子はどうしてこう醜いんだろうって――」

「ちがうんだ」

と、冬木は少女の裸の背中をなでながら囁いた。

「きみは魅力があるとも。嘘じゃない。最初に見た時から、ぼくはきみが素敵だと思ったんだ。東京にきみみたいな子がいたら、ぼくはとっくに結婚してるぜ。本当のことを言おう。ぼくは今、病気であれができなくなってるんだよ。もしできたら、きみがいやだと言ってもやっちまうさ。本当だとも」

「それ本当？　信じていい？」

「嘘じゃない」

そう、それじゃいいわ、と少女は少し機嫌を直して言った。

「じゃ、そのかわりにここにキスをして」

冬木は腰をかがめて、少女の乳房の下に唇をつけた。甘い、かすかな体臭がした。

それじゃ駄目、もっと強く、と彼女は言った。

「いちご《ストロベリー》のキスをしてちょうだい」

「いちご《ストロベリー》のキス？」

はっきりとキスの跡を体に残して欲しい、と少女は真面目《まじめ》な顔で言った。「でなきゃ、連中が承知しないもの」

「なるほど。ぼくと寝てみせる、という賭けだったんだな」

「ええ。あの日本人を誘惑してみせるって友達に約束したの」

「よし。そんな悪い賭けをたくらんだ罰に、一生消えないキスをしてやろう」

はじけるように笑って身をよじらせる少女の体を押さえつけて、冬木は少女の滑らかなわき腹に、強く唇を当てた。

その時、不意にドアをたたく強い音がきこえた。冬木は縞のシャツを少女に渡し、立ち上ってドアを少しだけ開けた。目の前に、一人の若い女が立っていた。背の高い厳しい顔つきの娘だった。その背後にさっき喫茶店で見かけた、そばかすだらけの痩せた少年がいた。一人だけ、怒って店を出て行った男の子である。

「妹を返して下さいな」

と、若い女は激しい口調で、叩きつけるように言った。彼女の英語は、アメリカ風の甘ったるい発音でなく、冬木にもよく解るはっきりした英語だった。

「わたしの名は、アイノ・コスチアイネンといいます。フィンランド放送に勤めているものです。わたしの妹が、この部屋にいるはずです。連れて帰らせてください」

「わかりました。少し待ってくれませんか」

冬木はそう言ってドアを閉めようとした。だが、アイノという若い女は、強い力でドアを開け、冬木を押しのけて部屋の中へはいってきた。

少女は、縞のシャツをマフラーのように首に巻いたまま、平然とこちらを見ていた。裸のままベッドに腰かけ、煙草をくわえて脚をぶらぶらさせている。

若い女は一瞬、息をのんで体を硬くしたようだった。厳しく咎《とが》める目つきで冬木を振り返った。そして妹に近づくと、少女が唇にくわえていた煙草を、激しく手で叩き落した。それから彼女は、頬を紅潮させて鋭い声で何かを命じた。

少女は床に落ちている煙草を拾いあげると、けたたましく笑いながらGパンと縞シャツを身につけた。若い女は顎《あご》をしゃくって少女を廊下に追い出した。それから冬木の前にやってきて、教科書風の英語で言った。

「わたしはこれまで日本と日本人を、とても尊敬していました。でも、これからは考えを変えるつもりです」

冬木は黙って、その女の顔をみつめた。暗くくぼんだ大きな目の輝きを、彼は美しいと思った。無造作にうしろへ束ねた髪も、地味なテーラードのスーツも、かかとの低い靴も、意志的で彫りの深い彼女の顔にぴったりだった。きっと結んだ唇の下に、小さなくぼみが出来ていた。

「あなたは、あの子をいくつだとお考えですの？」
十七、八歳くらいだと思う、と冬木は答えた。
「妹は十四歳です」

と、彼女は言った。そして、音を立ててドアをしめると、廊下にしっかりした足音を響かせて帰って行った。

冬木はドアに鍵をかけ、窓のカーテンを引いてベッドに横になった。

「十四歳か――」

毛布に、あの奇妙な少女の甘いかすかな体臭が残っているのを、冬木はかいだ。

4

次の日、冬木はペンカメラとメモ帳を片手に、朝からあちこち動き回った。フィニッシュ・デザインセンターや、世界的に有名なアラビア製陶社へも足を運んだ。

フィンランド最大の企業体、ヴェルツィ・コンツェルンに属するアラビア製陶社は、さっと見て回るだけにとどめた。その会社は常に一流の芸術家を集め、マスプロでは考えられない見事な作品を外国に送り出している。それだけに、デザインの独創性《オリジナリティ》の保護には神経質になっていた。日本のメーカーは、これまでに何度も外国の企業とデザイン盗用のトラブルを起こしていたからである。冬木はそれを知っていたので敬遠したのだった。公共のコレクションも同様だ。

だが、ヘルシンキの街には、冬木があっと目を見張るような新鮮なデザインが、どこにでも転がっていた。個人商店のウィンドウにも、百貨店の実用品売場にも、それはあった。デザインの美に素直に反応する感覚さえ持ちあわせていれば、ヘルシンキの街は工芸の花が咲き乱れる高山のお花畠《ばたけ》のようなものだった。

冬木はその日、一生忘れることができないだろうほどの沢山のガラス器を見た。それは、北欧ガラス芸術の豪奢《ごうしゃ》な饗宴《きょうえん》だった。中でも冬木の心に震えるような感動をあたえたのは、若くして死んだ女流、グンネル・ナイマンの作品である。

水のように透明なガラスに気泡を浮かせた花瓶《かびん》があった。それから、きらめくガラス・メタルの線を描いたカット・クリスタルの皿があった。一九五一年にトリエンナーレで金メダルを受けているこの作家の、五〇年代初期のものには、抽象の限界から一歩を踏み出そうとするスリリングな迫力さえ感じられた。

ヘレナ・タイネル、カイ・フランク、アルツ・ブルマー、ヘイリイ・エリクソン――。

冬木は、それらの優れたアーチストたちの創りだしたガラスの花に囲まれて、複雑な混乱におちいった。

〈この国のガラス芸術はすばらしい。だが、おれたちの国にも、おれたちのガラス芸術はある。それは切子だ。おれは切子を守り、その土台の上に、おれたちのガラス技法を創りあげてみたい。だが、そのために、他国のデザインを盗むというのは、一体どういうことなんだ？〉

その日の夕方、冬木はホテルに帰る途中の路地の角で、思わず立ち止った。彼は、そのひっそりと目立たぬ小さな店のウィンドウに、恐ろしいほど美しいものを見たのだった。

それは、いくつかのガラスの食器や灰皿、花瓶や水差しなどを飾った陳列棚だった。やや青味がかった照明の中で、それらのガラス器たちは、ひっそりと静まり返っている。冬木は、そのウィンドウの中に、無音の美しい音楽を聞いた、と感じた。彼はためらわずに、その店のドアを押した。

店の中には誰もいなかった。ラジオからシベリウスの聞きおぼえのあるメロディーが流れていた。冬木は、店内の中央に置かれた大型のケースに引きつけられた。その中には、彼が探していた本当のガラス器が輝いていた。

氷の塊《かたまり》を地面に叩きつけ、その一片をそっと拾いあげたようなカット・グラスがある。冬の朝、窓の外に無数にたれ下って朝日を反射しているツララのようなデザインもある。ガラスの気泡を生かしたタピオ・ピルカラ風の作品もあり、ティーモ・サルパネバを思わせるタンブラーもあった。だが、それら有名なデザイナーの作品より、更に自然な何かが感じられる。一つのガラス器を指ではじけば、冷たく澄んだ音楽が一斉に起こりそうな感じだった。

「何かお見せしましょうか？」

と、彼の背後で英語の声がした。ふり返った冬木が、あっと声をあげるより早く、相手が口に手を当てて驚きの表情を見せた。それは、昨夜、冬木の部屋で彼に厳しい非難を浴びせかけた、あのアイノという姉娘だった。

「ゆうべはどうも」

と、冬木は英語で言った。

「妹さんが十四歳だと知ってたら、ぼくもあんな軽率な真似はしなかったはずですが。いずれにしても、感心したことじゃない。改めてあやまります」

「いいえ」

と、相手は首を振った。

「あなただけの責任じゃありません。昨夜、妹に何もかも白状させました。ご迷惑をおかけしたのは、妹のほうです。あんな馬鹿な賭けをするなんて」

昨夜自分が言った言葉は忘れてくれ、と彼女は言った。そして、文法通りの英語で、何かとても気に入ったように見うけられたが、とガラス・ケースへ目くばせした。

あれは誰の作品か、と冬木はたずねた。

「誰というほど有名な作家のものではありません。ありふれた街の小さなスタジオで作られたものですわ」

見事なデザインだと思う、と冬木は苦心して自分の受けた印象を語った。彼女はその暗くくぼんだ鳶《とび》色の美しい目で彼をみつめ、大きく何度もうなずいた。冬木が口を閉じると、彼女は微笑して話しだした。

「ほめていただいて、とても嬉しいわ。あなたは、ガラスの言葉がおわかりになるのね」

自分の国のことを、彼女はフィンランドと呼ばずに〈スオミ〉と呼んだ。スオミは貧しい国です、と彼女は言った。

「それに、厳しい冬と暗い夜が一年の大半を占める国なんです。ですから、わたしたちは生活の長い時間を室内で過ごさねばなりません。その中で暗い冬と夜を送るわたしたちには、室内は第二の自然なんですわ。ですから、食器や家具は、いわばわたしたちの花や森のようなものなのです」

彼女の考え考え喋る言葉に、冬木はある感動を覚えた。彼はスモークドガラスのすみれ色の水差しを一つ買い、それを包んでもらった。

「あなたは昨夜、フィンランド放送局に勤めていると言いましたね」

「ええ。夜の七時から十一時まで」

と、彼女は店のカーテンを閉めながら答えた。昼間はこの店で売子として働き、夜はラジオ局でアシスタントを勤めている、と説明した。

「どうしてです？」

どうして？　と、彼女は目を見張った。

「働かなければならないからです。生きて行くためにはお金がいりますもの」

六時を少し過ぎていた。冬木は一緒に夕食をして、それから放送局へ送ろう、と彼女を誘った。

「いいわ」

彼女は素直に承知した。そして店の前で待っててくれ、と彼に言った。

坂道の舗道で彼女を待ちながら、冬木は少年のような胸のときめきを覚えた。彼はその時、自分がこの国へデザインを盗みにやって来た人間だということを、ほとんど忘れようとしていた。

5

その日、ホテルに帰ってから、冬木は長い間、思いがけない夕方の一時間のことを思い返していた。アイノと一緒に食事をし、ニッセンという明るいカフェでコーヒーを飲んだのだ。それから、時間ぎりぎりに彼女を放送局まで送ったのだった。

ニッセンでアイノが本気で怒った時の表情を、彼は思い出した。軽いお世辞のつもりで、君はスウェーデンの娘みたいだ、と言った時である。

「わたしはスウェーデンの娘じゃないわ！　スオミの娘よ」

互いに国境を接しあっている二つの国の間に、どんな相違があるかということに冬木は気づいていなかったのだ。アイノが北欧の強国、スウェーデンとその国民に対して、強い抵抗感を抱いていることを冬木は知ったのだ。北欧諸国とひとくちに言われるスカンジナヴィア四ヵ国が、それぞれ利害の異なった外国同士であることを、アイノは語ったのだった。

「わたしたちの貧しい祖国《プアー・カントリイ》——」

と、彼女はフィンランドのことを呼ぶのである。「スオミは、ごらんの通り森と湖だけの小さな国よ。ノルウェーみたいに大きな海運や漁業もないし、スウェーデンみたいに豊富な資源や近代工業もないわ。耕地はせまく、気候は厳しく、おまけに人口も少ない。その上、スオミは最近まで長い間帝政ロシアとスウェーデン王国に支配されて苦しみ続けてきたんです。くり返された戦争が、ローラーみたいに国土の上を行ったり来たりしたの。ロシアとスウェーデンにはさまれたミートボールがフィンランドよ。歴史の本を読むだけで心臓が苦しくなるわ」

あなたの国の近くの半島国家は何と言ったか、とアイノはきいた。朝鮮のことかな、と冬木は首をかしげた。

そう、朝鮮——と彼女はうなずき、大きな溜《た》め息をついた。「フィンランドは北欧の朝鮮だとあるジャーナリストが教えてくれたわ。あちらは中国の隣り、こちらはロシアとスウェーデンの間——」

「美しき愛国者《パトリオート》よ。スオミのジャンヌよ」

と、冬木は笑いながら彼女をからかった。

「そうよ。わたしはこの貧しい国を何よりも愛してるんだわ。あなたが日本を愛しているように。そうでしょう?」

冬木はただあいまいにうなずいただけだった。それは何となく居心地の悪い念の押されかただった。冬木は、これまで一度もアイノのように熱っぽく自分の国への愛情を語った記憶がなかったからである。

〈おれは日本と自分の関係を本気で考えたことがあっただろうか?〉

と冬木は自分にたずねてみた。だが、それはきわめて困難な問題のように感じられた。彼は考えるのをやめた。

次の日の午後、冬木は再びアイノの店をおとずれた。そして、細かな気泡が霜降りのように輝いている花瓶を買った。

それから前日と同じように彼女を誘った。アイノは黙ってうなずいた。夕方、店を閉めると一緒に軽食堂で食事をし、ニッセンで喋って、市電で放送局まで送った。

三度目に彼がアイノの店へ顔を出した時、彼女は冬木を押し出しながら素早く囁いた。

「もう何も買う必要はないわ。夕方五時半に電話をして」

その日、コーヒーを飲みながら、アイノは冬木に、あと何日ヘルシンキに滞在できるのか、ときいた。三日後にソ連経由で帰国する予定だ、と彼は答えた。

「明日は土曜日でわたしはお休みよ」

と、アイノは言った。「あなたと一日ゆっくり過したいわ。あなたさえよければ、わたしたちのアパートへいらっしゃらない？」

よろこんで、と冬木は答えた。「きみの、あの風変りな妹さんにも会ってみたいもんだ」

「かわいそうな妹――」

と、アイノはぽつりと言った。わたしにはあの子たちの世代の気持ちがわからない、と彼女は鳶色の目を伏せて呟いた。

「あの子たちはアメリカの夢ばかり見てるんだわ。アメリカ映画、アメリカ音楽、アメリカ煙草、そしてアメリカ風の英語。自分がアメリカの黒人に生れなかったことを口惜しがってるのよ。Gパンをはいて、コカ・コーラを飲んで、オートバイを走らせる。スオミの誇りも、この国の文化を尊敬する気持ちも、何もかも失《な》くしてしまってるみたい。彼らはもう、シベリウスの音楽にさえ関心を持たない世代なんだわ」

きみはいくつなんだ、と冬木はたずねた。二十五歳だ、とアイノは答えた。

「そんなに若いのに、どうしてきみはそう年寄りみたいに心配ばかりするんだい。まるでフィンランドの運命を一人でせおってるみたいだぜ」

「あなたにはわからないでしょうね」

アイノは遠くを見るような目つきで小さく呟いた。

「あなたの家族は、何語を話すの？」

「もちろん日本語さ」

「わたしの祖母はロシア語とフィンランド語を話すわ。父はロシア語とドイツ語と、フィンランド語。わたしは英語とスウェーデン語とフィンランド語を、そして妹は、アメリカ語とスウェーデン語とフィンランド語を喋るの。わたしたちは母国語以外に、その時代の支配者の言葉を覚えなければ生きて行けなかった民族よ」

6

土曜の午前中に冬木はアイノの家をたずねた。街はずれにあるそのアパートは、かなり古い建物だった。

ドアをノックすると、いつかのアイノの妹が顔を出した。ハロー、と彼女は白い歯をみせて笑った。今日はちゃんとドレスを着ていて、薄く口紅を塗っていた。彼女に案内されて客間に通された。

アイノがはいってきた。彼女はいつもと少しちがっていた。栗色の髪をほどいて背中に波うたせ、くっきりとアイラインを引いている。手首に木彫りの腕輪をはめ、薄いピンクの袖なしのジャージイを着ていた。

「ようこそ」

と、彼女は綺麗《きれい》な笑顔を見せて手を差出した。

「わたしの家族をご紹介するわ」

扉を開けて、車椅子に乗った体格の良い銀髪の男が現われた。わたしの父だ、とアイノが紹介した。その男は、両手で冬木の手を握り、フィンランド語で何か喋った。

「日本はスオミの独立を助けた、わたしたちはそれを忘れない、と言ってるんです」

父は二度、ソ連軍と戦ったのだ、とアイノは説明した。第二次大戦の対ソ戦で両脚を失ったが、相変らず口だけは達者だ、でもママが二年前に死んでからはめっきりおとなしくなったけど、と彼女は言った。

大国に隣り合った小国は、必ず悲惨な運命にみまわれる。ただ日本だけが、中国にも、ロシアにも支配されなかった。日本は、われわれ小国の民族を力づける一つの希望だ——そんなことをアイノの父親は冬木に言った。冬木は通訳するアイノの顔から目をそらして、じっと床をみつめていた。酸っぱい胃液がこみあげてきて、やり切れない気分だった。

冬木をまじえて、四人で昼食を取った。野菜の数も少なく、肉もそれほど上等のものではなかった。だが、彼女たちにとって、今日はかなり贅沢《ぜいたく》な食事を用意してくれたのだということが冬木にはわかった。

食事が済むと、父親は冬木の手を何度も握って隣室へ消えた。

「あんな体で父は働いているのよ」

と、アイノが言った。「部屋に木工の機械を取りつけて家庭用品を作ってるの」

北欧は社会保障が発達してると聞いていたが、と冬木はたずねた。

「父は変ってるの。スオミは貧しい国だ、手が一本でも残ってる間は、国の世話にはなれないってがんばるのよ。戦傷軍人の年金もそっくり返してしまうんだわ」

フィンランドがそんなに貧しい国だとは信じられないがね、と冬木は言った。彼の先入観では、北欧は全く生活の不安がない理想的な先進国のはずだった。

アイノはコーヒーを入れて冬木にすすめた。そして、例のゆっくりした調子で語りだした。

「第二次大戦の時フィンランドはドイツと組んでソ連と戦ったわ。なぜかって訳は簡単には言えないけど、それなりの理由はあったの。そして敗《ま》けた。沢山の若者が死に、父のような障害者が百人に一人の割で出たのよ。敗戦の後に残ったのは、三億ドルの賠償金の支払いと、国土の割譲《かつじょう》だったの。ひとにぎりのフィンランド人が戦後八年かかって必死でそれを払ったんだわ。いったい、この貧しい小さな国に何があって？　でも、国民は歯を食いしばってそれに耐えた。最後の賠償船がヘルシンキ港からソ連へ出て行った時、それを見送ってある人びとは泣いたそうよ。これでスオミは自由になった、ってね。でも、それだけじゃなかった。ソ連とフィンランドの国境地帯、そこはカレリアという土地よ。その地方は戦争に敗けたために、ソ連側に割譲されたの。カレリア地方には沢山のフィンランド人が住んでいた。彼らは、自分の国を選ぶことを迫られたわ。このままカレリアに止《とどま》ってソ連人になるか、それとも先祖伝来の土地を捨て、フィンランド人として引揚げて行くか。ソ連を選んで止れば、土地も資産も家も、みんな守れたわけよ。だけど、結果ははっきりしていた。カレリアの人びとは一人残らず祖国を選んだの。彼らは全てを捨て、裸でフィンランドへ引揚げてきたんだわ」

その時、わたしはまだこんなに小さかった、とアイノは手をのばして見せた。

「きみたちはカレリアからやってきたのか」

「ええ。わたしたちはカレリアの人間よ」

アイノの鳶色の目が強い光をおびて輝いた。

「カレリア——。それはフィンランド民族の魂の土地だわ。民族詩カレワラが歌われた伝説の地よ。シベリウスの音楽はカレリアへの愛からうまれた。霧と沼、白樺と岩肌、冷たく暗い北の国だわ。でも、そこが本当のわたしたちの故郷なの。わたしたちは二千年も前からカレリアに生きてきたのよ」

アイノの妹が、ラジオのダイヤルを回した。エレキ・ギターのコーラスが流れだした。

「ザ・サウンズ、知ってる?」

と、アイノの妹がきいた。知らない、と冬木は答えた。フィンランドで最高のエレキ・グループだ、と彼女は説明した。アイノが台所へ立ったすきに、彼女は冬木の耳に口をつけて囁いた。

「こないだ言ったこと、あれ本当？」

「本当だとも」

「アイノのこと好きなんでしょう。でも、病気であれがやれないんじゃ、お気の毒ね」

「ぼくはきみが好きなんだぜ」

「本当？　誓う？」

「もちろん」

うなずいて彼女の目を見た時、冬木はどきりとした。何か異常なほどつきつめた目の色を、そこに見たからだった。

「信じるわ」

と、彼女は中年女のようなかすれた声で言い、ドアを開けて出て行った。

7

その日の夕方、冬木とアイノは街のレストランで、かなり豪華な食事をした。その後で、シベリウス公園へ散歩に行った。人影のない白い道を歩きながら、アイノはさりげなく体を寄せてきた。

「サウナに行かない？」

と、彼女が不意に立ち止って言った。「友達のサウナ小屋が空いてるのよ。郊外だけど自転車で行けばすぐだわ」

いったん彼女のアパートに引返し、二台のサイクリング・ツアー車で二人は出発した。

サウナ小屋は、人気《ひとけ》のない小さな湖のそばにあった。裸の木を組合わせた、物置みたいな小屋だ。

「しばらく散歩でもしていらっしゃいな」

と、アイノが自転車を倒しながら陽気な声で叫んだ。「温度が上ったら呼んであげるわ」

小屋のうしろで火を燃やす気持ちの良い音が夜の湖面に響きだした。四角い煉瓦の煙突から白い煙が勢いよく立ち昇った。しばらくすると、アイノの呼ぶ声がきこえてきた。

「さあ、着物を脱いで！」

と、彼女は命令した。冬木は裸になり、重い木の扉を押して小屋の内部へ踏みこんだ。爽《さわ》やかな熱気が、かっと彼の全身を包みこむ。小屋の隅には、赤く塗ったドラムかんが置かれていた。その中にぎっしりつまった握りこぶし大の石から、乾いた熱線が部屋中に放射していた。

窓際に押入れのような木の棚があり、階段がついていた。

強烈な熱気にもかかわらず、爽快《そうかい》な火照《ほて》りを冬木は覚えた。みるみるうちに体全体から汗が噴き出し、滝のように皮膚を伝った。

扉が開く音がした。振り返ると、白く光る湖を背に、アイノの見事なシルエットが浮び上った。

「スオミ名物のサウナはいかが？　まだ倒れちゃ駄目よ」

彼女は無造作に冬木の前を横切って、壁際の棚に裸の体をよこたえた。アイノは、白く輝く果物のように充実していた。たちまち彼女の肌がうるみ、汗が溢《あふ》れるように肉体のくぼみにそって流れはじめるのを冬木は見た。

「さあ、今度は冷やすのよ」

アイノは勢いよく立ち上って、小屋の外へ飛びだした。冬木もその後に続いた。

アイノは小屋から水面へのびている板の廊下を駆けて行き、身をひるがえして湖の中へ飛びこんだ。冬木は足のほうから静かに水に滑りこんだ。水は冷たかったが、少しも寒さは感じない。体の奥が、かっかと燃えているのだった。湖からあがると、見ている間に皮膚が乾いていく。

二人は小屋で汗を流し、湖で体を冷やし、それを三度くり返したのち、最後のサウナにとりかかった。束ねて湖につけてあった若い白樺の小枝で、お互いの体をぴしゃぴしゃ叩き合うのだ。冬木が、よくしなう白樺の鞭《むち》でアイノの尻を叩くと、彼女は叫び声をあげながら、白い野生の馬のように小屋の中を跳ね回るのだった。

最後に、再び棚に並んで横になる。顔の上に白樺の小枝をかぶせて、静かに寝そべっていると、白樺は野苺《のいちご》みたいな新鮮な香りがした。

最後の行水を終えて、二人は誰もいない湖の岸の柔らかな草の上に腰をおろした。

「わたしたちフィンランド人には、アジア人の血が流れているのよ」

とアイノが冬木に微笑して言った。

「まさか――」

「ほんとよ。四千年ほど前に中央アジアに住んでいたフィン族が私たちの祖先ですもの。見かけはヨーロッパ人でも、体の中にはあなたたちと同じアジアの血が流れているんだわ」

「そうは見えないがなあ」

二人はお互いの体を、まじまじとみつめあった。二人とも裸のままだった。

「あなた、少し痩《や》せ過ぎていると思うわ」

と、アイノが冬木の胸の肉をつまんで笑った。

「きみは肥り過ぎていると思うな」

冬木はアイノの厚味のある腰に腕を滑らせた。少しのたるみもない見事な乳房に唇を触れると、ぴくりと彼女の体が引きつった。

「いけない人ね」

と、アイノは湿った声で言った。そして冬木の顔を両手ではさみ、じっとのぞきこんだ。

「わかってる。ぼくは悪い日本人だ」

かすかに開いた唇が目の前にあった。冬木は腕に力をこめ、アイノの体を草の上に押し倒しながら唇を合わせた。アイノの豊かな体は地熱のように火照っていた。ほのかに白樺の小枝の匂いがした。彼女は顎を反《そ》らせて大きな、深い溜め息をついた。

冬木がアイノの体にはいって行こうとした時、彼の肩に何かが触った。思わず振り返ると、そこに誰かが立っていた。アイノが短い叫び声をあげてはね起きた。

アイノの妹だった。彼女は白樺の枝を右手に持ち、唇を嚙《か》んで立っていた。

「嘘つき！」

と、少女は言った。「病気でできないだなんて！　アイノとだったらやれるのね」

アイノがフィンランド語で何か叫んだ。だが、それには耳をかさず、少女は冬木を異様に光る目でみつめた。

「アイノは大人だから、あんたの言う気分とやらが出せるらしいわ。それに、あたしと違って美人でグラマーだからね」

嘘つき！　と少女は叫んで白樺の枝を振りあげた。アイノが冬木をかばうように前に出た。思わず二人は少女の前で抱き合うような形になった。少女の顔が醜く歪んだ。彼女は白樺の枝で横なぐりに叩きつけた。嘘つき！　嘘つき！　と駄々っ子のような泣き声をあげながら、少女は白樺の枝を激しくアイノの裸身にふるい続けた。

8

鈍い衝撃とともに、列車が止った。冬木は体をおこして窓の外を眺めた。

鉄条網と、高い望楼と、自動小銃を抱えたソ連兵が見えた。列車は再び低速で動きだした。

〈いよいよソ連領にはいったな〉と彼は思った。〈明日はレニングラードだ。あと五日もすれば、おれは東京にいる——〉

列車は荒涼たるカレリア共和国の湿原を進みつつあった。低い丘と暗い空。重く地をはう灰色の霧。その霧の中を母親に引かれて歩いて行く幼いアイノの姿を冬木は頭に思い描いた。

〈いけない人ね〉

アイノのかすれた声がどこかできこえた。

〈嘘つき！〉

あの少女の歪《ゆが》んだ顔も浮んできた。

出発の前日、彼はアイノに電話をする約束を破って、終日ホテルの部屋に坐っていた。彼の目の前には、北欧ガラス器の資料を入れた、黒い旅行ケースがあった。冬木は腕組みして、何時間もそれを眺めていた。彼は、アイノがあの晩に囁《ささや》いた言葉を頭の中で反芻《はんすう》し続けていたのである。ガラス器のデザインに関心がある、と言った冬木に、アイノはこの国にとどまるように勧めたのだった。

「あなたはガラスの言葉がわかるひとよ。この国で本気でガラスの勉強をするといいわ。働く気さえあれば、生活はどうにでもなるはずよ。このまま、あなたを失ってしまいたくないの。ね、スオミに住む気はない？」

おれの新しい人生がそこから開けるのではないか、と冬木は考えた。この国を出発点に、現代ガラスの国際的な舞台につながる可能性も、そこにはあるかもしれない。

〈だが、おれには切子《きりこ》がある〉

と、彼は思った。たとえ、それがどんなに困難な道であろうとも、日本人であるおれはやはりあそこから出発するしか途《みち》はないのではなかろうか。

しかも、東京には彼の帰りを待っている十二人の工場の仲間がいた。さらに、その家族たちが。そして、冬木工芸社の炉が消える時は、筑前切子《ちくぜんきりこ》の技術が絶える時だった。

時計が夜の十時を知らせた時、冬木はたちあがって旅行ケースを開いた。そして、その中へ、ヘルシンキで集めた全ての資料とフィルムを収《おさ》めた。その黒いケースの蓋をしめ、かけ金を押した時、カチリと金属の乾いた音が室内に響いた。その音と共に、自分の未来のある部分を、永久に暗い場所にとじこめたことを冬木は感じた。そして、その日彼は、ついにアイノに電話をかけなかった。

　翌日、冬木はホテルの老婦人に見送られて中央駅へむかった。運転手に頼んで回り道をしてもらい、アイノの店の前を通ってみた。

だが、店に彼女の姿は見えなかった。飾り窓に、美しいガラス器たちがひっそりと輝いているだけだった。

〈会えなくて良かった〉

と、いう気がした。もしアイノと視線が合ったら、この黒いケースを彼女に渡し、何もかも投げ出してしまいそうな不安もあったのだ。だが、彼女はいなかった。

「まもなくヴィボルグ駅です。税関の検査と入国の手続きがあります。準備してください」

　冬木の回想を、ロシア人の車掌の訛《なま》りの強い英語のアナウンスが絶ち切った。彼は、ビザと旅券をとりだし、黒い旅行ケースを寝台の上にのせた。ケースは北欧の国々から彼が盗んできたデザインと資料で、蛙《かえる》の腹のように醜くふくれ上って見えた。その時、冬木は、体の奥深い場所に暗く激しい失墜感を覚えた。

　彼は腕をまくって、自分の皮膚を犬のようにかいでみた。すえた汗と、何かいやな匂いがするだけだった。あの野苺のような白樺の匂いは、どこにも残っていなかった。

　冬木は立ち上って窓の外を眺めた。カレリアの野は、深い霧に包まれて沈んでいた。

――「霧のカレリア」了――

ソフィアの秋

1

〈ミネルバ茶房〉は、大学の近くにある風変りな喫茶店である。文は人なり、という文句の本当の意味を何かの本で読んだことがあるのだが、忘れてしまった。そんなことはどうでもいいのだ。ぼくが考えているのは、店もまた人である、ということなのだ。〈ミネルバ茶房〉は、取りもなおさず、そこの店主であるところの影山真陽氏の、人柄そのものの象徴といえる店だった。

　ぼくらの大学は東京で辛《かろ》うじて一流の末席をけがす程度の私立大学である。ぼくが進学に際してその大学を選んだのは、格別な抱負や、志《こころざし》があったからではない。苦手《にがて》の数学が入試科目の中に含まれていなかったという、ただそれだけの単純な理由からだった。もともとぼくは、高校時代は画家志望だったのである。中学時代からすでに研究所へデッサンの勉強に通ったり、高校時代は美術部の副部長をつとめたりしたものだ。だが、高校三年になった頃から、自分の画家としての才能に疑いを持ちはじめて、芸術家への道を断念した。それにはいろいろな理由が複合的にからみあっているが、要するにぼくは自分が物を創り出す作業に向いていない、ということを発見したためである。自分で何かを創造するより、ぼくは他人が作ったものに関して、様々な意見を吐くことの方が楽しくもあり、またきわめて的確にそれらの長所欠点を指摘することができた。つまり、画家よりも批評家的な才能に恵まれていたというわけだろう。まあ、本当のところを言えば、ぼくが怠け者であるという、ただそれだけのことかもしれない。ぼくには、たった一人で一日数時間もアトリエにこもり、作品と孤独な格闘を続ける意志力と体力に欠けていた。ぼくはいつも一杯のコーヒーを前に、とりとめのない無駄話や、時には芸術談義で日を過すのを好んだし、またそういった面での才能——無駄話をして怠けることが才能といえるかどうかは別として——つまりそういった話で人を感心させる能力が、自分にそなわっているように思われた。仲間や、時には先輩の多少は名前の知られた画家たちも、ぼくと雑談することを喜んだし、また、進んで自分の近作を見せて意見を求める者も少なくなかった。自分で言うのもおかしいが、ぼくには一種の動物的な第六感のようなものがあったように思う。一見、目立たないものの中に、ちらと光る才能、また本物だけが持っているある独特の雰囲気、そういったものを敏感にキャッチするアンテナが、人よりは多少発達しているらしかった。もちろん、たいした話ではない。人より多少、という程度のことである。

と、いうわけで、ぼくは十八歳のある夏の朝、天啓の如《ごと》くにひらめいた考えにすがって美術批評家、もしくは美術学者になろうと決心したというわけだ。

　何とか一夜漬けの勉強でＱ大学にもぐり込み、芸術学科美術専攻の学生となってからは、大威張りで怠けて暮した。もう高校の頃のように、一日十三時間もキャンバスに向かうという美術部の後輩に劣等感を持つ必要もなくなったし、画材の費用に悩むこともなくなった。

　日がな一日、大学の裏手の〈ミネルバ茶房〉にとぐろを巻いて、昭和元禄の泰平をエンジョイして過せばいいのである。そんなぼくにとって、〈ミネルバ茶房〉は、文字通り、〈私の大学〉だったと言っていい。

　最初この店を訪れた時、ぼくは余りの美意識の混乱ぶりに軽い目まいを感じたほどである。大学の塀《へい》にそったバス道路から、Ｔ字型に通っている路地の、突き当りにその店はあった。ちょっと見ると高級なおでん屋か、良く言ってもせいぜい新宿あたりの郷土料理の店といった造りである。

　民芸風の白壁と、黒い木の格子《こうし》が目立つ平家《ひらや》で、入口はドアでなく太い桟のついた障子になっていた。障子紙には何というのか、中風の老人に書かせたような奇妙な墨の字で、〈ミネルバ茶房〉と書いてある。後でそれが当店の主人、影山真陽氏自慢の隷書《れいしょ》という字体だと知った。

　障子を開《あ》けると、中が土間になっている。八畳か十畳くらいの部屋で、中央に四角ないろりが切ってある。客席はそれを囲んで、壁際《かべぎわ》に取りつけの長椅子になっていた。久留米絣《かすり》の表のついた薄っぺらなざぶとんが、その上に並べてあり、そのざぶとんの裏には〈ミネルバ茶房〉

と大書した白い布が縫いつけてあるのだ。灰皿が置いてないので、代りにそのざぶとんを持ち去る客が多く、店主の真陽氏はついにそのような自衛手段に出たのだという。

その部屋の壁は、全部、造りつけの本棚になっていた。並べてある本は影山真陽氏の蔵書をそっくり移したものらしく、和洋古今、実にさまざまな種類の本が並んでいた。

古い皮表紙に金文字を押した近代戯曲全集や能楽全書に混じって、〈君の名は〉〈洋酒カクテル読本〉〈マゾッホ研究〉〈みそぎの哲学〉などという本も並んでいる。文学書、美術書、マルクス全集からユング全集、花札の遊び方、株で損をしない法、毛沢東選集、タンゴの歴史、円朝全集、会津八一研究、と何でも揃《そろ》っているのだ。

客は勝手に本を引っぱり出して、読み終ると棚に返しておく。さすがに本は失《な》くならないと見えて、真陽先生の蔵書印だけが見返しに押してある。

その書庫のような部屋の奥に、障子をへだてて、もう一つの和室があった。そこは同人雑誌や、小さな研究会の会場に使える部屋で、使用中には店の扉のところにボール紙の札がさがる。〈文学誌・凍河同人会〉などと、読みにくい書体で書かれた札が風に揺れているのだ。

その和室と書庫ふうの部屋の両方に連《つら》なって、カウンターがあった。ふだんは和服の着流しの真陽氏が、郷里の山口県から呼びよせたという頬の赤いリスのような少女と二人で中にはいっているのだ。コーヒーを入れたり、皿を洗ったり、十字のたすきをかけた真陽氏が、指先まで黒い剛毛の密生した腕を見せて狭い空間で働いているさまは、どこか檻《おり》の中の熊に似ていないでもなかった。

　ぼくが〈ミネルバ茶房〉にはじめて顔を出したのは、たぶん大学に入学した年の夏だったと思う。夏休みの最中で〈ミネルバ茶房〉もほとんど客がいなかったようだ。

　最初の印象は、きわめて悪いものだった。夏期講習の帰りに寄ったぼくには、客が店に入ってきてもじろりと眺めるだけで、いらっしゃいませ、とも言わぬ変な店主が目ざわりで仕方がなかった。それだけではない。その店の様式、装飾、その他のすべてが強い違和感を覚えさせたのである。

「マスター」

　と、その時、ぼくは呼んだのだ。その日に限って真陽氏は白いステテコに丸首のシャツという風体で、カウンターの中にいた。少し縮れた髪をなでつけ、黒い総々《ふさふさ》とした眉毛と、顎《あご》ひげを指先でひねりながら、その人物は知らん顔をしていた。大きすぎるほど大きな顔で、体格もよく、たぶん昔の日本の先住民族はこんな感じだったろうと思わせる男である。

「冷たいコーヒーをくれよ、おじさん」

　と、ぼくは言った。その時はじめてその男はぼくを振り返って低音で言った。

「わしはここの店主だ。影山真陽。みんなは影山さんと呼んどる。マスターだの、おじさんだのと変な呼び方はしちゃならん」

　こちらをにらんだ目玉が異様に光るので、ぼくは驚いて謝《あやま》った。

「コーヒーを下さい。影山さん」

「冷たいコーヒーを入れてやんなさい」

と、主人は女の子に顎をしゃくって言った。そしてカウンターの下をぐって、思いがけぬ素早い身のこなしで出て来ると、ぼくの隣りに坐って意外に優しい声で言った。

「あんた、夏期講習を受けに来とるのかね。文学部じゃろう。専攻は何？」

「美術です」

ぼくは少し後ずさりしながら答えた。影山さんの口から、呼吸とともに強いニンニクの臭《にお》いが迫って来たからである。

「美術か。ふうん。いちばん役に立たんところにはいったもんだな」

「役には立ちませんね」

と、ぼくは相づちを打った。美術を勉強したところで、卒業してすぐ美術評論で食えるという可能性はない。新聞社か放送局か、それとも出版関係の会社を受けるか、あるいは郷里の九州に帰って伯父が理事をしている女子短期大学の講師をやるくらいが、ぼくの将来の可能な道だった。四十歳くらいまでに外国の美術書の翻訳を一冊出すか、または郷土出身の画家、青木繁の伝記でもまとめるか、そのへんが率直に言って自分の能力の限界なのだ。ぼくのような者には、新人のグループを作って芸術運動をやるなどというエネルギーはなかった。

「役に立たん勉強をなぜやるんだ」

と、影山さんは重ねてきいた。

「まあ、嫌いじゃないからでしょう」

「なるほど」

影山さんは二、三度ふとい首を曲げてうなずくと、

「わしも若い時は美術に関心があった。彫刻家か、舞台美術家をめざしておったんだが」

ぼくはコーヒーを運んで来た少女の、形のいい白いしまった脚を横目で眺めながら、適当にうなずいた。

「なぜそれを断念したか。そいつを話せばあんた、それだけで一篇の小説が書けるかもしれん。うん。こないだ何とか賞をもらった作家の高原明三な、あの男も学生時代はよくこの店に出入りしとったもんだ。こないだちょっとした文壇関係の会で会ったら、彼、言うとったね、うん。影山さんの話を一度、書いてみたいとな。うん」

「そうですか」

ぼくはカウンターの向こうに隠れた少女の脚の残像を、なおも未練がましく追いつづけていた。彼女はまだ女学生のようでいて、そのくせひどく迫力のある大きな乳房を持っていた。

「ん？」

影山さんがぼくの視線の方を振り返ったので、ぼくはあわてて彼の顔に目を向けた。

「なるほど。くさってても美術の学生さんだ。目が高い、うん。あれに気づきなさったか」

「はあ？」

ぼくは、顔一面に喜悦のしわを浮べながら目を細めている影山さんを驚いて眺めた。

「ここに来る芸術青年も少なくないが、あれに気づく人は余りおらん」

と、影山さんはカウンターの方を振り返って、どこかゆるんだような声の調子で喋《しゃべ》り出した。

「ヴェネツィアン・グラス——。ヴェニス硝子《ガラス》、と言ってしまえば何となく風情《ふぜい》がなくなる。あれは、わしが四十六歳の夏、イタリア旅行の際にムラノ島の島民の台所から発見して持ち帰ったものだ。うん。もちろん偽物《にせもの》じゃない。十七世紀初頭の品だと国立博物館の武早技官が保証してくれた本物さ。しかし、何だな。おたくは若いがなかなかの目を持ってるね。うん、ちょっと手に取って見てみるかな」

ぼくはその時、ようやく影山さんが何を勘違いしているかに気がついた。ぼくはカウンターの中の少女の胸に、ぽかんと見とれていたのに、彼はぼくが彼女の頭の上の棚を眺めていると思ったのだ。

言われて見れば、その棚には綺麗《きれい》なガラスの水差しが一つ、飾ってあった。古いフンプのほやの形をした胴体に、細い彎曲《わんきょく》した取手と、薄く左右に拡がった台のついた、どこか異教的な感じのする水差しだった。縁《ふち》や取手には金線が封じ込めてあり、鮮《あざ》やかな赤褐色の胴体が官能的ともいえる曲線を示していた。

「ヴェネツィアン・グラス——ね」

ぼくは慌てて、さも感に耐えぬ口調で呟いたのだ。

「見事なものです」

「あんたはわかる人だ。うん」

影山さんはいっそう感激してぼくの膝《ひざ》を叩き、立ち上ってその水差しを持って来た。

「見てごらん。この華やかな赤の明るさ。取手の線の何という優美さ。イタリアの日光と、橄《かん》欖《らん》の芳香が匂い立たんばかりの美しさではないの。わしが北部イタリアを訪れた時は、わし自身もまだ若かった。年は取ってたが気持ちは青年だった。ヴェニス硝子の発祥の地といわれるムラノ島まで、わしはこの美しさを求めて旅をしたんだ。そしてこれを見つけて持ち帰った。だが――」

影山さんはそこで言葉を切り、ぼくの掌にその水差しを乗せて嘆ずるように大きな溜め息をついた。

「目のある人士は少ないもんだ。こいつをそこに飾っておいて、これに気づく客はほとんどいないんだからね、きみ。学生は仕方もなかろう。だが、大学の教授たるもの、まして文学部の教官たちが誰一人としてこれに触れないというのは一体どうなっておるんかね。うん。あんたが最初だ。いや、本当に。ちらちら眺めてた客も中にはいたよ。だが、あんたみたいに、まるで惚《ほ》れた女でも見るみたいに、よだれでもたれそうな顔でこいつに見蕩《みと》れた人はいなかったよ。うん。あんたはわかる。わかるねえ」

ぼくは口に含んだ氷のかけらを、照れかくしにガリガリ噛《か》み砕《くだ》きながら、掌の上のヴェニス硝子の水差しを眺めた。そして必死で以前に調べたことのあるヴェニス硝子についての知識を思い起こそうとつとめた。ぼくは分析力には欠けたかもしれないが、記憶力はあるほうなのだ。一度どこかで読んだり聞いたりした事柄は、不思議によく覚えていた。

〈ヴェニス硝子は十三世紀頃にヴェニスを中心として起こり、十六世紀から十七世紀にかけて異常な発達をとげた。当時がヴェニス硝子の黄金時代で、特に色彩美に優《すぐ》れ、豪華な官能美にあふれた工芸品を生んだ――〉

ぼくはしかつめらしく水差しを手の上で逆《さか》さにしたり、指で胴のふくらみをなでたりしたあげく、言葉少なに言った。

「十六世紀ものでしょう。このへんのふくらみに東方ビザンチン風の味がかなり濃厚に表われているようだ」

「わかるねえ、あんたは。うん。わかる」

酒と美女をあたえられた山賊の首領のように、影山真陽氏は相好《そうごう》をくずしてぼくの膝を叩いた。ぼくが〈ミネルバ茶房〉のＶＩＰとしての資格をあたえられたのは、その時からなのだ。

2

大学の講義は、ぼくを眠たがらせただけだった。ぼくはその年度の終りまでに、数えるほどしか正規の授業には参加しなかった。デモに加わったり、仲間と小さな芝居を手伝ったり、女子学生に惚れたり、振られたりして最初の一年間が過ぎた。ぼくは学校に来た時は必ず〈ミネルバ茶房〉に立ち寄り、棚の本を入口の左端から順々に読んだ。どういう種類の本を読むとか、何の目的で読むとかいったことは関係がない。ただ順番に左端から片づけて行ったのだ。ぼくがインパール作戦の経過を憶《おぼ》えたり、菜根譚《たん》を暗記したり、南方熊楠《みなかたくまぐす》や、ブランキの名前を知ったりしたのも、そのお陰である。ぼくは一杯のコーヒーを前に、午前中ずっと、時には夜までいろりの前の久留米絣のざぶとんに坐って動かなかった。古い戦前の「改造」をめくってみたり、同級生を相手にガウディの建築について論じてみたり、影山さんと腕相撲をやったりして日を過した。ぼくは中肉中背で、影山さんより体格では劣っていたが、腕相撲では互角に闘うことができた。ぼくが二十歳、影山さんが五十歳という年齢の差を考えると、むしろ影山さんの健闘をたたえるべきだろう。彼はぼくらと全く同じ次元で議論したり、笑ったり、怒ったりした。ぼくら学生たちは、影山さんをある面では煙たく思い、ある面では敬愛していた。少なくとも、時には彼に頼めば一日の食費ぐらいは、名前もきかずに貸してくれたのだから。

影山さんの生《お》い立ちや、経歴を、ぼくは知らない。判っていることといえば、彼は大学には行かなかったこと、独身で店の奥の部屋に寝泊りしていること、相当の不動産を都内のあちこちに持っていて、〈ミネルバ茶房〉は一種の道楽であったことなどである。彼は少なくとも、ぼくら学生の年長の友人ではあった。学生運動の活動家たちが、時たまカンパを求めたり、劇団の女の子が切符を押しつけたりすると、多すぎず少なすぎない微妙なところで、それに協力してやっていたようだ。影山真陽氏は、人間としてはかなり幸福な部類に属する人ではないか、とぼくは思う。だが時に彼も不幸そうな顔をすることがある。そんな時、影山さんは仔熊を見失った親熊のような哀しげな感じになった。それは、ごくまれに蔵書が無断で持ち去られたり、金を借りて返しにこない学生がいたり、また、影山さんの知らない単語をぼくらが使ったり、夏休みや冬休みが近づいて来たり、つまり、そんな時に彼はやるせない感情におそわれるもののようだった。

だが、おおむね〈ミネルバ茶房〉をめぐる若い学生たちは影山さんを失望させなかった。ぼく自身は店主・影山真陽の最も近しい友人として〈ミネルバ茶房〉に十年一日の如く通い続けた。

ぼくが大学に入って二度目の夏が近づこうとしていた。学校の構内の銀杏《いちょう》並木は青黒いまでの葉の重なりを作り、デモの歌声も少しずつ細くなって行った。夏休みを待たずに帰郷する学生と、海や山へエスケープする連中がふえていたからである。〈ミネルバ茶房〉にも新しいクーラーが備えつけられ、影山さんも時どきステテコ姿で店に現われた。カウンターの中の少女の乳房は、昨年の夏よりいっそう見事に突き出してきたように思われた。彼女にだけは、影山さんのガードが厳重なので、学生たちも手が出ないでいるようだった。

ぼくが筑波五郎に会ったのは、夏休みが始まる前日の午後だった。ぼくが新宿の紀伊國屋から出てくると、向こうから満面に微笑を浮べて近づいて来る男がいた。今どき流行《はや》らない白い開襟シャツに先の尖《とが》った革靴という、一見して時代おくれの恰好《かっこう》の若者だった。真黒《まっくろ》に灼《や》けた顔に白い歯をむき出して笑っている。手に大きな紙袋をさげていた。

「よう、海野！　ひさしぶりだなあ」

その男は訛《なま》りの強い大声で、ぼくの名前を呼んだ。ぼくはぎょっとして立ち止った。

「おれだよ、筑波だよ」

「なんだ、お前か」

筑波五郎はぼくの田舎《いなか》の高校の同級生だった。昔、一緒に学校をサボって遊び回った仲間である。美術部に籍をおいていたが、彼が絵を描くのを見たことがなかった。ぼくにとって、劣等感なしにつきあえる有難《ありがた》い友人だった。学校の成績も良くなかったし、これといった特技も持っていない。そのくせ、教師や同級生たちから好かれるという、妙な才能の持主だった。少し口ごもるくせが、筑波五郎をいっそう好人物に見せていた。どこか鼠《ねずみ》に似た顔で、痩《や》せているわりに力があった。農家の三男坊で、小さい時から労働にきたえられたせいだろう。高校を出てから家の仕事を手伝っているという噂を聞いたことがあるが、自然と疎遠になっていた。

「どうしたんだ、今ごろ。東京へいつ出て来たんだ？」

と、ぼくはきいた。筑波はその鼠に似た顔に流れる汗を手の甲でふきながら、

「どこかでアイスクリームでもおごれよ。東京は暑くてたまらんな。人が多いせいかね」

ぼくは彼を連れてまた紀伊國屋へ後もどりし、三階の喫茶店にはいった。

「あんた、随分すかっとしてるなあ」

と、筑波五郎はシャツの襟《えり》を手でひろげながら言った。

「もう東京暮しも二年だもんな」

「いつ上京したんだ」

と、ぼくはきいた。

「きのうだよ」

「仕事かい」

「ああ。おれ、こんど外国に行くことになってな」

ぼくは驚いて筑波の顔を眺めた。外国へ行くというのは、ぼくにとって一つの夢だったからである。ただ漠然とあこがれているのではなく、自分の仕事のためにも、ぜひ一度ヨーロッパに行ってみたいと思っていたのだ。少なくとも日本で美術ジャーナリズムの仕事をやって行こうと思えば、一度はヨーロッパの土を踏んでおく必要がある、というのが、ぼくの考えだった。行って何を見て来た、というのではなく、少なくとも西欧の絵画や、建築や、風土や、人間などを肉眼で確かめて来るだけでもいいのだ。活字やカラー印刷だけで知っているだけでは、自分の発言に自信が持てないという気がする。大げさに考えなくても、知らない土地を青年のうちに訪れるということは、悪いことではないだろう。

「いつ行くんだ。いったい何でお前が――」

「国際青年農業連盟というのがあってな。おれが村でその県南支部長をやってるわけよ。毎年、こっちから行ったり、向こうのを呼んだりしてるんだが、今年は、おれが行く番になったのさ」

「どこへ行くのかね」

ぼくは羨望《せんぼう》の調子を隠さずに聞いた。

「ブルガリアだとよ」

「ブルガリア？　バルカン半島のか」

「どこだかおれはよう知らんが、人民共和国ちゅうやつだ。共産党の国だろ」

「ルーマニアの隣りだな。南はトルコと接してる国だ。ソフィアという美しい首都がある。古代トラキア人が住んだ国だろう」

「よく知ってるな、あんたは」

筑波五郎は呆《あき》れ顔に、そこへ行って果樹栽培の模様を見てくるのだ、と言った。彼は一向に嬉しそうな顔をせず、そのことがぼくをひどく苛立《いらだ》たせた。おれも何とかして外国へ行ってみたい、と激しい渇《かわ》きのようなものをぼくは覚えて、そのときひどく不機嫌になったように思う。

それが今年の六月だった。

3

筑波五郎がブルガリアの旅を終えて帰って来たのは、ちょうどぼくらの夏休みが終る頃だったらしい。彼がブルガリアから出した葉書は、彼自身よりも一週間ほどおくれて、ぼくのアパートへ届いたのだ。航空便にするのを惜しんだのか、それともうっかり投函したのか、とにかくその葉書はひと月ほどかかってぼくの所へ着いた。

それは遠景に美しい山脈を配した古い寺院の絵葉書だった。牛の背のような山々には白い雪が残っており、古い寺院の金色の尖塔が青空を指さすようにそびえている。新緑のリンデンの並木が寺院をめぐる敷石の道に続いている。人の姿は見えず、さんさんと降りそそぐバルカンの陽光のもと、その寺院は童話の国の城のように感じられた。ぼくはその一枚の葉書を前にして、不意に激しい望郷の感情におそわれる自分を感じた。それは奇妙な経験だった。自分と全くかかわり合いのない異国の風景に望郷の気持ちをそそられるとは。

だが、それは否定することの出来ない事実だった。ぼくはその時、絵葉書の中に湛《たた》えられている静謐《せいひつ》と澄明《ちょうめい》の気配に、すっかり魅了しつくされてしまっていたのである。

〈――ソ連からくらべると、ブルガリアはとても田舎に来たような感じだ。ソフィアは古い寺院と髪の黒い男や女の目立つ街で、割合いに涼しい。おれはこれからバルカン山脈の向こう側の谷間に行って、バラの香油を作っている村を見学する予定です。この国のメロンと葡萄《ぶどう》はなかなかうまい。夏休みであんたは帰省してるかもしれんな。そのうち帰ったら一杯やろう。

草々〉

その葉書が着いた時には、筑波五郎はすでに帰国していた。ちょうどぼくと入れ違いに田舎へ帰ったのだ。一度会って、外国の話など聞きたいとは思ったが、こちらからわざわざ訪ねて行くのもしゃくで、そのままになってしまっていたのである。進学せずに農村に住みついた彼に、逆に一歩先んじられたような軽い口惜しさもあったのであろう。

筑波五郎がぼくの前に現われたのは、それからしばらくたった九月の中旬だった。アパートに帰ると、彼が階段の所で腰をおろして待っていた。彼はぼくを見ると、相変らず白い歯をむき出して鼠のような顔で笑いかけた。

「ちょっと東京に遊びに来た」

と、彼は言った。

「二時間ほど待ったよ」

ぼくは彼を部屋にあげて、管理人の所から寿司屋に電話をかけた。夕食がまだだと彼が言ったからである。

前に会った時にくらべて、筑波五郎はどこか少し憔悴《しょうすい》の色が見えた。こちらの質問にも何となく元気のない受け答えをするだけで、間もなく届いた寿司も二つ三つ無言でつまんだだけなのだ。

「どうかしたのかい」

と、ぼくはたずねた。

「いや。べつに」

彼は変に弱々しい笑いを浮べると、黙って醤油の付いた指先をなめるのである。ブルガリアはどうだった、と、ぼくはきいた。

「うん。まあな」

「葉書をありがとう。綺麗《きれい》な町だな。おれはあの写真を見て以来、夢にまでソフィアの町を見ることがある。お前がうらやましいよ」

筑波五郎は、あれは静かでいい町だった、と遠くを見るような目付きで言った。

「もうバルカン山脈にも雪が来てるだろう」

「今夜はどこに泊る気だ」

と、ぼくはきいた。今夜一晩ぐらいならこの部屋に泊めてもよかったが、どうも今度の筑波五郎の上京には、はっきりしない雰囲気があったからだ。家を飛び出して来て、東京で働きたい、などと言い出しはしないかと、実はさっきから不安に思っていたところだった。

「今夜はここに泊めてくれよ」

「いいとも」

「おれ――」

彼はちょっと言いよどんで、それから不意に黙り込んだ。まるで手の届かぬ上流社会の令嬢に恋して、悩んでいる牛乳配達の少年といった感じがないでもなかった。この男は何か厄介《やっかい》な問題を抱えて来てるのではないか、とぼくは疑った。友人をそんな目で見たりするのは良くないことだが、何しろ高校を卒業して何年か会わない間に、お互いに理解できない部分がふえて来ているのは仕方のないことだろう。

「恋人はできたかね」

と、彼が唐突にきいた。

「ああ。ちょっと出来かかったんだが、うまくいかなかった」

「あれはうまくいかんもんだよ」

筑波五郎は大きなため息をついて、老人のような口調で言った。妙に実感のある口調だった。ぼくらはその夜、近くのおでん屋へ行って少し飲み、それから新宿のマンモス・バーへくり出して深夜、アパートに帰って来た。勘定は筑波が持った。一夜の宿賃の積りだったのかもしれない。彼はめずらしく陰気な酔い方をし、途中で涙をこぼしたりした。ふだんの筑波五郎らしくない奇妙な雰囲気だった。

どうやら彼は、困難な恋をしているらしかった。


翌日、朝早く目が覚めた。昨夜の酒のせいで熟睡したのだろう。

筑波五郎は、ぼくの隣りで鼻の上に脂《あぶら》を浮かせて眠っている。初秋の透明な陽《ひ》ざしが窓から斜めにさし込んで、本棚の美術書の背中を照らしていた。筑波五郎を起こさないように、そっと抜け出して顔を洗う。水が冷たくて気持ちが良かった。手洗いの窓から幾分赤味をました満《まん》月《げつ》の葉を眺めて、秋が来たんだな、とぼんやり考えた。

部屋にもどると筑波五郎は、寝床の上に起き上って壁にかけてある聖像画《イコン》を眺めていた。

「起きたか。いい天気だぞ」

「少し頭がいてえ」

と、彼は言った。

「二日酔いだ」

「お前、なんだか昨夜ちょっと荒れたからな」

「そうかね」

「お前が泣き上戸《じょうご》だとは知らなかったよ」

「何て言ってた」

「あの女はどうのこうの、とわけのわからんことをくどくど喋ってたぞ」

「あんたに喋ったのか」

「いや。隣りに中年の会社員が来てたろ。連中をつかまえて長々とやってたよ」

「そうか」

筑波五郎は両手を頭のうしろに回して、ひっくり返ると、おれも駄目な男だ、あんな女のことが忘れられんなんて、と呟いた。それから、ふと気がついたようにきいた。

「あれは何だい」

彼が指しているのは、壁にかけてある聖像画だった。

「イコンだよ」

と、ぼくは言った。

「興味があるのか」

「いや。どうしてあんなものを飾ってるのかと思ってね」

「あれは安物の土産品《スーベニール》だが、本物はすごくするんだ」

と、ぼくは言った。その聖像画《イコン》は、〈ミネルバ茶房〉の影山さんからもらって来たものである。

「高いのかい、あんなものが」

と、筑波五郎は呆れたような声を出した。

「薄汚れて、ちゃちな絵じゃねえか」

そこでぼくは彼に、自分の専門の知識の一端を少しのぞかせてやった。

イコンとは、もともとイメージを意味するギリシャ語のエイコーンから来たラテン語であること。現在では東方キリスト教会における聖像画を意味する言葉であること。そして、それらにはキリストや、マリアや、聖人たちが描かれていること。

「かなり古くから東方教会ではイコンを重要視してきたんだ。だが、八世紀に、時の皇帝レオ三世がキリストやマリアなどの聖像を全部破壊せよと命じた。こいつをイコノクラスムという。この運動はその後長く論争の的《まと》となったが、十三世紀頃にはすこし下火になったらしい。そして、このイコンが本格的に美術的価値を持つようになったのは、それ以後のビザンツ芸術においてである。わかるかね」

「さあ——」

ぼくは彼にかまわずに続けた。自分の記憶力を確かめておきたい気持ちもあったのだろう。ぼくはまるで自分が大学の教壇に立って最初の講義を行なっている美術史の青年教授のような気分になってきた。

「この聖像画は、一般に木板、または金属板上に蠟《ろう》画や、テンペラ画で描かれる場合が多い。東方ギリシャ教会においては、この聖像画は単なる美術品以上のもの、つまり深く宗教的であると同時にモニュメンタルなものとして作られ、民衆の深い宗教的感動の泉となった。聖堂だけではなく、一般家庭にもこれが置かれ、祭りの行列に持ち出されたり、お守りの代りに使われたりするんだ。このビザンツ芸術の生んだ優れた芸術は、中世ロシアに流れて、十四世紀のロシア教会において独自の発展をとげる。十五世紀初頭のノヴゴロドで活躍したアンドレイ――」

ぼくはしばらく考えてから筑波に言った。

「その西洋美術辞典を取ってくれ。うん、その隣りの赤い表紙のやつ。それだ」

急いでイコンの項を探し、ぼくは続けた。

「アンドレイ・ルブリョフはロシア聖像画界の最大の巨匠として有名である。彼はロシア民衆の魂にひそむスラブ的抒情と、リアリズムの結合した見事な作品を残した。ロシアのイコン芸術はだな、ノヴゴロド派とモスクワ派に分れ、やがて後に十六世紀頃から繊細優美な画風のストロガノフ派が栄えるようになる。そして十七世紀後半からはイタリア・フランス美術の影響下に数多くのイコンが作られ、流布《るふ》したわけだ」

ぼくは額《ひたい》の汗を手で拭いて筑波五郎を見下ろした。彼はぽかんと口をあけて、壁のイコンを眺めていた。彼の目の中に、何か得体の知れない黒い火花のようなものが光るのをぼくは見たような気がした。

「その後、ロシア革命に続く内戦、戦乱の中で、多くの聖像画は失われたが――」

「ちょっと待ってくれよ――」

と、筑波五郎は言った。

「あんたは、これをどこから手に入れたんだ」

「知合いの喫茶店の親父さんだがね」

と、ぼくは言った。

「ヴェネツィアの硝子器だとか、スペインの皮椅子だとか、そんなものを集めて喜んでいる人がいるのさ。たまたま彼がロシアに旅行した時にモスクワで買込んだのがこれだ」

今年の春、〈ミネルバ茶房〉の店主、影山真陽氏は一人でロシア美術見学の団体旅行に参加していた。モスクワの街角《まちかど》で、一人の闇屋《やみや》が来て、トランジスタ録音機を売れと言う。断ったら、イコンは要《い》らないか、と囁《ささや》いた。祖母の遺品を整理していたら古いイコンが出て来た。最近、アメリカ人旅行者などが目の色を変えてイコンを買いあさっているが、もし欲しいならそのトランジスタ録音機と交換してもいい、と言ったのだ。

「どう見ても頭の悪そうな大男でな。イコンの値打ちなど全然わからんといった感じなんだ」

と、影山さんは帰って来てぼくに喋った。

「そこで、わざとしぶしぶこいつを持ってこさせて取替えたのさ。どうだ、ロシア・イコンの傑作だと思うんだが、きみ、ひとつ鑑定してみてくれんか」

そんなわけで、ぼくは先日、彼の持ち帰ったイコンを見せてもらった。一目で安物だということがわかった。第一、これは古板に絵具で描いて、表面をこすって古い感じを出した全くの偽物にすぎない。そのことを言うと影山さんは大いに怒って、そいつをいろりの中に叩き込んでしまったのだ。ぼくはそれを拾って持って帰って来た。暗い部屋で夜見ると、それでも何となくスラブ風の抒情は感じられるからだ。本物であろうが、偽物であろうが、ぼくには大した問題ではない。むしろ頭の弱そうなふりをして影山さんに近づいたロシア人の狡猾《こうかつ》さが、ぼくには愉快だった。アメリカ人や日本人が考えるほど、ロシア人という奴は、お人好しではない。

「そういうわけさ。あれはその闇商人のロシア人が一晩で書きあげた代物《しろもの》だよ。おそらく便所の羽目板でも引っぺがして作ったんだろう」

「…………」

筑波五郎は腕組みをして、長い間、黙り込んでいた。彼が何を考えているのか、ぼくにはさっぱりわからなかった。やがて、彼が重々しい口調で言った。

「古い、本物のイコンなら、相当の金になるのかね」

「うむ」

「どのくらいだ？」

「はっきりは言えん。物によるからな。だが中にはルーブル美術館や、ボストン美術館などにコレクションされてる名作もある。まあ、それほどでなくても、普通の古いイコンでも何十万円かはするだろう。芸術的に優れたものなら何百万だろうな」

「ほんとかね」

「ほんとうだとも」

「ふうん」

筑波五郎は再び深刻な表情で考えこんだ。ぼくは自分の好奇心をおさえ切れずに、ついに自分の方から口を切った。

「なんだ。何かイコンに関係のあることでもあるのか」

「いや」

彼は慌てて首をふって、なおも考え続けた。

「はっきりしろよ。友達だろ」

と、ぼくは言った。

「水くさいぞ。こっちはせまい部屋に無理して泊めてやってるのに。一体どうしたんだ」

筑波五郎は、ようやく観念したように、腕組みをといてぼくを見つめた。

「実はな——」

爽《さわ》やかな秋の陽ざしが赤茶けた畳の上に落ちていた。壁の偽物のイコンは、ぼくら二人のひそひそ話を無表情に見下ろしていた。

4

その夜、ぼくらは客が帰ってしまった後の〈ミネルバ茶房〉で、影山さんと向き合って坐っていた。

「その話、本当に信用していいのかね」

と、影山さんは言った。

「間違いありません。でも、あなたが心配なら、別に無理にとは申しません。ほかにいくらでも当ってみる所はありますから。ただ、これまでの友情と、影山さんの古美術に対する関心の深さを知ってることから最初にお話しただけなんでね」

と、ぼくは答えた。

「いや、別にこの人の話を疑っておるわけじゃない。ただ、その——」

「何です」

「一人ならともかく二人となると、百万はかかるじゃろ」

「だから無理ならお止《や》めなさいと申し上げてるじゃありませんか」

「一人じゃ駄目かね」

「一人とは？」

「この人だけに行ってもらうという手はないかな」

「それは無理ですね」

　ぼくは言った。

「こいつは、ただその場所を知ってるというだけの話です。沢山《たくさん》のイコンの中から美術品として価値のあるものだけを選び出してこなければならないんですよ。いくら何でもトランク一杯のイコンを国外に持ち出すわけにはいかんでしょう。精々、二人で四、五箇でしょうからね。でも、その中に例の中世ロシアの名作でもあれば、百万ぐらいなんでもないことになるでしょう。何しろ、ルーブルやエルミタージュ美術館と肩を並べるコレクションですからね」

「うむ」

　ぼくらの会話を、横の筑波は終始だまって聞いていた。いや、聞いていなかったのかもしれない。彼は最初からカウンターの中の、あの少女の胸に気をとられっ放しだったのだから。

　ぼくらが〈ミネルバ茶房〉にやって来たのは、店主の影山さんにある提案をするためだった。

その提案というのは、ぼくと、筑波の二人をブルガリアまで費用を出して派遣しないか、という話だったのである。

その日の朝、ぼくの部屋で筑波が打明けた話は、ひどくぼくを驚かせた。ぼくは興奮のあまり、何回も便所に立ったくらいだ。

筑波五郎の話はざっとこういうことだった。

彼はその夏のバルカン半島の旅で、ブルガリアに長く滞在したという。ソフィアから離れたキオシスの村に彼は二週間余りいた。それはバルカン山脈の高い峰を越えた山の中腹にある小さな寒村で、わずかな村人たちがひっそりと暮している村だった。彼はその村で何百年もの昔から続いている農民の暮しを経験したのである。女たちは共同でパンを焼き、手織り機で布を織る。男たちは犂《すき》が使えない山腹の斜面を、先祖から伝わった鍬《くわ》や鎌などをたよりにたがやして暮す。風車が回り、段々畠に冷風が立ち、人びとはみな優しく、口数の少ない女たちの瞳は黒く澄んでいる。彼らは日本から来た異邦の客に、精一杯の好意を示してくれたという。

ある晩、彼は村の少女と連れ立って散歩に出かけた。その少女は村長の娘で、村の唯一の知識人だった。彼女はソフィアの学校で、ロシア語と英語を学んだという。彼の片言《かたこと》の英語より、はるかに上等の英語だった。その夜、山腹にある古い石造りの無人の小屋のそばを通りかかった時、彼はその少女に接吻すると、彼女の腕を引っぱって小屋の中へ連れ込んだ。少女の胸は厚く、温《あたた》かで、かすかに小羊の乳の匂いがしたという。事が終ってあたりを見回すと、刃《やいば》のような青い月光が窓からさし込んで床や壁を照らしていた。そして、そこの部屋の隅《すみ》に、山のようにに板切れが積み上げてあるのを彼は見た。それは何か表面に彩色《さいしき》した奇妙な木板で、大きいのもあれば小さいのもあった。

　あれは何か、と彼は少女の頬に接吻しながらきいた。彼女の喋る英語の半分くらいしか彼には理解できなかったが、およその見当はついた。

　昔、ロシアで革命が起きた時、沢山のロシア人たちがブルガリアへ黒海を渡って逃げて来た。彼らは船でヴァルナの港へつき、革命の世界をさけてソフィアの街に隠れ棲《す》んだのだという。そのロシア人たちはやがて、どこかへ去って行った。だが一人の老人だけが街に残り、ある日、小さなロバ三頭に、大きな荷物を積んで山を越え、この村へやって来たのだという。

　老人はやがてその荷物をおろすと、村の人たちにこれをあげるといい、再びロバを連れて帰って行った。村人たちが荷をあけてみると、古いロシアの聖像画がぎっしりつまっていた。だが、村人たちは、そのロシア風の描き方をしてあるイコンが気に入らず、といって捨てるのも気がとがめて、この無人の山腹の小屋に放り込んでおいたものらしい。そのまま五十年以上もここに捨ててあるのだ、と彼女は言ったという。

　だが、その時は彼は聖像画について全く何の関心もなかった。彼はもう一度少女を床に押し倒して、月光の中で彼女がはき終えた手編みのズボンを再び脱がせにかかったのだった。

「今にして思えば――」

と、その朝、話し終えると筑波五郎は言った。

「あれはどうやら宝の山だったらしいな」

それからぼくは何やかやと彼に根掘り葉掘り質問を続けた。彼の話が間違いないと確信が持てたのは夕方だった。ぼくの推測では、それはロシア革命の際に、帝政ロシアの貴族たちが持ち出した古い聖像画にちがいないと思われた。そこでぼくは考えた末に、〈ミネルバ茶房〉へこの話を持ち込んだのだった。

「金はあるんだ」

と、影山さんは言った。

「百万ぐらいの金ならどうにでもなるがね」

「何です」

「本当はおれもついて行きたいんだよ」

一緒にどうか、とぼくは言った。影山さんは首を振って、

「ちょっと最近、心臓の具合がおかしいんだ。飛行機に乗ると不安でな」

「じゃあ、どうします」

「一晩考えさせてくれ」

と、影山さんは言った。だが、その顔を見ると、今すぐにでも金を取りに駆けもどりそうな表情をしていた。ぼくは筑波に横目でウインクした。狙《ねら》った通りにうまくいきそうだ。ぼくは

影山さんに旅費を出してもらって、大威張りでヨーロッパへ発《た》てそうな具合だった。ソフィアの、あの金色に輝くネフスキイ寺院のイメージが、ぼくの心を満たした。ソフィアの街に鳴る優しい鐘の音《ね》が、頭の隅にこびりついていた。

5

ぼくらは九月の下旬に出発した。筑波五郎はモスクワ回りで行こうと言ったのだが、ぼくはパリ経由に決めたのだ。影山さんは、往復の飛行機代と、その外に五百ドルずつの経費をぼくら二人に用立ててくれた。ぼくが余りに確信をもって断言するので、影山さんはぼくらの話を信じないわけには行かなくなったのである。

「もし本物のロシア・イコンが手にはいったら――」

と、影山さんはぼくに夢見るような目付きで言った。

「あの壁と、ここらの棚を外《はず》して、ずらっと一面に並べるんだ。ミネルバ図書室に続いて、ミネルバ美術工芸室が出来上るという寸法だな」

「凄《すご》いですね。大学の先生方がびっくりしますよ」

「うん」

いま、ソフィア行きのソ連製ジェット機の座席に身を埋《うず》めながら、ぼくはその時の影山さんの嬉しそうな顔を思い浮べ、かすかに心が痛んだ。もし、万一、筑波が見たという古い聖像画が、どれもこれもそのへんにごろごろしている安物のイコンだったらどうすればいいか。いや、革命の時にロシアから持ち込まれたものなら、そんな安物のはずはない。ひょっとすると十四、五世紀の傑作も、中には混じっているかもしれぬ。本当に値打ちのあるものがみつかったなら、一点ぐらいはパリで影山さんには内緒で処分してもいい。もし百万ぐらいに売れたら、半年ほどヨーロッパで暮してみよう。

「バルカン山脈が見えて来たぞ」

と、筑波が気密ガラスに額を押しつけて叫んだ。彼は話がまとまってからは、別人のように元気をとりもどしていた。少しはしゃぎすぎるくらいだった。そのことはぼくを安心させた。もし、彼が自信がなければ、目的地に近づくにつれて不安になるはずだったから。

「真白だ。雪が降ったんだな」

バルカン山脈は牛の背に似て、長く東西にのびている。あの山腹のどこかに、筑波五郎から聞いたメルヘンの中の小さな村があるのだ。ぼくも少し心が騒いだ。筑波五郎と寝たという少女は、果して彼が語って聞かせたように愛すべき娘だろうか。そして、ぼくはどんな少女にめぐりあえるのか。

ソフィアの街が見えはじめた。機はエンジンをしぼってゆるやかに降下して行く。ぼくらは今、ようやくブルガリアの地に着くのだ。

「ここは遠きブルガリア　ドナウのかなた――」

と、ぼくは小声でうろ覚えのロシア民謡を口ずさんでみた。

ソフィアは、黄葉した樹々の間から、金色の尖塔が見え隠れにそびえる、思ったとおりの美しい街だった。街路は、ひっそりとしていた。ぼくらはバルカン・ホテルの六階の窓から、向かいの〈ツム〉の建物を眺めていた。目の下の舗道に赤とピンクの花々が咲き乱れ、雨上りの街角には黄色いレインコートの娘たちが信号を待っている。特徴のあるキリル文字の広告のネオンが、夕暮れの迫りはじめたソフィアの街に輝きはじめた。

「キリル文字はロシア文字とそっくりだ」

と、ぼくは呟いた。

「あれはビザンチンが東ヨーロッパに残した文字だ。そいつがロシアに渡り、ロシア文字として変化して行くのは、ビザンチンの聖像画がバルカンからロシアに渡り、ノヴゴロドやキエフでロシア・イコンとして芸術的に開花したのと同じだ」

「キオシスの村へは、いつ出発する？」

と、筑波が言った。今からでも出かけたそうな口ぶりだった。

「明日の朝から出かけよう。まず車をやとわなきゃならんし、それに雪のバルカン山脈を越えるための準備もいる。案内人も必要だ。今夜のうちにホテルで相談して決めよう」

「よし」

　彼はベッドの上に体を投げかけると、白い大きな枕をぎゅっと抱きしめて悲しげな声で歌い出した。ひどい歌だった。

「黒い瞳の若者がア　私の心をとりこにしイたア——」


　ぼくらは次の日に出発した。この国ではドルはかなり有利に交換できる。一週間以内の観光客の場合、普通の二倍のレートで取りかえてくれるのだ。ビザも不要で、共産国家にしては気楽な国だった。ぼくらはすでに雪におおわれたバルカン山脈を見あげながら、浮き浮きした気持ちでホテルを出た。ぼくらの前途はきわめて明るいように思われた。影山さんは、決して無駄な投資をしたことにはならないだろう。今年の秋の終りには、〈ミネルバ茶房〉には新しい画廊が生れることになるだろう。

　ぼくらがキオシスの村についたのは、出発して三日目の朝だった。雪が深く、山越えに手間取ったのだ。ホテルでやとった案内人は、口数の少ない実直そうな男だった。

　キオシスの村は重なり合った山肌に、寄りそうようにして在《あ》った。石と木で造られた人家から紫色の煙がたちのぼるのを見た時、ぼくは言いようのない一種の感動を覚えた。何百年も昔から、この山間にひっそりと暮している人びとと、東京の一千万人の雑踏の中から来た自分との出会いの奇妙さを考えたからである。やや葡萄色をおびた朝の空が雪の山脈の上に果てしなく拡がり、空気は頬が切れそうに冷たく澄んでいた。

「あれがキオシスの村か」

「そうだ」

筑波はキラキラと目を輝かせながら、その村を見下ろしていた。鼠のようだと思っていた彼の横顔は、その時、とても若々しい青年の顔に見えた。

その日、ぼくらがキオシスの村人から受けた歓迎は心の温まるものだった。村人たちは再び帰って来た友人を迎える優しさで筑波を抱きしめ、頬に接吻をした。ぼくも彼におとらず丁重《ていちょう》なもてなしを受けた。ぼくらは、プレゼントとして東京から運んで来た、いろんな日用品をリュックから出し、村長に贈った。その村長の娘が、通訳をつとめた。

筑波五郎とその少女が出会った時は、そばにいたぼくまでつい涙ぐみそうになったほどだ。二人は実に熱烈に抱き合い、キスをし、そしてみつめあった。周囲の村人たちは微笑して二人を眺めていた。まるで新しく生れた一組の新婚夫婦を祝福するような具合だった。それを見ているうちに、ぼくの心になぜか軽い巻雲のような不安が拡がりはじめた。

その夜、ぼくが泊っている村長の家の離れの部屋に、筑波五郎は帰って来なかった。ぼくは口数の少ない案内人と同じ部屋で、一晩中、まんじりともせずに朝を迎えた。

　この村に来てからというもの、彼は村人たちの中へまぎれ込んでしまって、まるでぼくのことを忘れてしまっているかのようだった。このドナウのかなたの寒村までぼくらがやってきたのは、キオシスの村長の娘に筑波五郎を会わせるためではない。それはイコンを手に入れるためなのだ。影山さんが費用を作ってくれたことに対する責任というものがあるではないか。

　ぼくは扉をあけ、服を着たまま朝の冷気の中へ出て行った。はるか目の下に光っている谷間の水流、そして西方からおおいかぶさるように迫る山肌。その上方に微妙な金と赤の混じりあった朝焼けの雲が流れていた。物音ひとつしない大自然の夜明けの中に、ぼくは言葉をのんで立ちつくした。

　どれくらいの時間がたっただろう。若々しい女の笑い声に気づいて振り返ると、腕を組み、肩を寄せあった筑波と村長の娘の影が逆光で浮び上っていた。

「おい！」

　ぼくは腹に力をこめて呼びかけた。

「筑波。今からお前の言っていた山小屋へ案内してくれ。おれたちがここまでやって来た目的を忘れるな。さあ、女と離れておれと一緒に行こう」

　筑波はぼくの声に気づいて振り返ると、女に何か言い、少しうなだれてぼくのそばへやって来た。そして、突然、膝をそろえてぼくの足もとに正座すると、小さな声で言った。

「おれを殴《なぐ》ってくれ」

「何だって？」

「気のすむまでぶん殴ってくれ。おれの聖像画の話は、あれは全部でたらめだ」

「…………」

「おれは前にこの村へ来た時、この娘と愛し合ってしまった。日本へ帰ったら、必ず身辺を整理してキオシスの村へもどってくると約束したんだ。おれはこの村で、彼女と結婚して一生ここで暮すつもりだ。だが、どうしても家の連中がうんと言わなかった。おれが東京に出て来たのは、強盗でも人殺しでも、何でもいい、何とかして旅費を作ってこの村まで来るつもりだったからだ」

「おまえ、この野郎――」

ぼくは狼のような唸《うな》り声をあげて身構えた。筑波は地面に頭をすりつけて喋り続けた。

「あんたのアパートでロシアの聖像画の話を聞いた。それが大変な値打ちがあると、あんたは教えてくれた。そこで、おれはつい口から出まかせの作り話をあんたにして――」

「馬鹿――」

ぼくは登山靴で力まかせに彼の頭を蹴《け》りあげた。少女の悲鳴がきこえた。

「おまえ、同級生のおれを、よくもだます気になれたな。おれはまだいい。影山さんはどうする。あんな善良なあんな優しい人をおまえは。ペテンにかけたんだぞ。おれまで共犯者じゃないか。おれはあの人を――」

ぼくは頭のてっぺんまで血がのぼって、思わず両手で彼を殴りつけた。彼は全くの無抵抗で、されるがままになっていた。横から村長の娘が走り寄って、彼の上に体をかぶせるように倒れた。

「なぜこの人をぶつの！」

と、その娘は真黒な大きい目に涙をうかべて英語で叫んだ。

「やめてちょうだい。あなたたちはお友達のはずよ。なぜそんなひどいことをするの」

ぼくは少女の肩をつかんで引き起こした。そして足で一発、筑波の胸を蹴っておいて、その娘に、なぜ自分が怒っているかを、下手《へた》くそな英語で簡単に説明した。

「つまり、この人はあなたと、そのお金を出したミスター・カギヤミに、古いロシアの聖像画を手に入れてあげると約束したわけね」

そうだ、とぼくは言った。

「そのためにぼくは東京からはるばるこの村までやって来たんだ。ぼくが十年かかっても返せないほどの大金を借りてだ」

「あなたは古いロシアの聖像画が欲しいのね」

と、娘は静かな声で言った。そして、ぼくの腕を軽く叩くと、何事か決心したような表情で自分の家の方へ歩いて行った。

ぼくは地面に倒れて泣いている筑波五郎を見おろして立っていた。朝日が残酷なまでの美しさで彼の額に流れる血を照らし出した。それを見ているうちに、ぼくの心の中で、怒りが次第に消えて行き、代りに大声をあげて泣きたいような悲哀の感情がふくれあがってきた。

「ばかやろう！」

と、ぼくは誰にでもなく叫んだ。

「バカヤロウ！」

と、澄んだこだまが返って来た。その時、ぼくは背後に何十という人びとの足音とざわめきを聞いて振り返った。

そこに集まって来たのは、見すぼらしいなりをした村人たちだった。先頭に娘の父親である村長が立っていた。彼らは哀しげな目の色で、倒れている筑波と、突っ立っているぼくをみつめた。娘が人びとの間をわけて出て来た。彼女はぼくの前に、静かにひざまずき、ゆっくりした、判りやすい英語で言った。

「わたし、ミスター・ツクバと結婚すると両親に言いました。父も母も喜んで許してくれました。ミスター・ツクバはわたしと一緒に一生この村で暮すと約束してくれたのです。彼は心の美しい、良い青年です。この人があなたをだましたのは、わたしに会いたいため、このキオシスの村へ帰りたいためだけのことでしょう。わたしは父に、彼があなたを古いロシアの聖像画を手に入れてやるといってだましたことを話しました。そしてあなたが怒っていらっしゃることを。あなたの怒りはごもっともです。でも、ミスター・ツクバはわたしにとって、いや、村の人たちみんなにとって、わざわざ日本からこの村に帰って来た兄弟同様の大事な人です。彼はわたしと結婚して、一生この村で暮すと決心したのですから」

　彼女は言葉を切って、うしろをふり返り、村人たちに手をのばして何か合図をした。老人たちの間から数人の少年が何か四角いものを抱えて進み出た。娘は続けた。

「わたしたちは、ミスター・ツクバにかわって、あなたにおわびしたいと思います。彼にその気持ちをおこさせたのは、本当はわたしたちの罪ですもの。ごらん下さい。ここに、村の家に何百年も昔から残っている大切な聖像画があります。みんな本物です。わたしの父は、もし自分の家にある聖像画を差上げることで、あなたの怒りがとけるのなら、そうしたいと言いました。その話を聞いた村人たちは、みんな自分たちの家にある聖像画をこうして持ち寄ってくれたんです。さあ、ここに並べてある中から、あなたが持って山を越せるだけの聖像画を、お持ちになって下さい。そして、ミスター・ツクバの罪を許し、怒りをといてあげて下さい。この村に一生残るお友達と、優しい気持ちで別れてあげていただけないでしょうか。わたしの両親も、心からそう願っているのです」

　ぼくは目の前に並べられた大型の聖像画と、哀しげにこちらを見守っている無言の村人たちを眺めた。皆、物言わぬ動物のような優しい静かな目に、哀しげなほほえみをうかべてぼくを見つめているのだ。朝日を受けて、彼らの黒衣が濃いバラ色に染まっていた。ぼくは唇を噛んで山頂から吹きおろしてくる冷たい風の中に立ちつくしていた。泣きたいような、嬉しいような変な気持ちだった。

6

翌日の夜、ぼくは五枚の聖像画を背負って案内人と二人でキオシスの村を離れた。ぼくは一枚だけでいいと言ったのだが、村長はどうしても持って行ってくれと言ってきかなかったのだ。村長の娘もそうだった。バルカンを遠く離れた日本の島に、この聖像画があるのはいいことだ、と彼女は言った。

「信仰は心です。形ではありません。大昔、ビザンチンからバルカンへ伝わった聖像画がロシアに渡り、そして今度は海をこえて日本へも伝わるのは意味のあることです。どうぞ持って行って下さい」

ぼくは五枚の聖像画を背中にせおって山道を登って行く。手を振っている黒衣の物言わぬ村人たち。羊の鳴き声。谷間に立ちのぼる紫色の煙。白い開襟シャツは、この村に永住することを決めた筑波五郎の姿だ。そのうしろにあの村長の娘が寄りそっている。村が次第に小さくなって行くと、ぼくの心の中には、耐え難い望郷の念に似た哀しみが霧のように湧いた。このまま案内人と別れて、あの村に駆けもどりたい、という気がした。口数少なく、優しい目をした村人たち。山脈に抱かれて何百年もひっそりと生きている集落。山羊の乳をしぼり、バラの香油を作り、美しく澄んだ秋空と山頂の雪を眺めて暮す平和で人間的な生活。ぼくらが失ったすべてのものがそこにあるような気がする。

「雪がきそうだ。急ごう」

と、案内人が下手《へた》くそな英語で言った。ぼくは頭を回してキオシスの村に別れを告げた。そのとき、空は急に暗い色を帯《お》びはじめていた。

山頂を越える頃、激しい吹雪《ふぶき》になったのだ。寒さが加わって、ぼくらはかなり体力を消耗した。あたりは一面の雪の幕に包まれて、このままでは方向を見失いそうに思われた。ぼくは案内人の意見にしたがって、そこで雪洞を掘ってビバークすることに決めた。

雪洞の中で少し眠って目をさました。吹雪は止《や》んでいたが、寒さはますます厳しさを加えて来た。外に出てみた。青黒い空の星と、白くうねった山肌の外には、雑木一本見当らない。耐え難い寒さだった。雪洞にもどって紙くずを燃やすと、赤い焔が上ってぼくらの影を作った。ぼくは聖像画を包んだ紙や、わらくずを少しずつ燃やした。だが、三十分もたつと、燃やすものは何一つなくなってしまった。案内人は顔色が変っていた。激しく体を震わせて歯を鳴らしている。

ぼくはライターをつけて、雪洞の中を眺め回した。身につけているものの外、燃やして暖を取るべきものは、何一つなかった。ぼくは自分の手が無意識に聖像画の方へのびて行くのを他人の行為のように、ぼんやり眺めていた。

一枚の聖像画がライターの光の中に浮び上った。それは切れ長の優しい目をしたマリアが、椅子に腰をかけ、膝の上に幼いキリストを抱きかかえている図柄だった。マリアはわずかに首をかしげ、小さな唇を固く結んで何か物思いにふけっているように見える。キリストの髪が金色に光っていた。背後に二人の天使が描かれている。全体に赤味をおびた金色で、聖母子の表情は、固く峻《けわ》しく、抑制された情感が鋭い残響のようにぼくの胸に伝わってくるのだ。ギリシャ・ローマ美術や、後のルネサンス期のそれのように、典雅で調和のとれた自然な美しさではない。激しい宗教的感情をあくまで強く刻み出した筆である。それは恐らく十六世紀後期のものと見られるバルカン・イコンのまぎれもない傑作の一つだった。ロシア・イコンの青味を帯びた北方的抒情とは異質の、もっと熱い魂の色彩がそこには輝いているように思われた。ぼくは思わず、ライターの焔を消した。腕を組み、寒気の呼びおこす誘惑に耐えようと歯を食いしばった。

だが、三十分もたつと、ぼくらの手は再び無意識に動き出すのだ。その手は聖像画の木板の端をつかみ、激しく岩角に打ちつける。ぼくはすでにその時、一種の寒気による妄想状態におちいっていたにちがいない。板の割れ音がきこえ、ライターの焔がくもり、そして木片は黄色い焔と軽い音をたてて燃えはじめた。ぼくと案内人の二人は交互に聖像画を砕《くだ》いては火の中に投げ込んだ。二人の異様な影が雪洞の中に、黒いけもののように揺れ動いた。

　最後の木板を手にしたとき、キリストを抱いたマリアの顔がかすかに歪《ゆが》み、黒い大きな目を見開いて、ぼくらを嘲《あざけ》るように笑ったような気がした。ぼくは驚いて、その木板を火の中へ投げ入れた。その時、マリアは赤い焔の中で、確かにぼくの方を見ていたように思う。

　次の朝、ぼくらは無事にバルカン山脈を越えた。下の街から山肌の火を見て、数人の青年たちが登って来てくれたのだ。それは案内人の友人たちだった。彼らはぼくらが二人なのを見て、もう一人の日本人はどうしたのか、とたずねた。ぼくは案内人と打合わせしていた通りに、雪の中で昨夜、姿を見失ったのだと言った。彼らは黙って肩をすくめただけだった。ぼくは案内人に料金を払い、車をやとってその日のうちにソフィアの街へもどった。

　街は、秋の爽やかな陽ざしの中に金色に輝いていた。やがて来る厳しい冬の前に一瞬だけ訪れる、実に見事な晴れた午後なのだ。ぼくはバルカン・ホテルで濃いトルコ風コーヒーを飲み、安いキャビアを食べ、枯葉色のスウェーターを着て街を歩いた。ふと目の前に、いつか絵葉書で見た、アレキサンドル・ネフスキイ寺院の壮麗な円屋根《まるやね》が現われた。やや淡い緑色の屋根を金色の塔が包み、周囲には黄葉した樹々が放射状に続いている。遠近法のない絵画を見るような、くっきりした風景だった。秋深いソフィアの空は硬いターキッシュ・ブルーに澄み渡り、空気は粒立《つぶだ》ったように新鮮で冷たく、どこかで子供たちの叫び声がきこえていた。ぼくがゆっくり移動して行くと、突然、円屋根の背後に、白い雪をいただいた牛の背のようなバルカン山脈が現われた。

あの山の向こうにキオシスの集落がある、とぼくは思った。ミスター・ツクバはいま、あの娘と何をしているのだろうか。そしておれ自身は一体なんのためにこのソフィアの街角に立っているのか。

ぼくは黙って敷石の舗道に立ちつくした。

〈ミネルバ茶房〉の店主に、どう言い訳をしようか、と、ぼくは考えた。影山さんにはありのままに事実を話そう。そうすれば、きっと彼は黙ってうなずいて判ってくれるにちがいない。もし駄目だったら、あの店でアルバイトをさせてもらって、何年かかってでも借金を返すまでだ。

その時、ネフスキイ寺院の塔の高みから、澄明な鐘の音がゆるやかにぼくの上に降りかかってきた。その鐘の音は、少しの乱れもなく、あのビザンチン様式の直截《ちょくせつ》さで、静まり返ったソフィアの街に拡がって行くのだった。

――「ソフィアの秋」了――

夏の怖れ

1

おそい夕食がすむと、ジュリーと二人だけになった。彼女の父親が気をきかせて、早々に書斎にひきあげてくれたからだ。

外は明るかった。部屋の窓から、海と、オスロの市街がよく見えた。私たちは向きあってコーヒーを飲んでいた。

「さっきの話だけど――」

とジュリーが英語で言った。「わたし、やっぱりよすわ。一人で行ってらっしゃい」

「なぜだい」

コーヒー茶碗《ちゃわん》を下において私が言った。「なぜ君があそこへ行くのを嫌がるのか、そのわけを聞かせて貰《もら》いたいね。だいいち、オスロを見に来いとすすめたのは、君の方だぜ。君がどこでも案内すると言うから、わざわざストックホルムからやって来たんだよ」

「それはそうだけど」

ジュリーは立ちあがって窓際へ行き、放心したような横顔を見せて外を眺めた。

「でも、ほかに見る所はたくさんあるわ。フログネル公園とか――」

「そうじゃないんだ」

と私は彼女の言葉をさえぎって言った。「ぼくが言ってるのは、そういうことじゃない。なぜ君がムンク美術館へ行くのを避けるのか、その訳が知りたいのさ」

「わたし、いやなの」

「何が？」

「ムンクの絵を見るのが」

「ムンクの絵は、君たちノルウェー人の自慢の種じゃなかったのかね」

「もちろんよ。でも――」

とジュリーは私を振り返って言った。「わたしはオスロに住んでいながら、まだいっぺんもムンク美術館に行ったことがないのよ。いちど勇気を出して、入口まで行ったことがあるの。でも、どうしてもなかにはいれなくって、そのまま引きかえしてきたわ」

「なぜ？」

「怖かったの。彼の絵を見るのが」

ジュリーは、窓を背中にして、こちらを向いて立っていた。光の加減かも知れないが、なんだかとても痩《や》せて、疲れているように見えた。だいたいがほっそりした体つきなのだ。ヴァイキングの末裔《まつえい》らしく、背丈もあり、のびのびとした手足をもっている。だが、胸は薄く、腰の幅もせまい。深く窪《くぼ》んだ、暗い目だけがひどく目立つノルウェー娘だ。

はじめてジュリーに会った時、私をたじろがせたのは、その異常に暗い目の色だった。

「スカンジナビア風の憂鬱《ゆううつ》、という言葉があるのを知ってるかね」

と、あの時、一緒にガール・ハントに来ていたアメリカ人作家のジムが私に言った。「ほら、あそこに立ってる金髪だよ。あの娘の目の色を見ろ。あれがそうだ。あの得体のしれない暗い目つきは北欧人独特のものだぜ。ああいうのが、寝ると凄《すご》いんだよ。どうだ、いっちょうあたってみるか」

その時のジムの言葉は、正確だった。そのことは最初の晩にジムが、次の晩に私がたしかめた。ちょうど今から一年前のことだ。

「むかし、学校の図書館でムンクの画集を見たことがあるの」

とジュリーの声が私の回想をさえぎった。

「その画集の半分まで眺めただけで、わたしはその本を返したわ。体中にびっしょり汗をかいて、今にも倒れそうな気がしたの。その晩、昼間見た絵のことを思い出したら、また気分が悪くなって少し嘔《は》いたわ」

私は黙っていた。ジュリーはテーブルの所へ来て、空のコーヒー茶碗《ちやわん》をかたづけ始めた。

「ジュリー」

と私は彼女の背中に声をかけた。「君はまた病気がぶり返したのかい？」

ジュリーの背中が動かなくなった。

「そうらしいわ」

と、ジュリーは答えた。彼女はくるりとこちらへ向きなおると、いきなり駆け寄ってきて、私の膝《ひざ》に体を投げかけた。コーヒー茶碗の砕ける音がした。

「あの薄気味悪い絵が一日じゅう頭にこびりついて離れないの。夜も眠れないし、仕事も手につかないわ。去年の冬といっしょの気持よ。病気がまたやってきたんだわ。誰かがそばにいてくれないと、怖くて死にそうなの」

「お父さんがいるじゃないか」

「父と二人だけだと、なお怖いのよ」

「どうして？」

「わからない」

私はジュリーの背中を、力づけるようになでてやった。彼女は私の手の下でかすかに震えていた。彼女のために何とかしてやりたい、と私は思った。ジュリーは手紙で、わざわざ私に助けを求めたのだ。去年の冬、別れぎわにアドレスを書いた手紙を渡しておいたのを、彼女はなくさずに持っていてくれたのだった。

「ジュリー」

と私は彼女の柔らかい金髪を指先ですきながらささやいた。「ぼくに出来ることなら何でも言いつけてくれ。ぼくは医者じゃないから君の病気をなおしてあげるわけにはいかない。だが、ほんのしばらくだけでも君の不安を静める役に立てば嬉《うれ》しいんだが」

「ええ。ありがとう」

とジュリーは言い、顔をあげて私を見た。

「今夜、あなたの部屋へ行くわ」

「何時ごろ？」

「十二時に」

「いいとも」

と私は言った。「ムンク美術館へは、あす一人で行くことにするよ」

「ごめんなさいね」

彼女は立ちあがって微笑した。部屋を出て行く時、私は何気なく彼女にたずねた。

「君の頭に一日中こびりついて離れないというムンクの絵は、どんなやつだい」

ジュリーの目に、ぼうっと薄いもやがかかったような感じがした。彼女は重い舌で言葉を押し出すような調子で答えた。

「題は知らないけど、気持の悪い絵よ。橋の上で、骸骨《がいこつ》みたいな女が耳を押えて叫んでいる

「――」

「それは〈叫び〉という石版だ」

ジュリーは黙ってうなずいた。

「お薬をのむわ」

と彼女は言った。

「春からずっと精神安定剤を使ってるの」

あまり常用しないほうがいいぜ、と私は言い、部屋を出た。三階の寝室への階段を上りながら、北欧という土地は人間の精神衛生にはよくないところだ、と考えた。冬の間は暗黒の夜が何か月も続き、夏になれば夜中まで陽が照っている。ジュリーでなくとも調子が狂うのはあたり前だろう。去年の冬、ジュリーにはじめて会った頃の私も、そうだった。同じ部屋に住んでいたジムも、変になりかけていた。でなくてはあんな馬鹿な真似《まね》を、しでかすはずはない。

寝室は広くて、清潔だった。ベッドには真白なシーツと、頭が沈みこんでしまいそうな大きな枕《まくら》がおいてあった。おれと精神安定剤とでは、どちらがジュリーの不安を緩和するのに役立つだろうか、と私は考えた。あまり自信はなかった。性的な意味では、あのゴリラのようなジムのほうが、私よりはるかに適任だっただろう。だがジュリーは、私に手紙をよこした。ジムにではなかった。そのことは私をよろこばせた。私はジュリーが好きだったからである。そして今朝、私は一人でオスロ駅に着いたのだ。

2

私が北欧にやってきたのは、去年の冬のなかば頃である。私はスウェーデンの首都、ストックホルムに住んで、スウェーデン語の勉強にとりかかっていた。ストックホルム大学に籍だけおいて、外国人留学生のためのスウェーデン語教室に通っていたのだ。

私は東京のある国立大学を卒業し、予備校の教師をしながら外国へ行く計画を立てていた。狙《ねら》っていた新聞社の入社試験に落ち、方針を転換したのだ。大学で専攻した社会心理学を、改めて外国で勉強しなおすつもりだったのである。新聞記者が駄目なら、学問的な基礎のあるジャーナリストになろうと考えたのだった。最初はアメリカが目標だった。だが、留学生試験に失敗して、北欧に行こうと決めた。アルバイトが容易なことと、高度な福祉国家における自殺者の問題に興味をおぼえたからである。

滞在の予定は三年と決めていた。外国ボケしないうちにひきあげて、また予備校の教師でもしながら、評論を書きたいと思っていた。

二年間の貯金と、親戚《しんせき》からの借金で、どうやら目的を達したのが、去年の二月である。私は二十六歳で、少し人生を斜めから見るくせを身につけた、無名の、痩《や》せた青年だった。

ストックホルムに着いて間もなく、ゴリラみたいに体格の良い米国の作家と友達になった。彼は旧市街の屋根裏部屋に住んでおり、部屋代を半分負担するパートナーを探していたのだ。彼の名前はジムといった。自分では作家だと称していたが、私は彼がものを書いているのを見たことがない。だが見かけがごついわりに、気の優しい、音楽の好きな男だった。私と彼とは、女性とジャズに関して全く意見があったし、金がないという点でも一致していた。そこで、私たちは一緒に暮すことになった。

ジムも私と同様、怠け者だった。私たち二人は、つるんで街をぶらつき、最低限のアルバイトだけを、いやいややった。

ストックホルムの冬は、予想していた以上に辛《つら》かった。昼間、ほんのしばらく明るくなったかと思うと、たちまち暗くなる。一日中電燈をつけっぱなしで暮すのだ。バルト海からの風は、湿っていて、重い。雪と、氷と、そして長い陰惨な夜だ。

「おれは頭が変になってきたよ」

とジムが言う。

「おれもだ」

と、私。

「ギリシャかスペインに行こうじゃないか」

と突然ジムがベッドから飛びおきる。「あっちじゃ、一日中陽が照ってるんだぜ。さあ、今から出発だ！」

「金は？」

「十三クローナ」

「ドルになおして三ドルたらずか——」

二人で顔を見合わせて、気がちがったように大声で笑う。それからジムがミュージカルのナンバーを調子っぱずれの声で歌い、私が秩父《ちちぶ》音頭《おんど》を歌って、またベッドにもぐりこむのだ。

少し金のある時は、ジムと二人でガール・ハントに出かけた。この街には、娼婦《しょうふ》はいなかったし、まれにいても私たちには関係がなかった。私とジムは、街を首をすくめて歩きながら、女を探した。

街角には女たちがぶらついていた。睡眠薬のかわりに男の肉体を必要とする女たちだ。洒落《しゃれ》たスポーツカーか、豪華な米国車でも持っていれば、ことは簡単に運んだだろう。

「送ろうか？」

「そうね」

それで充分だ。あとは何時間かたって、本当に送りとどけるだけでいい。だが、私もジムも、車どころか満足なコートも持っていなかった。だから、なかなか幸運な目にはめぐりあわなかった。素敵なブロンドをかっさらっていく大型車に悪態をつきながら、私たちは未練がましく街をうろつきまわるのだった。欲求不満と、厳しい寒さに震えながら。

ジュリーを拾ったのも、そんな晩だった。彼女はセルゲル通りの入口で、店の飾り窓を眺めているようなそぶりで立っていた。

「見ろよ、あの娘」

とジムが言った。「あれは男に拾われるのを待ってるポーズだぜ。いっちょうあたってみるか」

だが、私とジムは、気おくれして声もかけずに横を通りすぎただけだった。その娘は、全く見事な毛皮のコートを着ており、一寸《ちよつと》われわれ風情には高級すぎるような気がしたからだ。私とジムは、少し離れた店の前から、彼女の様子をうかがうことにした。彼女はとてもきれいな脚をしていた。少し神経質そうだが、品のよい硬い感じの美しい娘だった。

見ているうちに、何人かのハンターが彼女を誘った。だが、うまくいかなかった。ジムの分析では、男を求めて街へ出てきたのに、いざとなると踏み切れないでいる、というのだ。

「あの娘は、おそらくスウェーデン人じゃないな」

とジムは言った。「おそらく他の国から来たお客さんだぜ。ああいうのは、強引にやると案外うまくいくもんだ」

そこで私たちは、精一杯努力して強引に彼女を誘うことにした。

「おねえちゃん、あんた男が欲しいんだろ。え？　おれたち二人とお寝んねしないかね」

とジムは思いきり下品な英語で言った。その娘の暗い目が、おびえたように私を見た。私もジムに負けずに言った。

「ぼくたちには今、女性が必要なんだ。ぼくたちは車も、気のきいたアパートも持ってないが、そのかわり病気も、変な野心も持ってない。君さえよければ、今夜一晩ぼくらの部屋で過さないか？」

彼女は、今度少し警戒心を和らげた目でジムと私の顔を交互に眺めた。ジムは自分の言葉が恥ずかしくて、今にも逃げださんばかりに大きな体をすくめていた。私のほうも、たぶん赤くなっていたに違いない。

「いいわ」

と、彼女はかすれた声で言った。「あなたたちの言う通りよ。わたし、男の人に拾ってもらいたくて、ここに立っていたんだわ。あなたたちのお部屋に連れていってちょうだい」

「ぼ、ぼくらの部屋は、あんまり清潔ではなくて、その――」

とジムがどもりながら私を見た。

「でしょうね。あなたたちの格好を見てもわかるわ」

と彼女は微笑した。「でも、そんなこと平気よ」

それから私たち三人は、雪の道を歩いて旧市街の寒い部屋に帰った。アルコールランプでコーヒーを沸かし、少し残っていたブランデーを入れて飲んだ。彼女は毛皮のコートにくるまったまま、まるで他人の噂《うわさ》でもするような調子で、自分の話を私たちにした。

　彼女は十日間の予定でこの街へ遊びに来たのだと言った。ほかに彼女が主に話したのは、父親のことと、自分の病気についてだけだった。彼女の父親は退職した官吏で、ジムに負けない大男だということだ。母親はすでに亡くなっており、彼女はその父親と二人で暮しているという。

「わたしは父を尊敬してるの。勇気があって、優しくて、グリークの音楽を愛してる素晴らしい男性よ。このコートも父が贈ってくれたの。わたしに英語を教えてくれたのも父よ。父は戦争中ずっと英国にいたの」

　ジムは自分より大きい男がいるという話に気をよくしていた。彼はいつも巨大すぎる自分の体に、一種のひけ目を感じていたからである。

　自分の病気について話す時、彼女の暗く窪《くぼ》んだ目は、いっそう暗くなった。

「何かが気になって眠れないの。誰かがそばにいてくれないと怖いのよ」

「君のお父さんがいるじゃないか」

「父以外の人でなきゃ駄目」

　私とジムは、思わず顔を見合わせた。ジムが彼女の年を聞いた。二十四歳だ、と彼女は答えた。

「なぜ君は結婚しないんだ」

と私がたずねた。彼女は黙って首をかしげただけだった。

その晩、ベッドが二つしかなかったので、私は床の上に寝た。ジムと彼女の息づかいや、ベッドのきしむ音で、私はほとんど眠れなかった。部屋の中は暗く、寒かったが、私の体は灼《や》けるように火照《ほて》っていた。

次の日の朝、彼女は私に「ごめんなさいね」と言った。その日、一日中、部屋のなかでチェスをやって過ごし、夜、早く寝た。今度はジムが床に寝る番だった。私と彼女は出来るだけ音を立てずに、ベッドのなかでお互いの体をさぐりあった。あんなに優しい気持で女と寝たことは、これまで一度もなかったと思う。

私たち三人は、そんなふうにして一週間を過ごし、八日目の朝、彼女は一人で帰っていった。私たちは、あえて彼女をとめなかった。

「病気は少しはよくなったかね」

と、階段の上からジムがきいた。

「ええ」

と彼女の声が下からきこえた。

また具合が悪くなったら、いつでも来てくれ、とジムが言った。

「ＳＯＳの手紙一本くれたら、すぐに飛んで行くからな」

「さよなら《ファーヴェル》」

と彼女の声が戸外に消えた。

「さよなら《ファーヴェル》」

と私とジムは怒鳴った。

「ノルウェー人だったんだな」

とジムが言った。スウェーデン語なら、さよならは、アニュウのはずだった。ファーヴェルは、ノルウェーかデンマークだ。彼女はどう見てもデンマーク娘ではない。

「あれは典型的なファザー・コンプレックスの症状だぜ」

とジムが言った。「彼女は父親を男性として愛してるのさ。その罪の意識があの娘を不安にさせるんだ。月なみな病気だよ」

それからまた、暗い夜が続いた。私とジムは、その後も時々ガール・ハントに出かけたが、一度も成功しなかった。私たちは、夜、冷たいベッドのなかで、しばしば彼女の思い出を語りあった。時間がたつにつれて、彼女が一週間もの間、われわれの部屋に生活していたという事実が、嘘《うそ》のように思えてきた。彼女の女としての肉体的な特徴や反応を、私たちは懐かしい気持で語りあうことができた。少しもいやらしくなくそんな話を出来るということが、私たち二人を驚かせた。彼女は私とジムとの友情に支えられた共通の恋人だった。正確に言うと、恋人というより肉親のような感じだったろう。

やがて冬が終わり、夏至祭りが来て、白夜が過ぎると、再び長い冬が来た。私のスウェーデン語は一向に上達しなかった。ジムもまったく本を書く様子はなかった。今年のはじめ、彼は金持の未亡人を引っかけ、念願のイタリア旅行へ出発してしまった。私は再び独りになり、時たま街へ女をひろいに出かけ、その度に失望して帰ってくるのだった。

私の気持が少し変になりかけた頃、二度目の冬が終わった。ヴェルギリウス祭が過ぎ、日が長くなりはじめた頃に、私は二通の手紙を受けとった。

一通はアテネのジムからだった。彼は未亡人と別れ、ギリシャでガイドをやっているという。生活費は安いし、女も綺麗《きれい》だ、こっちへ来て一緒に暮さないか、という誘いの手紙だった。

もう一通は、ノルウェーのオスロの消印がついた手紙だった。差出人は、ジュリー・フラグスター。その名前に憶《おぼ》えはなかったが、あの彼女だ、と瞬間的に私は感じた。私は急いで封を切った。私の勘はあたっていた。

それは英文タイプで打たれた簡単な手紙だった。去年のことにはまったく触れずに、もしあなたの仕事の都合がつけばオスロの自分の家へ遊びに来ないか、初夏のオスロはとても素晴らしいし、それに自分は今、あなたの助けの手を必要としているのだ、と書いてあった。

宛名《あてな》は私になっていた。ジムと私との連名ではなかった。

私はジムに断りの手紙を出し、ジュリーにＯＫの手紙を書いた。六月のはじめ、私はスカンジナビア周遊券を買い、オスロ行きの列車に乗った。私はたぶん、恋人の家の火事を消しに行く消防士みたいな顔をしていたに違いない。

3

ジュリーの家に来て二日目の朝、私は彼女の父親とオスロの街を散歩した。彼はたしかにジムよりも背が高く、堂々とした六十代の老人だった。紺のブレザーを着て、手入れの行きとどいた海泡石のパイプをくわえ、背中を帆船のマストのようにまっすぐのばして大股《おおまた》で歩く。引退した捕鯨船の船長といった感じだ。彼は立派な英語を喋《しゃべ》った。

「ほんとによく来てくだすった」

と彼は王宮前の坂を降りながら言った。

「お蔭《かげ》で、ジュリーの顔色がずいぶん明るくなりましたよ。なにしろ淋《さび》しい家庭でね」

私たちはカール・ヨハン街をまっすぐ歩き、ナショナル劇場の前に出た。劇場の前は樹のある広場になっていて、そこに二人の重苦しい顔をした男の像があった。

「こちらがイプセン。向うがビョルンソン」

と、ジュリーの父親がパイプで指して言った。私たちは、そこからオスロ港へ出た。港に面して、褐色の巨大な市庁舎の建物がそびえている。

埠頭《ふとう》に数隻の漁船が横づけになっていた。観光客らしい男女や、制服の兵隊たちが、その漁船の前に行列を作って並んでいる。セーター姿の若者が、現金と引換えに、新聞の紙袋に包んだゆでエビを渡しているのだ。

「朝早く沖へ出てエビを取り、帰りがけに甲板のドラムかんで塩うでにするんですよ。とれたてだから旨《うま》いかも知れんが、少し不潔ですな」

ジュリーの父親はそう言いながらも、私の顔を見て一袋買いこんでくれた。二寸ほどのピンクのエビだった。少し塩からかったが、身がしまってこうばしい香りがした。私たちはエビの殻を水面に飛ばしながら、岸壁に腰かけて、とりとめのない話をした。

ジュリーの父親の耳のうしろに、火傷《やけど》のような赤いひきつれがあるのを私は見た。

「その傷はどうなすったんです？」

と私は無遠慮な質問をした。少し話がとだえて、気まずい沈黙が続いたからだ。

「え？　これ？」

と彼は反射的に手をあげて、その部分をおさえた。「何、ちょっとした事故ですよ」

戦争中、英国にいらしたそうですね、と私は話題を変えるつもりで言った。これは、なおまずい質問らしかった。

「ええ」

と、彼はそっけなく答えると、立ちあがりながら言った。「あんまり一身上の話をするのは好きでないんでね、失礼だが」

この男は相当な癇癪《かんしゃく》もちらしい、と私は思った。こんな大男が本当に怒って暴れたら、さぞ物凄《ものすご》いことだろう。

「ジュリーがきっと淋《さび》しがってますよ。帰りましょう」

と、彼は今の自分の態度を謝るような口調で言った。私たちは潮風に吹かれながら、市庁舎の横を抜けて行った。この大男が、自分の娘と私のことをどう思っているのか、私には判断がつきかねた。

その日の午後、私は一人でムンク美術館へ行った。ムンクの絵には、私自身も忘れられない記憶がある。

私が高校生の頃、ある出版社から出た世界文学全集の一冊に、ムンクの絵が表紙に使われていた。あれはたしかフォークナーの〈響きと怒り〉だったように思う。

無気味に燃えている赤い空と暗い丘と、そしてアメーバのような形をした奇妙な入江。その画面の左上方から奇怪な群集がぞろぞろ歩いてくる。みんな真黒な服を着て、蒼白《あおじろ》い仮面のような顔をしていた。一番前の女の肩が黒のなかに浮かんでいる。シルクハットをかぶった男。その帽子にも空の朱色が反射しているのだ。入江には二隻の小さな船。見ていると、うなされそうになる陰鬱《いんうつ》な絵だった。

その絵の題が〈怖れ〉であることを、私はあとになって知った。

私はその絵の実物を見たいと思った。少年時代の、あの奇怪なショックを、もう一度、体に感じてみたかったのである。

ムンク美術館は、美しい芝生の広場を前にした、近代的な白い建物だった。美術館の横にゆるやかな斜面がひろがり、その上に赤煉瓦《あかれんが》の古風な民家がある。正面からはいるとガラス壁の向うに紫色の花が咲いた中庭が見えた。

館内は、開放的で、静かだった。ギャラリーにはいると、すぐ例の絵が目についた。不思議なことに、思っていたほどのショックはやって来なかった。それよりも、私を惹《ひ》きつけたのは、彼の数多くの版画だった。〈マドンナ〉〈墓〉〈死の部屋〉〈病める娘〉〈愛〉〈接吻《せっぷん》〉など、一連の奇怪な作品が、私に少年時代のあのぞっとするような気分を再現してくれた。ジュリーの怖れていた〈叫び〉もあった。それは〈怖れ〉と同じ背景のなかで、一人の男とも女ともつかぬ丸坊主の痩《や》せた人間が、身をよじり、耳を両手で押えて絶叫している石版画だった。

私はしばらくその絵を眺め、それからギャラリーを出た。これ以上長くいる気分になれなかったのだ。ギャラリーの奥の廊下の先に、清潔な明るいレストランがあった。レストラン・ムンク、とガラスの扉に金文字が読めた。私はそこの窓に面したテーブルで、新鮮な白身の魚を食べ、香りの強いビールを飲んだ。広々としたガラス窓のむこうには、手入れのとどいた芝生が初夏の陽に輝き、ノルウェーの国旗が風にはためいている。それは、平和で、美しく、あまりにも静かな風景だった。この建物のなかにこもっている奇怪な夢魔と、目の前の風景を、私はどうしても結びつけて考えることができなかった。ムンクだけでなく、ジュリーも、そしてあの父親も、私にはうかがえない暗い深淵《しんえん》を持っているのだろうか、と私は思った。少し怖い気がした。きっと、その版画を見すぎたせいだろう。それとも、ジムの言う〈スカンジナビア風の憂鬱《ゆううつ》〉とやらに、私も侵されかけていたのだろうか。

4

その日の夜、ジュリーと居間でカラー・スライドを見ていると、来客があった。ジュリーは、その声を聞いただけで、露骨にいやな顔をした。

「誰だい？」

と私はきいた。

「父の昔のお友達よ」

とジュリーは言った。「戦争中に父と一緒に働いていたらしいわ。今じゃ見るも哀れなアル中患者よ。朝から酔っぱらって街をうろつきまわってるわ。毎週のようにきまって父にたかりに来るの。恥知らずだわ」

「相手にしなきゃいいじゃないか」

「父は友達を見捨てることが出来ない人間なんだわ。いつもこぼしながら、あのいやな男に恵んでやってるのよ」

私にはその気持がわからないこともなかった。戦争中、何かで一緒に苦労したに違いない。私だって十年後にジムが訪ねてきて、いくらか貸せと言ったら、娘が反対しても多少は出すだろう。もっとも、その時になってみなければどうとも言えないが。

ジュリーの話では、彼女が小学校三年の頃に、その男はひょっこりあらわれ、それ以来十年以上も毎週一回やってくると言う。そんなに律義《りちぎ》に来るほうも来るほうだが、腹も立てずに毎回つきあっている父親も変わっている。

今日は話が長びいているような具合だった。私が手洗いに立って、一階への階段を降りかけたとき、応接間からその男が転がり出てきた。もう七十過ぎに見える瘦《や》せた醜い老人だった。その老人は廊下に倒れて、手足をばたつかせた。応接間からジュリーの父親の巨大な体があらわれた。彼は手に持った白い封筒を、その老人の頭に投げた。封筒の口から数枚の紙幣のはじが見えた。

老人はあわててその封筒をひろいあげ、なかをのぞくと汚れた上衣《うわぎ》の内ポケットに、それをしまいこんだ。ジュリーの父親は、クレーンのような腕で老人をつまみ上げ、玄関に放り出した。彼の表情には、何か獣的な怒りがギラギラ光っていた。

老人は後ずさりして玄関の扉を開け、嘲笑《ちょうしょう》とも泣き顔とも取れる歪《ゆが》んだ表情で唸《うな》った。

「ブロシャーク！」

それから跳《は》ねるように外に駆け出していった。ジュリーの父親の顔が真赤になり、両手の握りこぶしがぶるぶると震えるのを、私は見た。

私はそのまま部屋にもどった。しめ切った室内で、ジュリーは美しいフィヨルド風景のスライドを写していた。

「綺麗《きれい》でしょう」

と彼女は言った。

「うん」

と私はあいづちを打ち、何気なく今耳にした言葉を口にした。「ブロシャークってどういう意味だい？」

「それがどうかしたの？」

「いや、ただ聞いてみただけだ」

ジュリーは、カチリとスライドを切換えながら言った。

「それは船員の隠語で〈人殺し〉と言う意味よ」

雪におおわれた山脈が画面に映った。

「綺麗な景色だな。まったく絵のようだ」

と私はくだらないことを言った。暑くもないのに、掌《て》がじっとりと汗ばんでいた。

5

ジュリーの家に厄介になってから、一週間ほど過ぎた。ただぶらぶらしてるだけでは気がひけるので、私は自分から庭の手入れを引き受けた。

ジュリーの家は、広い庭と鉄の門を持った堂々たる邸宅だった。ジュリーは父親のことを退職した官吏だと言ったが、どう考えてもそうは思えない。あちこちの会社の株を沢山持っていて、配当だけで楽に暮しているブルジョアのように見える。

それにしても、こんな広い家に二人だけで暮していては、淋《さび》しいのがあたり前だ。長い暗い冬の間、ジュリーと父親はどんなふうにすごしていたのだろうか。

ジュリーの家は高台にあって、庭の先は深い崖《がけ》になっていた。

「気をつけてね」

とジュリーは花に水をやっている私に注意した。「柵《さく》も何もないから危ないわよ。落ちたら怪我ぐらいじゃすまないわ」

その庭の端に立つと、オスロ湾の一部が、青く光って見え、入江の上の低い山々が眺められた。その風景は、何かに似ていた。よく考えてみると、それはムンクの〈叫び〉の背景とそっくりだ。この崖のふちに立って、両手で耳をおさえ、身をよじって絶叫すれば、あの絵の通りになる。その時、ジュリーと父親がベランダの上から私を呼んだ。仲よく腕を組み合って、こちらを見ていた。

「食事にしましょう。早く手を洗っていらっしゃいな」

とジュリーが笑った。私は返事のかわりに、ふざけて崖から落ちる真似《まね》をしてみせた。両手で耳をおさえて、身をよじり、ターザンみたいな叫び声をあげたのだ。ほんの軽い、いたずらのつもりだった。だが、私を驚かせたのは、その時の二人の反応だった。ジュリーは掌《て》で顔をおおって、その場にうずくまった。父親のほうは、ひきつったような表情で私をにらみつけた。恐ろしい目つきだった。

何が二人にそんなショックをあたえたのかを、私はその時、理解しなかった。それが判ったのは、翌日、街の酒場で例の老人と会ったあとである。

その晩、私は一人で夜の街へ出て行った。ジュリーのお守《も》りに少し疲れていたのだ。それに、あの庭でのいたずら以来、彼女の父親となんとなくしっくりいかぬ感じがあった。そろそろオスロをひきあげる時期が来たらしかった。ジュリーの病気も、かなり良くなってきたと見え、夜もよく眠れる様子だった。いずれ誰かと結婚でもすれば、すっかりなおってしまう種類の病気なのだ。私はジュリーが好きだったが、彼女を独占したいと思うほどではない。二十五歳になったジュリーの、欲求不満を癒《いや》すために呼ばれた、親しい友人といったところだろう。ジュリーと彼女の父親は、うらやましいほど仲が良かった。だが、彼女は父親に抱かれて寝ることは出来ない。だから、私が必要だったのだろう。

「なぜジムでなく、ぼくを呼んだのかね」

と、ある晩、私はジュリーに聞いた。ジュリーは裸の胸を、私にぴったり押しつけてきながら答えた。

「ジムは男くさすぎて、いやだわ。わたしが欲しいのは優しさなの。セックスそのものじゃないわ」

その時のジュリーの声を思い出しながら、私はカール・ヨハン通りを歩いた。学生の森を横切った所に、赤いネオンがジージー鳴っている酒場があった。私はその店で一杯やることに決めた。

古い造りの男だけの酒場だった。私はカウンターに坐《すわ》って、ビールを飲んだ。二杯目を注文した時、ドアがあいて、ぼろくずみたいな老人が転がりこんできた。立派な体格のバーテンダーは、その老人を外へ突き出して、私にニヤッと笑って見せた。

しばらくして、またその老人が店にはいってきた。バーテンダーは、今度は笑顔を見せなかった。老人は勢いよく外に投げ出された。

私はビールの代金を払って外へ出た。老人は歩道に寝転んでなにやらぶつぶつ言っていた。

「立てないのかね？」

と、私は老人の腕を引っぱりあげながら英語で言った。「あんたに一寸《ちよつと》ききたいことがあるんだが。英語、しゃべれるかい？」

老人は私の手を振りはらって怒鳴った。

「英語しゃべれるか、だって？　何を言いやがる。おれはロンドンで十五年暮したんだぞ。お前みたいな中国人より、百倍もうまくしゃべれるさ」

「じゃ、少し教えてもらいたいことがあるんだ」

「駄目だね。おれはスナップスを一杯やらんと英語は思い出せんのだ。あんた、おごるかね？どうだ」

いいとも、と私は言った。そして老人をかかえて、再び酒場へもどった。バーテンダーは呆《あき》れ顔で私を見ていたが、出て行けとは言わなかった。私は淡い褐色のスナップスを二杯注文し、二杯とも老人の前においた。

「飲むのはまだだよ。話をすませてからだ」

「一杯だけ先に飲ませろよ。でなきゃ英語はしゃべらん。絶対にしゃべらんぞ」

「じゃ、一杯だけだ」

　老人はふるえる手でグラスを摑《つか》み、ウォッカに負けない強いスナップスを一息に赤い口に放りこんだ。手の甲で口をぬぐって、

「何をしゃべらせようというんだね」

「あんた、五、六日前にジュリーの家へ来たね」

「ジュリー？　ジュリーの家へだと？」

　老人の目が、急に疑い深そうな光をおびた。

「あんたは誰かね。なぜジュリーを知ってるのかね？」

「酒でもおごってくれたら答えるよ」

　と私は言った。「今、きいているのはこちらのほうだ。あんたが本当のことを教えてくれたら、あんたが飲みたいだけ酒をおごろう」

　何が知りたいんだ、と老人は呟《つぶや》いた。目の前のグラスに手を出そうとしたので、私はその手をぴしゃりと叩《たた》いてやった。

「あんた、戦争中は何をしてた？」

　と私はきいた。老人の眉《まゆ》がきっとつりあがった。

「何をしていただと？　このわしにそれを聞くのか。よし、教えてやろう。レジスタンスだ。

ドイツのナチ野郎どもと闘ったんだ。スキーをはいてな、ラップランドの方まで暴れまわったんだ」

「あんたがか？」

「信じないのか、え？　リューカンの水力発電所を爆破したのは、わしらの地下組織の仕事なんだぞ、どうだ、信じるか」

「信じないね」

「ふむ。どうせそうだと思っとったよ。街の連中も、どいつも、こいつも、戦争中のことは忘れちまいやがって、あの当時は大したもんだった。英雄だったんだ。レジスタンスの英雄、ノルウェーの誇りと言われたもんだ」

　バーテンダーが、またか、と言うように苦笑して見せた。二、三人の客たちも、露骨に軽蔑《けいべつ》の目つきで老人を振りかえった。

「この近くのオスロ大学でナチに包囲されたことがあった。千五百人の学生をナチの親衛隊とゲシュタポが逮捕したんだ。次の年にはオスロで暴動がおこった。おぼえてるか、え？　あの暴動は、わしとジュリーの父親が計画したんだぞ」

「ジュリーの父親が？」

「そうとも。あの男は、わしの片腕だった。わしはレジスタンスの部下のなかで、あの男を一番信頼してたんだ。利口で、勇敢で、命知らずだった。ふだんはおとなしいが、本当に怒ると手負いの鯨《くじら》みたいに暴れる男だった」

　それから老人はくどくどとしゃべり続けた。戦争が終わって、また昔の漁業会社へもどったこと、上役と喧嘩《けんか》してそこを追われたこと、自分で始めた事業に失敗して破産したこと。その間に、ジュリーの父親は彼と反対に官吏として出世し、途中で退職して始めた貿易会社で異常な成功をおさめたという。

「それであんたは彼のところへたかりにいくのかね？」

　と私は言った。「そいつは少し甘ったれすぎるんじゃないか？」

「ふん」

　と老人は奇妙な笑いかたをした。「おれが甘えてるんじゃない。あれは奴《やつ》が自分の罪をつぐなってるだけさ」

　それはなんの意味だ、と私はたずねた。

「奴は罪をつぐなわねばならん。奴は自分の女房を殺したからな」

　私はしばらく黙っていた。老人がその後を続けるのを待っていたのだ。だが、彼はそれきり口を閉じてしまった。そこで私は意地の悪い方法で、老人の口を開けようと試みた。

「あんたが彼のことを人殺しだとふれ歩いていると、ジュリーの父親に言ってこよう。あの男があんたをどうするか、楽しみだな」

「待て！」

と老人は私の服をつかんだ。「今のはでたらめだ。つまらんことを言うんじゃない」

「その手をはなせよ。今から行ってくるんだ」

「やめてくれ。そんなことを言ったら奴はわしを殺すかも知れん。そういう男なんだ」

くわしい話を聞かせてくれたら、彼には黙っていよう、と私は言った。私はその老いぼれたレジスタンスの闘士を脅迫したのだ。

他人にいっさい口外しないと誓うか、と老人はつきつめた口調で言った。私は誓った。老人は目を半眼にとじて低い声でしゃべり出した。

「わしとジュリーの父親は、地下にもぐって二年間も家へ帰らなかった。ナチの秘密警察をごまかすため、わしと彼とは、ドーヴァー海峡で遭難して死んだと言いふらしておいたのだ。家族の者も、そう信じておった。そして、一九四五年の五月にドイツが降服した。わしたちは勝ったのだ。ジュリーの父親は、何も知らせずに家へ帰って妻を驚かせたいと言った。そこで、まずオスロに着くと早速、わしと二人で彼の家へ乗りこんだのだ」

老人は、テーブルの酒を摑《つか》むと、毒をあおるような表情で一気に流しこんだ。

私は待った。彼は再び語りはじめた。

「ちょうど五月の夕方だった。高台にある彼の家の玄関へ着くと、わしらは庭へ回った。テラスからはいって、驚かせるつもりだった。だが、彼の妻は庭にいた。その頃、四歳になったばかりのジュリーと、花に水をやっておったのだ。彼女は白い大きな帽子をかぶり、ひどく痩《や》せて暗い表情をしていた。ジュリーの父親は、いきなり飛び出して行って、彼女を抱えあげた。彼女は鋭い悲鳴をあげ、それが夫だとわかると、身をもがいて彼の腕からのがれようとした。その時、彼女の帽子が落ちたのだ。ジュリーの父親の目が、不意に凍りついたようになった。彼女の頭は、まるで囚人のような丸坊主だったのだ。わかるかね？　この意味が」

「……………」

「ドイツが敗けた後、この街でもナチに協力した裏切者たちが、たくさん処刑された。クヴィスリングのように正式の裁判で処刑された奴《やつ》もいる。だが、そうじゃないのもあった。とくに戦争中ナチの将校たちの女になって楽をした売女《ばいた》どもは、市民たちのリンチを受けたのだ。髪の毛を切って丸坊主にして街中を引きまわしたのさ」

「じゃ、ジュリーの母親も……」

「そうらしい。だが、金のためじゃなかったはずだ。夫のいない二度目の冬が彼女の頭を変にさせたにちがいない。彼が生きていると知ってれば、まさかそんなことはしなかっただろうに」

それからどうなったのか、と私はきいた。

「それから彼は両手をぶるぶる震わせながら彼女に近づいて行った。彼女は恐怖に顔をゆがめながら、後ずさりした。彼が妻の首をつかもうとした時、彼女は声にならない叫びをあげて庭から見えなくなった。彼女の背後は五十メートルもある崖《がけ》だったんだ」

「あの崖だな」

「ジュリーが火のついたように泣き出した。まだ四歳だから何がおこったかは判るまい。だが、彼女は目の前で母親が父親に追いつめられるのを見ていたのだよ。可哀想《かわいそう》に」

私はバーテンダーに手をあげて、酒をたのんだ。だが老人はもうほとんど酔いつぶれていた。彼は私のわからないノルウェー語で、何かぐずぐず言っているだけだった。

私は勘定をすませ、夜の街に出た。学生の森の広場には、たくさんの鳩《はと》が群れていた。金髪の子供を連れた母親たちが、鳩に餌《えさ》をやっている。私はイプセンの像の下を通って、王宮通りの坂をのぼっていった。街は平和で、空気は澄み切っていた。若いアベックが、木蔭《こかげ》で長いキスを続けていた。坂の途中までくると、入江が見えた。それは黒く重たげで、深い沼のように思われた。ジュリーが、あの絵を怖がった理由が、その時わかったような気がした。頭を刈られた母親が、両手で耳をおさえ、身をよじって叫んだ瞬間を、四歳のジュリーはその目で見たのだ。今から二十年前の初夏の夕暮れに。

6

次の朝、私はオスロを離れた。ジュリーとその父親の生活に、これ以上わりこんでいきたくなかったからだ。私は昨夜聞いた話をジュリーには黙って去ることに決めた。

その日は、ことによく晴れた美しい朝だった。ジュリーの父親の運転する車が坂の下りにさしかかると、オスロの街と海と丘とが一望のもとに眺められた。

私はうしろの座席に坐《すわ》っていたのでジュリーの父親の首すじの傷あとが、目の前に見えた。

私は昨夜、ジュリーとかわした短い会話を思い出した。

「お父さんの傷は戦争中のものかい？」

「あれは三年前の冬の傷よ」

とジュリーは言った。「あの人は軍用のブローニングで、自分の頭を撃とうとしたの」

「自殺しそこねたんだな」

「ええ」

「ぼく明日、出発するつもりだ」

「そう」

「君は早く相手をみつけて結婚するべきだと思うよ」

「それはできないわ」

と彼女は言った。「わたしが離れて行ったら、父はきっとまたピストルで頭を撃つわ。今度はもう失敗しないはずよ」

「なぜ彼は自殺しようとしたのだろう」

「あなたには関係のないことよ」

それは確かにそうだった。だから私はこうして帰っていくのだ。私は昨夜きいた話をジュリーに言わなくて良かったと思った。

車は、少し傾きかけた古いオスロ駅に着いた。コペンハーゲン行きの列車が、ホームにはいっていた。ストックホルム、オスロ、コペンハーゲン、そして振り出しにもどる。それが私の周遊券だ。

ジュリーと父親は、ホームに立って列車の出発まで見送ってくれた。私の向かいの座席に坐っている観光客らしい中年のアメリカ人夫妻が、私に微笑して話しかけた。

「なんて仲の良いお二人かしら。幸せそうな親子ね。あなたのお友だち？」

「ええ」

「私たち三日間ほど滞在しましたのよ。あなた、フログネル公園、ご覧になって？」

「いいえ」

「じゃ、ムンク美術館は？」

「見ましたよ」

「宝石みたいに綺《き》麗《れい》な街ですな、オスロは。平和で、小さくて。それに優しい善良な人々ばかりだ。素晴らしい街だった」

「そうですね」

帰ったらギリシャにいるジムに手紙を書こう、と私は思った。オスロは平和な街だった、ジュリーは元気だった、彼女の父親は確かに君より大きく、そしてハンサムだった、と。あの二十年前の出来事については、何も書くまい。それは、あの二人だけの問題だし、多かれ少なかれ、われわれ自身も背負ってる問題なのだから。

愛想の良い車掌がやってきて、何か案内をしゃべりはじめた。この男も二十年前はレジスタンスに加わっていたのだろうか、と私はふとそんなことを考えた。列車は激しく震動しながら、樹々の緑と陽光の下を走り続けていた。

——「夏の怖れ」了——

赤い広場の女

1

　ホテル・モスクワは堂々たる建物だった。あまり堂々としすぎて、ホテルとは思えないほどだった。それは、むしろ古い大銀行か、官庁のように見えた。

　ホテルの十五階には、展望の良いカフェーがあった。

〈モスクワの灯〉というのが、そのカフェーの名前だった。

「ここから見るモスクワの夜景は、ちょっとしたもんだぜ」

　と朝見がいった。

「もちろん、東京みたいにネオンの氾濫《はんらん》ってわけにはいかんがね」

「そのほうがいい」

　と私はいった。

「赤い灯・青い灯はもう沢山だ。そいつから逃げだしたくって、わざわざモスクワくんだりまでやって来たんだからな」

六月にはいったばかりの、よく晴れた日曜日の午後だった。私たちは、窓際のテーブルに陣どって葡萄酒《ぶどうしゅ》を飲んでいた。何というのか知らないが、びんの王冠の部分を金色の紙で巻いた、なかなかうまい葡萄酒だった。広々と開け放った窓から、気持ちのいい初夏の風が吹いていた。

私は昨夜モスクワに着いたばかりだった。TU一一四で一気にシベリアを越えた疲れのせいか、今朝はすっかり寝すごしてしまったのだ。おかげで国営旅行社《インツーリスト》の遊覧バスにも間にあわず、といって、一人で街に出るのもおっくうだった。そこでフロントに頼んで、朝見に電話をかけ、このホテルまで呼び出したのである。彼は私の古い友人だった。二年ほど前から、ある一流商社の駐在員としてモスクワに来ていた。

「あいかわらず無計画な男だな。モスクワにくるならくると、なぜ前もってちゃんと連絡をつけておかんのだ。そんな調子で勤まるもんかね、テレビ局なんてとこは」

例のごとく、電話口でがみがみ文句をいいながらも、彼はさっそく駆けつけてきた。学生の頃から、口はうるさいが気のいい男だった。私とは正反対の陽性の活動家である。

一緒にブフェットで昼食をすませて、この十五階のカフェーへあがってきたのだった。

「ところで、今度の旅行の目的は何だい。見たところ取材でもなさそうだが」

「だからさっきいっただろう。東京から逃げ出してきた、と」

「わからんな、お前のいうことは」

「気にするなよ」

と私はいった。彼にわかるように説明しようと思えば、できたかもしれない。だが、それが一体、何になるだろう。私がこの一年間、局の看板番組の演出者として、神経がぼろぼろになるほど無理を続けてきた苦労話など、商社員の彼には全く関係のない話だ。ましてその番組の終了と同時に、私がひどいスランプに落ちこんだ心理を分析してみせたところで、彼が面白がるわけでもあるまい。

「東京は忙しすぎるのさ」

と私は自嘲的な口調で彼にいった。

「おれには休養が必要なんだ。広々とした土地、のんびりと図太い人間、とにかく東京と全く違った国でひと月ほど休みたかった。視聴率のことも、スポンサーのことも、女のことも、ぜんぶ忘れてな」

「なるほど――。それで、望み通りひと月の休暇がもらえたというわけか。豪勢なもんだ」

「いや。二週間だけ休むことにしたよ」

「なぜ？」

「ひと月もテレビの現場から離れるのは、正直いって不安なんだ。取り残されそうでね」

朝見は憐れむような目で私を見てつぶやいた。

「なるほど。東京にいるのも不安、いないのも不安、か。こいつは確かに休養が必要らしいな」

それから右手をあげて、窓から見えるモスクワの街の上に、大きな弧を描いてみせた。

「まあ見てみろ。お前の目の下に八百年の歴史をもつモスクワ市の半分がある。タタール人や、ナポレオンや、ヒットラーが、この国を支配しようと試みて、空《むな》しく敗れ去った夢のあとだ。ほら、それがマルクス大通り、それからクレムリン、その左が赤い広場。運河を通じて五つの海と結びついている大ロシアの心臓だ。レニングラードは、たしかに美しい街だとおれも思う。だが、あれは欧州博物館じゃないか。モスクワは生きてる。正真正銘のロシア人の街だ。若くて、すごいエネルギーがある。お前も、そいつをたっぷり吸収して帰るんだな。世界の片隅の、たかが電気紙芝居の仕事ぐらいでビリビリすることたあねえだろう。え？」

あいかわらずというのは、そっちのことだ、といおうとして、私は口をつぐんだ。澄んだ大気を通して目の下にひろがる初夏のモスクワは、確かに東京にない何かを持っていた。朝見の大時代な演説を、それほど滑稽《こっけい》に感じさせないものが、そこにはあった。クレムリンの胸壁の鮮《あざや》かな赤と、目にしみるような樹木の新緑。冷たく美しい空気。そしてうまい葡萄酒。

長い間、私を悩ませたあの鬱《うつ》状態から、今度こそ脱けだせるかもしれない、という予感がした。

その日の夜、私と朝見はホテルのレストランで、コニャックを飲んでいた。歯の間でプップツはじけるような見事なキャビアが、私を少し幸福な気分にしていた。

「疲れたろう。大分強行軍だったからな、きょうは」

と、朝見が笑いながらいった。午後、カフェーを出てから彼の車で、駆け足のモスクワ見物を試みたのだ。私は、風景とか、名所旧蹟だとかには、あまり関心がなかった。だから、クレムリンや国民経済成果博覧会やモスクワ大学などは、外側からちらと眺《なが》めて通りすぎた。私が見たいのは、人間だけだった。この街で過す二週間を、私は地下鉄に乗ったり、大衆浴場《バーニャ》や、サーカスへいったり、市場《バザール》で果物を買ったり、クワスの立ち飲みをしたりして過したかった。できればロシア人の友達を作りたかったし、若い女の子とツイストを踊ってもみたかった。

「きょう見たうちで一番驚いたのはここだね」

と私はいった。

「レストランというから料理店かと思ったら、ナイト・クラブじゃないか。盛大なもんだ」

「なにも驚くことはないさ。つまり、食って、飲んで、踊って、楽しくやる場所と思えばいい。べつに特権階級の専用ってわけじゃないし、ノー・ネクタイでもいっこうにかまわない店だ。もちろん、ルーブル紙幣は必要だがね。お前、まさかロシア人が、酒や音楽や美人が嫌いな人種だなんて思ってやしないだろうな」

それはクラシックな彫刻に飾られた立派な広間だった。天井にはシャンデリアが、華やかな光を投げていた。銀盆を胸いっぱいに抱《かか》えて、小走りにすり抜けるウエイター。一見女優ふうの美しい女を連れた、ダークスーツの老紳士。ブレザー姿のアメリカ青年の一団は、壁際のテーブルで行儀よくビールをなめている。

音楽が変った。正面のステージで、バンドが器用にサンバをやりだした。まん中のフロアで、観光客らしいカップルが、ちゃんとしたサンバのステップで踊り始めた。

すでに十時をすぎていた。店内の空気は、いっそう熱っぽく、騒々しくなってきた。テーブルの上に金色に輝くイクラ。湯気の立つシャシリクの皿と、触れ合うグラスの響き。若い娘の笑い声。テナー・サックスの陽気なコーラス。

「おい、踊ってこいよ」

と朝見が目くばせして囁《ささや》いた。

「あそこのテーブルにいる女たちを見ろ。旅行者目当てのプレイ・ガールだ。うまく持っていけばとんだ日ソ親善にならんとも限らんぜ」

「今夜はやめとこう。おれは社会主義国家の夜に、少々ショックを受けてるところなんでね」

「明治百年、ロシア革命五十年さ。ソヴェートだって、どんどん変る。それが当然だよ。革命も、戦争も、もう昔の話になってしまったんだ。日本だってそうだろ？」

「そうかね」

私には、わからなかった。だが、もう二年もモスクワに住んでいる朝見の言葉を、信じないわけにはいかない。彼は仕立ての良い濃紺の服を、とても見事に着こなしていた。陽に灼けた健康そうな肌と、有能な商社員らしい引き緊《しま》った体軀《たいく》をもっていた。黒く太い眉《まゆ》の下に、機敏に動く鋭い目もそなえていた。

　彼はすでに、外国人の前に出ると、とたんに卑屈になるかまたは過度に傲慢《ごうまん》さをしめす、古いタイプの日本人ではなかった。控え目に振舞いながら、しかもごく自然な落着きと自信を見せて、ロシア人たちを眺めていた。私と同じ二十九歳の朝見は、たしかに新しい型の国際的な日本人といえるだろう。

「どうやらおれの意見に納得がいかんような顔つきだな。大体お前は昔から理屈っぽい奴だったが――」

　よし、と彼はうなずいて立ちあがると、フロアを横ぎり、向かい側のテーブルに近づいていった。そのテーブルには、木綿のスラックスに半袖シャツという、いささか型破りの恰好《かっこう》をした若者の一団が陽気に騒いでいた。

　彼らのはしゃぎぶりは、客の中でもひときわ目立っていた。見事な金髪の、いかにも若々しい活潑《かっぱつ》な青年たちだ。みんな輝くばかりに幸福そうで、ツイストを踊ってもずば抜けてうまかった。大人たちの乾布摩擦みたいなツイストでなく、膝《ひざ》の屈伸で踊る垢抜《あかぬ》けした踊り方だった。

　朝見は彼らと何か二言三言しゃべると、軽く手をあげて席へもどってきた。

「やっぱり思った通りだった」

　と彼は坐りながらいった。

「ドイツの大学生たちだよ、あの連中は」

「ドイツ人だって？」

「ああ。おれが日本人だと自己紹介したら、連中は、けげんそうに顔を見合わせただけだったよ。日本は昔の同盟国だ、このつぎ戦争をやるときはイタ公抜きでやろう、なんてことは一言《ひとこと》も吐かなかったぜ」

それから彼はアメリカ煙草に火をつけて、ゆっくりとしゃべりだした。

「第二次大戦でソ連は二千万人の犠牲者をだしてる。ほとんどがナチス・ドイツにやられたんだ。レニングラードだけで、六十五万の一般市民が死んだ。モスクワの二十五マイルさきまでドイツ軍が迫った時もある。ドイツ占領軍は、この国ですごいことをやったらしい。なにしろ二千万人が殺されたんだ。今あそこで騒いでいる大学生たちの親父や、叔父貴たちにな」

私は学生の頃に読んだ、ワシレーフスカヤの〈虹〉という小説のことを思い出した。ソ連でドイツ軍が何をしたかを、私はその物語や映画によって、多少は知っていた。

「見ろ。あの戦後生まれのドイツ人たちを。まったく、何のコンプレックスも感じてやしない。ロシア人たちの方でも知らん顔だ。おれたちだって、そうじゃないか。ソヴェートが誕生した時に、日本軍がやったシベリア出兵を、お前さんはいま気にしてるかね。こっちも忘れてるし、向こうも憶えちゃいない。それと同じことさ。ロシア革命が見たけりゃ、ゴーリキー通りの中央革命博物館へいけ。うまい料理が食いたけりゃアラグビへいけ、だ」

私は黙っていた。朝見の言葉には雄弁な口調とは反対の、何か苦《にが》い感情をひそめた響きがあった。それは何だろう、と私は思った。

「明治百年、革命五十年、そして戦後二十年――」

と朝見は独り言のようにつぶやいた。

「もうみんな済んだことさ。いつまでも過去にこだわるべきじゃない。そうだろ？　つまり――」

激しいリズム・アンド・ブルースのビートがひびいて、彼の言葉を呑みこんだ。

ＹＡＨＨＯ！　と奇声をあげて、数人のドイツ青年たちがフロアに飛びだした。彼らは美しい金髪を獣のように打ち振りながら、強烈なリズムに合わせて上体を震わせた。離れたテーブルから拍手がおこった。さっき朝見がいったプレイ・ガールのグループだった。彼女らの中の一人が、短いスカートに包まれた曲線をスイングさせて、踊りに加わった。

「あれでいいんだ。昔は昔、今は今――」

と朝見がつぶやいた。その時、私はこの有能なエリート商社員の横顔に、暗く鬱屈《うっくつ》した何かの翳《かげ》を見たような気がした。

2

翌日、私は電話のベルで起こされた。まだ八時半だった。窓のカーテン越しに、強い陽ざしが流れこんでいた。

電話は、朝見からだった。

「今日はおれは仕事でつきあえないんだが」

と彼は挨拶《あいさつ》ぬきでしゃべりだした。いつもの、てきぱきした口調だった。

「その代り、有能なガイドをお前さんにつけてやる。そろそろ出かける準備をしろよ」

「いや、そんな心配はしないでくれ」

と私はいった。今日は一人で歩き回ってみるつもりだった。いき当りばったり、ふだん着のモスクワを見て歩こうと考えていた。案内者などいると、かえって気づまりだ。

私がそういうと、朝見は受話器の向こうで軽い笑い声をたてた。そしてからかうように、

「いいのかね、そんなことをいって。後で後悔しても追いつかんぞ」

「どういう意味だ？」

「95・60・90。おれが手配したガイドのサイズさ。美人で、知的で、うまい英語と、片言《かたこと》の日本語をしゃべる。良い娘なんだがなあ」

「待ってくれ。いますぐ顔を洗って服を着るよ」

「主体性のない野郎だ。日本の将来が思いやられるぜ」

朝見は笑いながら、九時に〈赤い広場〉へいくようにといった。広場の突き当りにネギ坊主みたいな極彩色の寺院がある。その寺院の手前左側に円形の石囲いがあるから、その石段の上に立って待っていればいい。

「彼女の名前はリューバだ。すかっとした恰好をしてるから一目でわかる。どうせ彼女のほうからお前を見つけるだろうが――」

電話を切る前に、少しためらうような間《ま》をおいて彼はいった。

「一言つけ加えておくが、彼女を口説くのはよせ。どうせ無駄だから」

「なぜかね」

「リューバは、おれと婚約してるのさ」

「畜生め。どうせそんなことだろうと思った」

だが、受話器をおくと、私は大急ぎで出かける用意にとりかかった。丁寧にひげを剃《そ》り、髪をなでつけた。いったん背広を着、またそれを脱ぎ、太編みのベージュのセーターに変えた。白っぽい綿のスラックスに軽い靴をはき、食券のつづりとルーブル紙幣をポケットに押しこんで部屋を出た。

いい天気だったが、空気は冷たかった。ホテルから〈赤い広場〉までは、歩いても五分とはかからない。交差点を渡って広い通りをまっすぐいくだけだ。歴史博物館の横を抜けると、目の前に石畳みの広場が、ぐいとせりあがってきた。〈赤い広場〉だった。

私は広場の入口に立ち止まって、案内書をひろげた。右手の赤い城壁はもちろんクレムリンだ。左手の重々しい美術館のような建物が、グム百貨店。そして突き当りに、朝見のいうネギ坊主、聖ヴァシーリー寺院がそびえている。

聖ヴァシーリー寺院は、実に奇妙な印象をあたえる建物だった。童話のお城のような極彩色の塔と、その上にのっかった宇宙観測気球に似た宝珠形屋根。地面に建てられたというより、切抜いて空中に浮べた真昼の夢といった感じを受ける。

私は陽光の降りそそぐ石畳みの広場を、まっすぐ横切っていった。レーニン廟《びょう》の前をすぎ、スパスカヤ塔の前までくると、左手に私の待合わせの場所が見えた。それは、かなり大きな円形の石垣だった。正面に階段があり、その上に鉄の柵がはめてある。

案内書を探すと、処刑場となっていた。昔ここでツァーリの判決が読み上げられ、死刑がおこなわれたという。一六一七年にはステパン・ラージンが、ここで首をはねられたらしい。

私は階段に立って、95・60・90の案内者が現われるのを待った。

やがて九時だった。階段の上からあたりを見渡したが、それらしい娘の姿はなかった。

スパスカヤ塔の大時計の針が九時を指した。私は案内書の文章に目を走らせた。二十五トンの重さをもつ大時計。直径約六メートル、短針二・九七メートル、長針三・二八メートル。すごいグラマラスな時計だった。

その時、誰かが私の名前を呼んだ。顔をあげると、階段の下に若い婦人が立っていた。確かめる前から、それがリューバだとすぐにわかった。こんなに魅力的な娘は、そうざらにいるものではない。

彼女は何かをたずねるように、私を見上げていた。亜麻色の髪で、目は淡い青。なで肩で、首が長く、素敵な体つきだった。どこか大人の体に少女の顔をつけたような、アンバランスな感じもあった。白いジャージーの服を着ていたが、彼女の肌のほうがもっと白く見えた。二十五、六歳ぐらいだろうか。

「朝見さんのお友達でしょう？」

と彼女は、きれいな英語できいた。

「そうです。あなたがリューバ？」

「おくれてしまって、ごめんなさい」

「いいえ」

と私は階段を降りながら、案内書を閉じて笑った。

「おかげでぼくはスパスカヤ塔の大時計のサイズを暗記しましたよ」

彼女は黙ったまま、かすかに微笑した。こっちの心にしみ通るような、優しい微笑だった。彼女が朝見の女だと知らなかったら、私は階段を踏み外していたに違いない。

3

リューバは、じつに素敵な案内者だった。彼女は、私が相当ひねくれた男だということを、一目で見ぬいたに違いない。

「あなたはローマかパリにいくべきだったと思うわ。飛行機に間違えて乗ったんじゃなくって？」

私が自分のいきたい場所を申し出たとき、彼女は呆《あき》れたような口調でいった。だが、それらの場所に私を連れていくことを拒絶はしなかった。困った人ね、と優しい目で軽くにらんだだけだった。

その日、私たちは三つの喫茶店と、二つのデパートを回った。動物園と競馬場へいき、モード会館でファッション・モデルの品定めをやり、アイスクリームの立ち食いをした。競馬では、ひどい損をした。リューバのすすめで〈ガガーリン記念一六〇〇繋駕《けいが》レース〉に手をだしたためである。ロシア人の観客たちのように、予想紙を買って研究しなければ無理だとわかった。

リューバは、そんな私に呆れ果てながらも、けっこう彼女自身も楽しんでいたらしい。モスクワ川のポンポン蒸気に乗ろうといいだしたのも彼女だったし、ゴーリキー公園で露天のチェスの勝負を挑んだのもリューバのほうだった。トロリー・バスと、地下鉄を利用して、私たち二人はモスクワ中をよたって歩いたわけである。

夜、私たちはゴーリキー通りの〈青年カフェー〉で、ツイストを踊っていた。リューバは決してうまくはなかったが、チェコのビールのせいで、ぽうっと上気したように頰《ほお》を染めた風情《ふぜい》は大したものだった。

その店を出たのは、十一時近かった。私たちは夜のゴーリキー通りを流して、マルクス大通りへもどり、そこからボリショイ劇場の前へ出た。白く浮びあがっている劇場の手前に、ライラックの茂みと、ベンチがあった。

「坐りましょう」

とリューバがいった。

「少し歩きすぎたわ」

私たちはライラックの花房の強い匂いに包まれて、肩を並べて坐った。

「今日はじつに愉快だった。きみのおかげで」

と私はいった。

「わたしも楽しかったわ」

「ぼくらは遊びに夢中になりすぎていたような気がするよ」

「それ、どういう意味？」

とリューバがきいた。私は少し口ごもった。英語でどううまく表現していいものか、適当な文句が頭に浮ばなかったからだ。

「ぼくはきみのことを、ほとんど聞いていないんだ。きみの年も、仕事も、家族のことも——」

「わたしも、あなたのことを知らないわ。知っているのは、あなたが朝見さんの親友で、東京からやってきたということ。それだけよ」

ベンチの前の舗道を、人びとが絶え間なく流れていった。花束を持った娘たち、ギターを鳴らしながら歩く青年もいた。六月というのに、少し肌寒さを感じるほどだった。私たちは、お互いに少しずつ自分の生活について情報を交換した。

リューバがあるモードの店で、デザイナーとして働いていること、朝見とは昨年の夏の休暇に、オデッサで知りあったこと、彼女に朝見がプロポーズして半年たつこと、などを私は知った。

「朝見はきみのことを婚約者だといったぜ」

「いいえ。わたしはあの人にお断りしたはずよ」

「なぜだい。外国人と結婚するのが不安なのかね？　それとも何か法律的な——」

「そうじゃないの」

とリューバは首を振り、目をあげて私をみつめた。彼女は長い時間、だまっていた。ボリショイ劇場の方角から射してくる光の中に、彫りの深いリューバの顔がほの白く見えた。それは、ひどく幼い、いまにもこわれそうな弱々しい感じだった。

「朝見さんとわたしは、違ったタイプの人間なのよ」

「違ったタイプ？」

「ええ。正反対のね」

リューバは目をそらし、低い声でつぶやくようにいった。

「あの人は決してうしろを振り返らない。いつも前だけを見ようとしている。わたしは駄目なの。どんな時にも過去を忘れることができないんだわ。いわば、うしろ向きに立っている女よ」

「それがどうだっていうんだい」

「彼はわたしが過去にこだわりすぎるっていうの。あの人には理解できないんだわ。わたしが過去から逃れられないことが。そして、わたしにも理解できないの。彼が過去は忘れられると信じていることが。お互いに理解できない者同士が、結婚できて？」

「愛し合っていれば――」

「それは人間的な愛とはいえないわ」

私は黙りこんだ。あのまま〈青年カフェー〉で踊ってから、別れてしまうべきだった。そうすれば、ロマンチックなモスクワの休日がきれいに仕上がっただろう。

ライラックの匂いと、リューバの重苦しいつぶやきが、じわじわと私の気分を湿らせた。こいつは悪い前兆だった。それから逃げだすためにモスクワへやって来たというのに。

「タクシーで送ろう」

と私は立ちあがっていった。

「夜のボリショイ劇場とリラの花。こんな背景は危険なんだ。親友の愛してる女性を口説きたくなる雰囲気だよ」

「面白い人ね。いったい、あなたはどっちを見ているの？ 過去？ それとも未来？」

「現在だけさ。こんな具合いに」

と私はいい、リューバの肩を葉陰に引きよせてキスをした。彼女は最初すこし抵抗し、それから不意に動かなくなった。リューバの乳房が私の胸を強く押しつけていた。手ごたえのある、豊かな乳房だった。

「人が見てるわ」

とリューバが体を離していった。

「少し歩いて、それから別れましょう」

私たちはホテル・モスクワの横に出た。そこから見ると、クレムリンが昼間の威圧的な表情を闇《やみ》に溶かして、幻灯の城のように美しかった。

「今朝のあの場所で別れようじゃないか」

「センチメンタルな人ね」

リューバは私の腕を取って〈赤い広場〉へ向かって歩きだした。

広場には、もう誰もいなかった。聖ヴァシーリー寺院の玉ネギの塔へ、まっすぐ進んでいった。

右手にスパスカヤ塔の黒い影があった。私たちは今朝リューバを待った石囲いの前へきた。

「それじゃ——」

とリューバが右手を出した。私たちは握手をし、顔を見合わせて何となく微笑した。

「朝見さんに会ったら——」

と彼女は改まった声でいった。

「あなたから伝えておいてください。わたしは近いうちにウクライナの田舎へ帰ります。もうお会いすることもないでしょう、と」

どうしても自分はそこへ帰っていかねばならないのだ、と彼女は続けた。

「わたしの過去がそこにあるのです。その記憶から逃れるためにモスクワへきたのですが、やっぱり駄目でした」

軽く右手をあげて、リューバは広場を横切っていった。彼女はクレムリンの壁にそって、モスクワ川のほうへ見えなくなった。私はステパン・ラージンの首を斬った石囲いの中を一度のぞきこんで、ホテルへ歩いて帰った。

4

ＴＵ一一四は、瑠璃《るり》色の空を翼をしなわせながら飛んでいた。円窓からシベリアの密林《タイガ》が蒼黒いしみのように見えた。ガラス窓の縁に、うっすらと氷の花模様ができていた。

私は空港で朝見が渡してくれたエレヴァンのコニャックをひとくち飲み、シートを倒して彼との会話を思いおこそうとした。

私が彼にリューバの言葉を伝えたのは、昨日の午後だった。私たちは、最初の日と同じように、ホテルの十五階のカフェーにいた。

「そうか」

と朝見はぽつりといった。

「帰るのか、ウクライナへ」

私は少しためらってから、彼にたずねた。リューバの過去に何があったのか、ときいたのだ。

朝見は黙って窓からモスクワの街を眺めていた。しばらくして、彼はしゃべりだした。

「二十数年前に、ドイツ軍がウクライナを占領した時、リューバは六歳だった。彼女の村には、かなりのユダヤ人がいた。ドイツ兵はその村でユダヤ人狩りをやって、彼らを根こそぎにしようとした。リューバの両親は、その時あるユダヤ人の一家族を、谷の陰の墓地にかくまったのだ。ドイツ軍が感づいて、リューバの父親が皆の前で拷問を受けた。リューバの母親は、それでも隠れ場所を白状しなかった。だが、六歳のリューバが泣きながらドイツ将校に叫んだ。あの人たちは十七号墓地にいる！　パパを助けて！　と」

　私はそれ以上くわしく聞きたくはなかった。だが、朝見は抑揚のない口調でしゃべり続けた。

「そのユダヤ人家族は発見され、連行された。彼らはそれきり帰ってこなかった。リューバの父親は、釈放されたがパルチザンに加わって、自殺同様の死にかたをした。村の人びとはリューバを責めなかった。だが、成長した彼女はウクライナを離れてモスクワに出た。リューバはモードの仕事で才能を発揮した。美人だったから、男たちは彼女を愛した。だがどうしてもリューバは結婚しなかった。彼女は、二十何年前の過去に引きずられて、自分の未来というものを放棄してしまったんだ」

　私は腕組みして朝見をみつめた。私の目の色に彼を咎《とが》めるものを感じたのだろうか、彼は少し青ざめて激しい口調でいった。

「過去を持っていない人間や国家が、あると思うかね。そんなものは、ありはしない。存在するのは、それにこだわるか、こだわらないかの差だけだ」

「昔は昔、今は今、か――」

「そうとも。国際的な競争の中で勝ち抜いていくためには、そういう割切り方も必要ということさ」

「じゃ、リューバのことは？」

「もう昨日のことだ。関係ないな」

「嘘をつけ」

と私は独り言のようにいった。

「おまえ、いつかはその昨日に復讐される日がこないとも限らんぜ」

少し眠ったらしかった。空の色は海の底のような、暗い青に変っていた。翼の下はどこまでも続く雲海だった。その雲の向こうに、東京が私を待っていた。あの粘つくような憂鬱が、かすかに頭をもたげはじめる。エレヴァンスキーの酔いが回ってきた。リューバのように帰っていく過去も持たず、朝見のように賭けるべき明日も信じないおれは、いったいどこへいくのだろう、と私は思った。


――「赤い広場の女」了――

白夜のオルフェ

親愛なるイングリッド――

ぼくは今この手紙を、ヘルシンキへ向かうイルマータ号の船上で書いている。まだ九月というのに、窓から見るバルチック海は、暗く、冷たい。甲板《かんぱん》には人影もなく、この客船サロンにも数人の老婦人が毛糸を編んでいるだけだ。もう間もなくやってくる長く厳しい北欧の冬にそなえて、えり巻でも編んでいるのだろう。

そうだ。もう夏は終ったのだ。白夜の季節は過ぎてしまった。暗黒の六ヵ月が、垂れこめた雲の下で無気味な口を開《あ》けて待ちかまえている。きみにとって、いや、ぼくらにとって今ひとつの季節が、夏とともに去って行く。

イングリッド――

ぼくはこの手紙を自分の母国語である日本語で書いている。きみたちの言葉、スウェーデン語は知らないし、英語も、文章は苦手《にがて》だ。この手紙を受取っても、きみには全く読めないことになる。だが、それでもかまわない。ぼくがこれを書くのは、自分のためだから。これは、激しい光に満ちていた白夜の季節、サブという混血の少年と、二十代のぼくを弔う、短調《マイナー》の告別の歌だ。南部の黒人たちが、死んだ兄弟のために歌う、あの葬送のブルースと同じようなものかもしれない。

ぼくは、この手紙の中で、夏至祭《ミッドソンマル》りのイブに起こった事件について、知っているだけの事実をまとめてみようと思う。

きみもやがて大人になる。大人の常識と、大人の生活に沈んで行く。平和で安楽な日常生活の快適さが身についていて、いつの間にか、きまった考え、きまった反応しかできなくなってしまう。そんな時に、この手紙を読むといい。英語の達者な日本人旅行者に頼めば、喜んで訳してくれるだろう。きみに優しく頼まれて、それに抵抗できる男はいないはずだ。

そうすれば、この手紙の中で、きみは十八歳の非行少女に再会することになる。殺意に震えながら、百二十キロで白夜の街にボルボを飛ばした、激しい季節のきみがそこにいる。

イングリッド――

船がかすかに揺れはじめた。イルマータ号は黙々とフィンランド湾へ進んで行く。夜の海は、真っ暗だ。編物をしていた老婦人たちもいなくなった。今から、独りでこの手紙を書こう。時間はたっぷりある。明朝、ヘルシンキに着くまでには書きあがるにちがいない。

一週間もすれば、ぼくは東京の街にいるだろう。日本は明るい秋の季節だ。ぼくのスペイン行きの計画は、北欧までで挫折したが、音楽をやる気まで失《な》くしてはいない。

さて、ここまでは導入部《イントロ》だ。後はできるだけ正確に記憶をたどっていこう。

1

今年の夏のはじめ、ぼくは北欧のストックホルムの街へやってきた。横浜を出てから、たぶん七日目ぐらいだったと思う。

ソ連・フィンランド経由という、ヨーロッパ渡航の最も安いコースを選んだのだ。ストックホルムが最初の目的地だった。最後の目標はグラナダである。スペインのアンダルシア地方にある古い街だ。

ぼくが何のためにやってきたのか、おそらくきみは知るまい。きみたち、スウェーデンの少女たちは、男の身上話などには全く興味を示さない種族だった。昨日にも、明日にも、まるで関係ないといった顔をしている。だが、今は、独りだ。ぼく自身の話から始めよう。

その年の春、ぼくは失業中だった。基地《ベース》のクラブでギターを弾いていたのだが、そこが閉鎖になったのだ。どうせ気に入った仕事でもなかったし、いつかは放り出されると知ってはいた。だが、たちまち食っていけなくなった。

仕方がないので、アパートの管理室に近所の町工場の工員たちを集めて、ギターの手ほどきをやりながら食いつないでいた。

　ぼくのギターは、ほとんど独学だった。きみはどう考えているかは知らないが、才能はあったように思う。ちゃんとした教師につき、機会にめぐまれていれば、まともな演奏家《ギタリスト》としてどうにかやっていけたに違いない。

　だが、私大の夜間部に籍をおいて、仕事と授業の二本立てに疲れ切っていた頃は、ギターは自分のためだけの慰めだった。それで食っていこうなどとは、夢にも考えていなかった。

　六年間かかって、どうやら卒業できた。文部省令による大学卒の資格には変りはなかったが、第二学部、という文字がどこまでもついて回った。実力さえあればというのは、甘すぎる期待だったらしい。ぼくは、海外出張員として日本以外の土地で働きたいと思っていた。だが、一流商社や、名の通った貿易会社は夜間部の学生に受験の資格さえ与えてくれようとはしなかった。それでもいくつかの会社は面接まで行くことができた。だが、身上調査の段階で、全部だめになった。たぶん、少年時代の、記録には残ってないはずの前歴が、優秀な興信所員の調査にひっかかったためだろう。

　その時のぼくは、二十五歳の失業者で、西日の直射するベニヤ張りの三畳には、夜具と机と、卒業証書と、古い安物のギターがあるだけだった。

　働かねばならなかった。これまで勤めていた鋳物工場へもどる気はしない。激しい熱気とガスのために、ぼくは慢性の気管支炎を起こしていたのだ。地下鉄に乗ったり、フロに浸ったりすると、それだけで息が苦しくなる。

そんな時に、いつも深夜、洗面所で会う、向かいの部屋の男から、流しをやらないか、とすすめられた。ぼくは、その夜の仕事を半年続けた。ある晩、酔ったボクサーくずれの地回りに、ひどく殴られて、その仕事をやめた。リクエストされた曲を、ぼくが知らなかったので断ると、相手はそれを誤解したらしい。ぼくは手出しをせず、殴られるままになっていた。ギターをカウンターに叩きつけられてこわされた時は、そばに転がっている氷かき《アイスピック》に手が出そうで、体が震えた。勘の良いママが、それに気づいてすっと帯の間に隠さなかったなら、ぼくはそいつを摑《つか》んでいたかもしれない。十年前のぼくに返れば、こんな相手を黙らせるくらいは何でもないことだった。

だが、ぼくはじっとしていた。日本海側の少年院で、はじめてギターの手ほどきをしてくれた野上という主事との約束を、ギターを弾いている間は破りたくなかったからだ。

「二度と暴力をふるわないと約束しろ」

と、彼は十六歳のぼくに向かって言った。

「そうすればギターを教えてやってもいい」

だが、ぼくはその時すぐに返事はしなかった。二晩考えたが、夜更《よふ》けに宿直室の方からあの物憂《ものう》いメロディーが響いてくるのを聞くともう駄目だった。ぼくは野上主事と約束をした。そして半《なか》ばやけくそな気持ちで、それまでの世界に別れをつげたのだ。

その曲の名前をぼくが知ったのは、ずっと後になってからのことである。それは〈島原地方の子守唄〉という九州の民謡だった。ぼくは飢えた動物のようにギターに爪を立て、その素早い上達ぶりで主事を驚かせた。

　イングリッド――

君たちスウェーデンの少女らには、ぼくの話は半分も理解できまいと思う。それは、きみたちのせいではない。完全に近い社会保障と、百五十年も続いている平和な生活のせいだ。

再び失業した大学卒業生が、自分の血を売りに製薬会社に通ったといっても、きみたちはそれを科学的な興味のためとしか思うまい。

だが、ぼくは基地《ベース》のクラブでの仕事を獲得するまで、何度となく二百ccの血を売って食事にありついた。ダブルで抜いたこともある。時には比重が足りずに断られたりもした。

基地《ベース》の仕事は半年ほど続いた。そして、何の予告もなしに、突然それは終った。

西日の照り返すベニヤ張りの部屋に、ぼくは再び独りで坐っていた。いろいろ考えた上で、ギター指導のビラを貼って歩いた。学院とまではいかずとも、ギター塾でも開けたら、と考えたのだ。だが、やってきたのは、数人の工員たちだけで、彼らは揃って月謝の前払いもできない連中ばかりだった。

　そんなある晩、ぼくが昔の少年院の野上主事を思いだしたのは、どういう心理からだったろう。あんたに言われてまともな道を歩いてきたらこのざまだ、と皮肉でも言ってみたかったのだろうか。

　ぼくは、近況を知らせる葉書を書いて、ポストに放りこんだ。

　返事は意外な所から返ってきた。渋谷にある、青年フォークダンス協会という団体の事務局からだった。昔の少年院の主事は今そこの事務局長におさまっていたのである。

　ぜひ一度訪ねてくるように、と、その返事にはしたためてあった。ぼくは早速、道玄坂の、意外に立派なビルの一室に彼を訪ね、そこで思いがけないすすめを受けたのだ。

　スペインへ行ってみる気はないか、と昔の主事は言った。彼は十年前より、肥って、血色も服装も良くなっていた。

「おれのギターは趣味だが、きみのはそうじゃない。何かあるような気が昔からしてたんだが。どうだ、本気でやってみるかね」

　と彼は言った。

「アンダルシア地方にグラナダという古い街がある。ギター音楽の盛んな所だ。そこで半年ばかり民謡の採譜でもやってこないか」

　そうすれば、うちの協会の後援でリサイタルぐらい開いてやれるだろう。民俗音楽研究のためスペインに留学という経歴ができれば青年フォークダンス協会の講師に迎えてもいい、その肩書きがあればギター塾もうまくいくと思うが、どうか。

「これでもうちの協会は、宮妃殿下を名誉総裁にあおぐ全国組織だからな、きみ」

彼は革張りの椅子にふかぶかと坐って、壁の写真を見上げた。昔の、あの一本気な、痩《や》せた青年主事の面影はなかった。事務局長の椅子に満足した中年の好人物がいるだけだ。無理もない。あれから十年が過ぎていた。

「結構なお話ですね。でもだめですよ」

と、ぼくは言った。

「いまは食っていくだけで精一杯ですから、とてもそんな――」

彼は、そしらぬ顔で立ち上った。

「研究委嘱《いしょく》費という名目で、二万円ほど落しておこう。それから向こうへ着いたら、この男を訪ねて行き給え。日本へスペイン製ギターを売込むのに、うちの協会が一役買ってやってる男だ。それじゃ、また――」

ビルを出る時、彼がくれた名刺を破って捨てようとして、ぼくは思いとどまった。その足で先月ユースホステルの海外旅行を終えて帰国した、大学の後輩を訪ねてみた。その学生の話を聞かなかったなら、ぼくはサブやきみたちと知合うこともなかっただろう。

「ソ連経由で行けば北欧まで八万円もあれば行けるはずですよ」

と、彼は言った。そこまで行って、ひと夏ストックホルムで働けば、物価の安いスペインやギリシャで半年暮すだけの金が残る、とその後輩は確信あり気に断言したのだ。

ぼくは、その日の晩から再び流しに出た。今度は楽友会という組合を通さずに、モグリで流した。危険は覚悟の上である。毎晩ちがった場所を回り、強引な商売も時にはやった。三ヵ月の間に二度ほど医者の厄介になるくらいの怪我《けが》をしたが、どうやら八万円に近い貯金ができていた。それは、ドブ川の臭いが鼻をさす、あのベニヤ張りの三畳間から脱け出せるなら、もうどうなってもかまわないという捨てばちな執念が生みだした金である。ぼくは古本と、わずかな家具全部を処分して、四月の末に出発したのだった。

　イングリッド――

　これがぼくの身上書だ。きみはいつか、ぼくがなぜサブをかばうのか、ときいたことがある。これだけ話せば、少しはわかってもらえただろうか。ある意味で、サブはぼくと同じ種族に属していたと言えるだろう。かつて裏日本の少年院に勤務していた時代の若い野上主事が、ぼくとそうだったようにだ。

　とにかく、こんなふうにして、ぼくはきみらの街へやってきた。その街で起こったことを書く前に、しばらくペンを置いて頭を冷やそう。できるだけ冷静に書きたいと思うし、それにそろそろサロンの消燈の時間だから。

2

いま船室のベッドの中で、これを書いている。相部屋の三人のフィンランド人学生たちは、健康ないびきを立てて眠っている。円窓《まるまど》の外には何も見えない。五月のはじめ、ぼくがこの船で反対の方向へ進んでいた時は、白夜の海に島々のシルエットがくっきりと見えたものだった。

はじめて見るストックホルムの街は、花と人びとの微笑でいっぱいだったように思う。

すれちがう娘たち、老人たちが、みんなぼくの顔を見てにっこり笑うような気がした。それが、ようやく暗黒の季節から解放された北欧人の、押さえきれない歓《よろこ》びと興奮のせいだということに気づいたのは、ずっと後になってからのことである。

帆船を改造した優雅なユースホステルに荷物をあずけると、早速ぼくは街へ出た。通りを歩いて、目についた最初のレストランに飛びこんで、働かせてくれと頼んだ。

その店には仕事はなかった。だが、親切な主人が、電話で人手を欲しがっている店を探してくれた。それは、キャシイという名の軽食堂だった。

ぼくは幸運だったと思う。その店の主人は実直なフィンランド系の老人で、ぼくに部屋を見つけてくれ、警察へ同行して居住証明書を作ってくれたうえに、糊《のり》のきいたシーツと枕カバーまで貸してくれたのだから。

　こうして、ぼくのストックホルムの夏がはじまったのだ。

　ぼくは午後一時から、九時までレストランで働いた。皿洗いと掃除が、ぼくの役目だった。食事つきで一時間五クローナという給料は悪くない。ひと月に七百クローナだ。その中から部屋代の百八十クローナと小遣いその他を引いても、四百クローナは残せるはずだった。ドルになおせば月に八十ドルずつ貯金できる計算になる。だが、実際はそうはいかなかった。所得税に外国人労働者に対する課税が加わって、約二十五パーセントも引かれてしまう。

　だが、ぼくは夏の間に五百ドル貯める計画でいた。そのためには組合にはいって就労許可証《レイバー・パーミッション》を取らなければならない。ぼくは、レストランで働きながら、その準備をすすめていたのだ。

　サブと出会ったのは、そんなふうにしてぼくが働きだしてから二週間ほど経った、ある晩のことである。

　その夜、仕事から帰る途中、クララ教会の近くの工事場で男たちの乱闘を見た。それは一人の男と五人の集団の争いだった。一人きりの男は、敏捷《びんしょう》で、何度倒れても起きあがって頭からぶつかって行くのだ。五人組の方が手こずっていた。だが、やがてなるようになった。一人の方は倒れて動かなくなり、とり囲んだ連中は、それを荒っぽく靴で蹴とばしはじめた。ほうってはおけなかった。

「ポリス！　ポリス！」

ぼくが思いきり大声で怒鳴ると、男たちは、信じられないほどの素早さで、姿を消してしまった。倒れているのは、黒人の少年だった。海老《えび》のように体を曲げて、喉《のど》をぜいぜいわせている。ぼくは彼をうしろから抱え起こし、道路のほうへ引きずって行った。ひどく重かった。

イングリッド――

これが、サブとぼくとの最初の出会いだ。彼をぼくの部屋に連れて行ったのは、少年時代のぼくの習性が反射的によみがえってきたのかもしれない。病院や警察に連れて行くのは、まずいんじゃないか、と思ったのだ。

部屋にかつぎこんで、手当てをしている間に彼は気を失ってしまった。彼のポケットから旅券を見つけた時はびっくりした。まさかその暗褐色の肌の少年が、日本人だとは思ってもみなかったからである。半年ほど前に交付されたその旅券には、色とりどりの出入国スタンプが並んでいた。インドから中近東諸国、中部ヨーロッパ、北欧、と、二十ヵ国近くもあったろうか。

よく見ると、肌の色と唇の厚いことをのぞいては、ほとんど日本人の顔立ちだった。ただ、かたくちぢれた髪と、暗褐色の皮膚は、あきらかに黒人の血を示していた。顔は傷だらけで変形していたが、すっかりよくなれば、かなり美しい混血少年ではないかと思われた。

少年のＧパンには、サブ、という字が読めた。ぼくは、その少年をサブと呼ぶことに決めたのだ。

それから、ぼくと少年との奇妙な共同生活がはじまった。

夜が次第に短くなっていく季節だった。夜中に小便に起きると、廊下に朝日がさしていて驚かされることがある。

少年の体は、少しずつ回復していった。最初は熱が高く、呼吸も苦しそうだった。だがやがて顔のむくみも取れ、食欲も出てきた。ただし、こちらから食べろ、と強制しない限り、決して食物に口をつけようとはしない。強情に押し黙ったまま、壁の方を向いて寝ているだけである。

サブが歩けるようになると、ぼくは彼に部屋の掃除と、シーツの洗濯を命じた。少年はそっぽを向いて聞こえない振りをしていた。

「いやなら出ていけ。いますぐだ」

と、ぼくは怒鳴った。サブは怒りで目をギラギラ光らせながら、シーツを洗面所へ持って行った。

食料は勤め先のキャシイから持って帰ったから、サブの分で費用はかからない。ベッドも折畳み用のが一台余分にあった。格別の負担がかからない限り、彼がいつまでいようとかまわなかった。むしろ知らない街に独りで暮すよりも、気分的に楽だった。

ぼくは夜、ときどきギターを弾いた。〈アルハンブラの思い出〉とか、〈アメリアの遺言〉だとか、そんな曲を弾いていると、サブは知らん顔をしている。だが〈ジェリコの闘い〉だとか、

〈ワーク・ソング〉だとか、フォーク・ロック風の曲を聞かせると、指を鳴らして乗ってきた。時にはハミングでついてきたりする。サブは、非常にしっかりしたリズム感を持っていた。鼻歌をうたっても、独特のフィーリングがあるのだ。

ある晩、カタリナ教会の見える窓際で、ぼくが自己流の即興的な弾き語りをやっていると、サブの様子が変だった。

「おい、どうした？」

少年は、いつものように頑固に沈黙を守っていた。だが、その晩は、しばらくして彼の方から口をきき、ぼくを驚かせた。

「それ、なんて曲だ」

と、彼はきいた。〈島原地方の子守唄〉という曲だ、とぼくは教えた。

「ふん」

と、サブは鼻を鳴らした。それがぼくらの交《かわ》した、記念すべき最初の対話だった。血だらけになって倒れていた彼を、この部屋にかつぎこんでから、二週間目に、ようやくぼくらは口をきき合ったのである。

やがて夏至祭《ミッドソンマル》りがやってくるという、六月はじめの夜だった。

3

きみの名前を最初に聞いたのは、その頃だ。

あの日の午後、セルゲル通りで神谷君に会った。神谷君は、ぼくより少し早くこの街へやってきた私大の学生である。社会保障の勉強にやってきた、というふれこみだった。しかしぼくには、女の子と遊びに来てるようにしか見えなかった。長身のハンサムで、少し甘ったれだが、素直な、感じのいい青年だった。よく一緒にジャンバラヤとか、ボバディラなどという旧市街の地下クラブへ踊りに行ったものだ。

時間があったので連れだって〈階段〉へ行った。ストックホルム市の中心にあるコンサート・ホールの石段を、ぼくらはそう呼んでいたのだ。それはセルゲル通りを抜けて王様通り《クングスガータン》へ出る手前にある。神谷君は、気取って〈オルフェの階段〉と、それを呼んでいた。カール・ミレスの有名な彫刻、〈オルフェウスの群像〉が前に立っていたからだ。

コンサート・ホールは灰色の陰気な七階建ての建物だった。九つの鉄格子の扉と、太い石柱と、十段の階段を持っている。

毎年、冬にその建物の中でノーベル賞の授賞式が行なわれるという。だが、夏は、ぼくらの天下だった。勲章をつけた老人たちの代りに、Ｇパンや顎《あご》ひげの薄汚い若者たちが集まってくる。そこは、世界中からやってきた、貧乏で陽気な渡り鳥たちの、気持ちのいい無料集会所だった。一日中、日なたぼっこをしたり、お喋《しゃべ》りをしたりして過すのだ。寝そべっていようと、キスをしていようと、誰も文句を言う者はいない。

そのホールと向きあってＰＵＢがあった。グレタ・ガルボが娘時代に帽子売場で働いていたという古風なデパートだ。そのＰＵＢとホールとの間の広場に露店市が立つと、くすんだ北欧の空気が、ぱっと明るくなる。花や、果物の匂いや、娘たちの叫び声で、広場がいっぱいになるのだった。

その日、神谷君とぼくは〈階段〉で、三角の新聞紙に包んだ桜んぼの実をかじりながら喋っていた。

彼は何かをぼくに聞こうとしながら、なかなかそれを口に出せない様子だった。そこでぼくの方から切りだした。

「サブのことかい？」

「彼の面倒を見てるんだそうですね」

と、神谷君は言った。

「なぜです？」

好きで世話してる訳じゃない、とぼくは言った。

「あいつが出て行かないんだよ」

日本大使館が、あの少年を追い返すことに決めたそうだ、と神谷君は言った。

「あなたはサブがどういう少年か知ってて一緒に住んでるんですか？」

ぼくは首を振った。サブは少しずつ物を言うようにはなっていたが、自分に関しては一言も喋ろうとはしなかった。

神谷君は、どこから聞きこんできたのか、サブについていろんなことを知っていた。たぶん、彼自身の創作も加わっていたに違いない。だが、ぼくはその時はじめてサブという少年の周辺を知ったのだった。

イングリッド――

おそらくきみは彼の過去について何も聞いていないだろう。きみたちの関心は、常に今日と現在に向けられている。それが悪いとは思わない。だが、この機会にぼくはサブの過去について書き残しておこうと思う。サブが死んでしまった今、彼にはもう、昨日も、今日も、明日もありはしないのだから。

ぼくらの母国には、たくさんの米軍基地が散在している。サブの父親は、その基地のひとつに勤務していた黒人の下士官だったという。その男が朝鮮の戦争で死ぬと、オンリーだったサブの母親は彼を横浜の施設にあずけて姿を消した。

サブは十三歳の時に、そこを離れた。そして二年後に傷害事件を起こして、家裁から居住地指定の保護観察処分をうけている。

やがて京浜地区の暴力団組織に加わって、少年ながら相当の羽振りだったらしい。そのうち、県警が暴力団取締りに乗りだした。不況のあおりも加わって、サブの入っていた組が解散すると、仲間は地方へ流れたり、情婦に稼がせたり、臨時工になったりした。

サブは、そんな世界に、どうやらいや気がさしていたようだ。船員くずれの青年と組んで、二度密航を試み、二度とも失敗している。それでもあきらめず、どういう手を使ったのか知らないが、正式の旅券を持って貨物船で出国した。五万円の船賃を払い、ボンベイまで運んでもらったのだ。

そこからどうやって北欧まで流れて来たかは、神谷君にも判らないらしかった。だが、〈階段〉に集まってくる連中にとっては、別に驚くほどの旅行ではなかっただろう。中近東で山賊におそわれて、チェーンでしめ殺して逃げてきたという日本人学生もいるのだ。

ストックホルムにやってくると、サブは中央駅付近のレストランで働きだした。割合に真面《まじ》目《め》にやっていたらしい。ただ、しばしば派手な喧嘩をやって、傷だらけで店に出てきたという。相手は、いつも南ヨーロッパから出稼ぎに来てる労働者たちだったそうだ。

「こないだやられたのもイタリアの連中だったらしい」

と、ぼくは言った。

「いったい何が理由で連中と騒ぎを起こすんだろう」

「イングリッドです」

神谷君は、桜んぼの種子をプッと遠くへ飛ばしながら断言した。

「彼女をめぐって連中ともめるんです。間違いないですよ」

それはどういう女か、とぼくはきいた。

「さあね。本当のことは誰も知らないんじゃないですか。ジャンバラヤの常連なんですが、恐ろしく突飛なところのある娘です。七歳の時、自殺未遂をやらかしたことがあるそうですよ。ローレンス・ダレルの愛読者で、英語のほかにフランス語やドイツ語も喋ります。イタリア人たちが狙ってるんですが、なかなか歯が立たないようですね。サブを――」

と、彼は口を切ってぼくの顔をみつめ、ぼくが注意ぶかく聞いていることを確かめて続けた。

「サブを召使いか、昔の奴隷みたいに連れて歩いてました。邪魔になると顎で追っぱらうくせに、よく一緒でしたよ。イングリッドに対しては、まるで主人の顔色をうかがう犬みたいになっちまうんです、サブは」

「サブはその娘にいかれてるんだな」

「ええ。いつもどこかで彼女を見てるんです。そして外《ほか》の男がイングリッドに近づくと、割りこんで行くんですよ。彼女を狙ってるイタリア人たちは、それで怒ってるんでしょう」

その時、ぼくははじめてきみの名前を聞いたのだ。イングリッド・ユングレン、というきみの名は、何か不吉な響きをともなってぼくの記憶につきささった。予感というやつは、かなり信じていいものだ、とぼくは思う。

4

それから数日後に、ぼくは日本大使館へサブを連れて出頭した。

神谷君からもらった、彼の父親の名刺が頼りだった。神谷君は朱印を押してある名刺を何十枚も持っていて、必要な文句を自分でそれに勝手に書きこむことにしていたらしい。

神谷君の父親が、いくつかのデパートと電鉄会社の持主であることを、ぼくはその時知った。

ぼくは真白《まつしろ》なシャツにＰＵＢで買ったネクタイをしめ、これ一着だけは質屋にも入れなかった演奏会用のドスキンのスーツを丁寧にプレスして着用した。

サブには、白のポロシャツと、コットン・コードの上衣を着せた。

こうしてちゃんとした恰好をさせると、サブはなかなか立派だった。脚が長く、ベルトの位置が高い所についていて、褐色の肌が白いシャツをいっそう純白に見せる。王立オペラ劇場の前ですれ違った貴夫人ふうの妖艶《ようえん》なマダムが、ちらとサブに視線を走らせて連れの女たちと何事か囁《ささや》きあったのを思い出す。

サブには大使館に行くとは教えなかった。ただ、何も聞かずについてこい、と言っただけだ。彼は黙ってぼくの後をついてきた。

大使館は、海岸ぞいの立派な建物の中にあった。控え室で、新聞のとじ込みを読んでいた数人の日本人たちは、あっけにとられたような顔でサブを見上げた。

名刺の効力は、相当なものだった。ぼくらが海や島や船の見える部屋に通されたとき、サブはやっとそこが日本大使館だと気づいた様子だった。彼はぼくをじっと見つめたまま、黙って目を光らせていた。変な真似《まね》をしたら窓から飛びおりるぞ、といった表情だった。

現われたのは、風采《ふうさい》のあがらない、小柄な年輩の男だった。どうやら、雑用担当の下級職員にちがいない。彼の名刺には書記官の肩書きはなかったように思う。だが、苦労人らしく、腰の低い応対ぶりだった。

「ははあ、この方ですか」

彼はまじまじとサブを眺め、何度も首を振って溜め息をついた。

「なるほどねえ」

この少年のことで、様々な苦情が大使館に来ているのだ、と彼は言った。外国人とトラブルを起こして何度も市警察の世話になったそうだし、それに旅行者の旅券で働いているのも困る。最近もぐりでアルバイトをしている日本人が増えてきているが、これは違法行為なので何とかしなければならない。

「どなたか、ちゃんとした方に保証人になっていただかない限り、この人をこのまま当地に放っておくわけにはまいりませんな」

ぼくではどうでしょう、と言ってみた。彼は腕組みをして少し考え、それから立ち上って部屋を出ていった。

「無理しなくたっていいぜ」

と、サブが皮肉な口調で言った。「後から後悔してもおれは知らないよ」

「おまえ、きのうの掃除のしかたは何だ。ゴミを階段にはきだすなと、あれほど言ったのにわからんのか」

「こんな所で文句を言うことはないだろ」

「それなら無駄口をたたくな」

お待たせしました、とさっきの男がはいってきた。背の高い立派な服を着た上役と一緒だった。その男は素早い傲慢《ごうまん》な目つきで、ぼくを値ぶみした。それから、さっき渡した神谷君の名刺を眺めて言った。

「あなたが保証なさるわけですな」

彼はにこりともせずに平板《へいばん》な声で続けた。

「後で書類にサインしてもらいましょう。今後この人が何か問題を起こしたら、あなたにも責任が生ずることだけは忘れないように。スペインに留学されるそうですが、気をつけていただかないと駄目になりますよ」

念のために注意しておくが、旅行者用の旅券で働いてはいけない、と彼は言った。

「最近、出稼ぎに来てるみたいな変な連中が増えましてねえ。当地じゃ日本人は一流国民として尊敬されています。ところが、近頃ではゴム草履《ぞうり》をはいて皿洗いなどやる困った連中がうろうろしてる。もっとプライドを持って欲しいものですな、え？」

まったくです、とぼくは相づちを打ってサインをすませ、サブを追いたてて大使館を退散した。

外へ出ると、サブは腕をあげて大きく深呼吸をした。

「明日からはおれも仕事に出るぜ」

と、彼は言った。

「部屋の掃除と洗濯は、これから代りばんこにやろう」

月末に部屋代の半分を入れるのを忘れるなよ、とぼくは言ってやった。何だかほっとして、肩の荷がおりたような感じだった。

だが、サブが二度と騒ぎを起こさないだろう、という確信はもてなかった。そうなれば、まずいことになる。今から大使館へもどって保証人を降りると言ったら、あの連中は認めてくれるだろうか。

島の方から、爽《さわ》やかなバルチック海の軟風が吹いていた。サブとぼくは、風に向かって大きな背のびをした。少年の褐色のうなじに、スカンジナビアの淡い陽光が降りそそいでいた。少年はとても美しく見えた。それは、ぼくに〈階段〉の前のオルフェウスの像を連想させた。

イングリッドという少女に会ってみなければならない、とぼくは思った。

5

レストラン・キャシイは、ドロットニング通りに近い、軽食の店だ。ぼくはそこで週に五日間、働いていた。

皿洗いの仕事はかなりきつかったし、生意気なイタリア人の給仕に顎《あご》でこき使われるのは、決して愉快なものではない。だが、主人が実直で気のいい老人なので助かった。

その日、店を閉めてテーブルを片付けていると給仕が寄ってきた。

「お前、ギターをいじるんだってな」

と、イタリア人は薄笑いを浮べながら捲《ま》き舌の英語で言った。

「ドメニコを知ってるか？　おれの友達だ。あいつの弾くのを一度聞かせてやりたいよ。お前なんか、きっと自殺したくなるぜ。おまけにあいつの歌ときたら！」

彼は胸に十字を切って首を振った。「フランキー以上だ。去年の夏至祭り《ミッドソンマル》のコンクールで優勝した時は凄かったぜ。おれたちイタリア人全部で応援したんだ。今年のコンクールだって優勝はもう決まってるようなもんさ。ドメニコがサンレモの新曲を歌うんだからな」

夏至祭りのコンクールというのは何か、とぼくはたずねた。

「夏至祭りのイブに遊園地《チボリ》でやる歌のコンクールさ。賞金が五百ドル。おまけに素晴らしい景品つきだ。大きな声じゃ言えないがね」

優勝するとイブの女王が寝てくれるのだ、と彼は囁《ささや》いた。

「正真正銘の処女だぞ」

嘘をつけ、とぼくは笑った。

「夏至祭りの女王は市が選ぶんじゃないか」

「あれとは別口だ」

彼は得意満面できいた。

「お前、ジャンバラヤを知ってるか？」

「旧市街《ガムラスタン》の地下クラブだな」

「あそこに集まる常連の間で、秘密にイブの女王を選ぶんだ。地元のズベ公たちの中で、男と寝たことのない娘が候補になるのさ」

「賞金はいくらだって？」

「五百ドル」

と、彼は言い、皿の山をぼくに押しつけながら愉快そうにつけ加えた。「どうせドメニコのもんだがね」

その日、仕事の帰りに、いつものように〈階段〉へ回った。九時過ぎだったが、クララ教会の尖塔《せんとう》には淡い陽ざしが残っていた。〈階段〉は地元のグループに占領されていた。五十人はいただろう。少年たちは髪を肩のへんまでのばし、性別不明の恰好だった。十代の女の子たちは、全員が米軍放出のオリーヴ色の野戦コートをはおり、寝そべって煙草をふかしたり、ギターをいじったりしていた。裸足《はだし》の娘もいたが、その夏は一枚皮のギリシャ風サンダルが流行《はや》っていたらしい。

どう見ても浮浪児の集団だ。だが、女の子も少年たちも、みなバラ色の美しい肌をもっていたし、人なつっこい平和な目の色をしていた。

福祉国家の非行族、などと外国の雑誌に登場するストックホルムの名物だが、ぼくには羊の群れのようにしか思えない。

ぼくが知っている、あの陰惨なギラギラした目付きや、餓《う》えた凶暴な体臭や、幸福そうなアベックを殴りつけたいと思う荒々しい衝動などは、この連中からは全く感じることができないのだ。

「頭にくるよな、あいつら」

と、サブが一度、慨嘆したことがある。

「日なたぼっこばっかりしてやがって、暇さえありゃ髪の手入れだ。どうかしてるんじゃないのか、あれ」

その日、〈階段〉で連中にギターのコードを教えてやっていると、〈画伯〉がやってきた。パリから稼ぎに来てる絵描きの卵だ。大使館が言う、ゴム草履組の代表みたいな変った青年だった。九州人らしく、開《あ》けっぴろげなところが皆から好かれていた。

「これ」

〈画伯〉はぼくの隣りに割込むと、インスタントラーメンの袋を二つ差出した。

「国から送って来たんでね。食ってくれ」

二つももらっては悪い、とぼくは言った。

「いいから取っとけよ。あんた、サブの保証人になったそうだな」

あの黒ちゃんには借りがあるのだ、と〈画伯〉は言った。

「こないだ、あいつイタ公にやられたろ。あの原因はおれなんだ。勤め先で仕事を止めろとイタ公におどかされてな。それをサブに話したら、やつ、そいつらに文句つけに乗りこんで行きよった」

「女のことじゃないのか」

「それはつけたしだよ。イタ公たちは、この街で働いてる日本人を追い出しにかかっとるんだ。ぼつぼつ就労許可証《レイバー・パーミッション》を取る連中が増えてきたからな」

ぼくらがアルバイト的な仕事をしてる分には、問題はなかった。北欧は人手不足だったから警察でもちゃんと居住許可証を出してくれていた。だが、五週間それで働き、税金を納めて組合の就労許可証を手に入れると、ヨーロッパ各地から正式に稼ぎに来てる労働者たちと同じ条件で働くことができるのだった。

皿洗いや、ビル掃除などのサービス業とは比較にならない給料が取れる。〈画伯〉はその資格を取って大工場で働いていた。勤勉で器用な日本人は、ひどく評判がよかったらしい。それがイタリア人たちを不安にさせたのだろう。その当時ストックホルムでは、二百人以上の日本人が働いており、就労許可証を取る連中が次第に増えはじめていたからだ。イタリア人たちは、日本人の割込みを警戒していた。

マリオという男を知ってるか、と〈画伯〉は声を低めてきいた。知らない名前だった。

「なんでもコルシカから来た、ごつい男らしい。この街に出稼ぎにきてるイタ公は大ていマリオの手を通して仕事にありつくんだ」

その男が、この街で働いている日本人を追っぱらうと宣言してる、もう、すでにあちこちでいやがらせが始まっていて、ナイフでおどされた仲間もいるのだ、と〈画伯〉は説明した。

「そこにサブが出ていったわけか」

「そうだ。やつはイタ公に対抗して、なんとか会——北欧会とかいったな。そんな組を作ろうとしてたらしいぜ」

「組を？」

「むかし取ったキネヅカちゅうやつだ。でも誰も相手にするわけがない。外国にきてまで愚連隊つくる気か、なんて笑われただけさ」

馬鹿なやつ、と、ぼくは思った。だが、本当に働けなくなったら、困るのはぼくも同じだ。日本大使館に相談したところで、連中をよろこばすだけだろう。頭を痛めていたゴム草履組を追っぱらってくれるマリオに、感謝状でも出しかねない役人たちだ。

「もう二週間で夏至祭《ミッドソンマル》りだな」

と、〈画伯〉はすみれ色の空を眺めながら呟《つぶや》いた。

「イブの女王の選挙が今夜あるらしい。前評判じゃイングリッドだという噂だがね。サブもえらい女に惚れたもんだよ」

「ジャンバラヤに行ってみよう」

ぼくは、起《た》ち上って言った。

「そのイングリッドとかいう女に会ってみたいんだ」

よしたほうがいい、と〈画伯〉は止めた。

「あの店は最近、イタ公の巣だ。何がおこるかわからんぜ」

だが、ぼくが〈階段〉をおりて、さっさと歩きだすと、〈画伯〉はゴム草履をペタペタ鳴らしながらついてきた。

「サブはおれと同郷なんだよ」

と、〈画伯〉はうしろから言った。「あいつの母親は九州出身なんだそうだ」

6

イングリッド――

きみをはじめて見たのは、その夜だ。

ジャンバラヤは、会員制の地下クラブで、王宮裏の旧市街《ガムラスタン》にあった。それは十三世紀に建てられた石造の家並みが迷路のように入りくんでいる小さな島で、ぼくらが冗談にカスバと呼んでいた一画である。

古い建物の地下の穴倉に会員証を見せて降りて行くと、階段の所で白いカードをくれた。投票券だろう。部屋の扉を開けると、突然、背骨に響くような音量で、電気ギターのコーラスが噴きあげてきた。ストロング・ホーンズの〈醜いアリス〉だ。

——愛してなんか　ほしくない

おお　おお　アグリー・アリス

穴倉の中には、熱気と、わきがの匂いと、ジンの匂いが充満していた。中世紀の酒倉がエレキ・ベースとシンバルの音で揺れ、壁が背中に感じるほど震えるのがわかる。十五、六歳から二十代の若者たちが、ビートの中で夢魔のように踊っていた。

——愛するなんて　まっぴらだ

おお　おお　アグリー・アリス

ぼくはコーラの空箱を積み重ねたカウンターで、煙草を吸いながら穴倉を眺めていた。イタリア人のグループが部屋の隅に固まっている。〈画伯〉は脚の長い女の子を摑《つか》まえて何か笑わせていた。

音楽がやんだ。部屋が明るくなった。そして投票がはじまった。ステージの上に司会者が出てきて、候補者の名前を呼んだ。

「クリスチーナ、エリザベート、アンナ・クラーラ、アスリッド、それから——」

司会者はちょっと言葉をきって、右手を振りおろした。

「イングリッド！」

みんな喚声をあげて、手をたたいた。ぼくが知ってるのは、クリスチーナとアンナだけだ。アンナ・クラーラは一度、ぼくの部屋に泊っていったことがある。ぼくはアンナの名前を書いて司会者に渡した。

三十分ほどで集計が終った。司会者がマイクを摑んでスウェーデン語で何か喋ると、穴倉はしんと静かになった。ハモンドオルガンがファンファーレをかなでた。

「イングリッド・ユングレン！」

わっと拍手がわいた。イタリア人たちがピューと一斉に口笛を吹く。司会者がステージにひざまずいて、芝居がかった身振りで両手をひろげた。人混みをかきわけて、一人の少女が、ゆっくりとステージに上っていった。

その少女は、司会者を石ころのように無視したまま、その部屋の若者たちに挑むような一べつを投げた。そうだ、それは挑戦的な一べつだった。腰まで垂れた金髪と、花模様プリントのスラックスと、黒と白とのマリメッコ風のシャツと、洋弓のように反《そ》った細い姿態と、それらのすべてが挑戦的な感じだった。おおきな銀のバックルをはめ、ギリシャ風の一枚皮サンダルをはいていた。ナイフのように美しいアキレスの踵《かかと》の白さが目にしみた。

イングリッド――

ぼくは、あの晩のきみのすべてを今でもはっきりと憶えている。きみは〈階段〉で日なたぼっこをしている子羊たちとは、全く違っていた。古代エジプトの甲虫《かぶとむし》のようなきみの目の中に、ぼくは即座にそれを感じたのだ。

〈画伯〉が、少し興奮した顔つきでやってきた。

「やっぱり彼女だ」

と、彼は言った。

「おれはよくモデルを使うからわかるんだが、あれは北欧だけに残っている純血のゲルマン人種だぞ。見てみろよ。顎をつき出してるところは、ヴァイキングの船のへさきについている女の首そっくりだぜ」

その時、ひとりの若い男が、ステージに上ってきた。一目でイタリア系とわかる、真黒な髪と、素晴らしい目をした色男だった。

彼は金色の鎖を手首に光らせながら、自信たっぷりにきみの肩を抱き、唇にキスをしようとした。きみは激しく首をふってそれをさけようとあがいた。男は強くきみの体を腕でしめつけた。あの時、きみの指がオルガンの上に散らばっていたギターのピックに触れなければ、きみは、彼のキスを受入れなければならなかっただろう。きみの手が素早く動くと、イタリア人は短い叫び声をあげ体をはなした。セルロイドの鋭いピックが、彼の頬を斜めに裂いたのだ。押さえている指の間から赤い血がしたたった。

「ＯＫ。イングリッド」

と、色男はハンカチを頬にあてて英語でうめいた。

「どうせイブの晩には、お前はおれに抱かれることになる。憶えておいてくれ。ドメニコってのがおれの名前だ。去年のコンクールで優勝した男さ」

「おめでとう」

と、きみは微《かす》かに笑って少し捲《ま》き舌の英語で言った。

「でも今年のコンクールは、まだ終ってないわ。賞品の前渡しはしない規則よ。帰ってサンタ・ルチアの練習でもすることね。ミスター・スパゲッティ」

司会者が必死の勇気を振るって二人の間に割って入って、ぎこちない英語で叫んだ。

「今年のイブの女王は五人の処女の中からイングリッドに決まりました。どなたも異議はございませんか。それでは、当クラブの会員全員の同意を得て、彼女にイブの女王の冠を捧げます」

「ノー！」

その声は暗い階段の上から降ってきた。全員があっけに取られて、一斉に振り返った。

「サブだ！」

〈画伯〉が呻《うめ》いた。

「あいつ、イタ公たちに仕返しに来たな」

ぼくは、おりてくる少年の燃えるような熱気を感じた。サブは穴倉の入口に立ちどまって、ノー！　と英語でくり返した。

「イングリッドはイブの女王になれない。彼女は、いちどおれと寝た」

全員がサブときみとを、かたずをのんでみつめた。きみは青ざめて、ゆっくり言った。

「嘘だわ。わたしは黒ん坊なんかと寝たりはしない。絶対に」

イタリア人たちが壁際から回って行くのをぼくは見た。ぼくは〈画伯〉を押しのけて、サブの方へ行こうとした。だが、彼らの方が早かった。サブはステージの前に引きだされた。ドメニコが白い歯を光らせて英語で言った。

「お前は、嘘つきだ。今の言葉を取消せ」

ノー、とサブは言った。ドメニコが顎をしゃくると、仲間が少年をはさみつける。その時、〈画伯〉が酒びんを逆手《さかて》にもってすり足で出て行くのをぼくは見た。ぼくも出て行った。

「待て」

と、ぼくは〈画伯〉の腕をおさえて、ドメニコの眼を正面から見た。「これはイングリッドとサブの問題だ。きみらには関係がないだろう」

「お前はなんだ」

横から一人の男が何かイタリア語でドメニコに耳うちした。ぼくが働いているキャシイの店の給仕だった。ドメニコの眼に嘲笑《あざわら》うような色がうかんだ。

「ＯＫ」

とドメニコは言った。それから壁際から派手な飾りのついたギターを持ってきて、ぼくに押しつけた。「弾いて聞かせてくれよ。皿洗いのギタリスト。お前、天才《フェノーメナ》だそうじゃないか、え？」

イタリア人たちが、どっと笑った。

サブを放してやるように、とぼくは言った。うまくギターを弾いたらな、とドメニコが笑った。

「それとも、この黒ん坊《ニガー》のかわりに殴られるかね」

「弾けよ！」

と、サブが叫んだ。

「弾いて聞かしてやれよ、こいつらに」

手を出すんじゃないぞ、とぼくはサブを振り返って念を押し、ドメニコに言った。

「おれは命令されて弾くのは好きじゃない。殴りたければ、やってみろ」

殴られるのは怖かった。だが、ぼくは少年院時代に、殴られるコツを身につけていた。サブよりは、はるかにうまく殴られる自信があったのだ。それはリズムだ。殴る方と、やられる方のタイミングが合えば、そんなにひどい怪我をするものじゃない。

ドメニコの美しい目が細くなり、ひらめくような右のフェイントと同時に、体重を乗せた正確なナックル・パートが蛇の舌のようにわき腹に食いこんできた。

ぼくが憶えているのは、そこまでだ。

7

眼をあけた時、目の前に、イングリッド、きみがいた。

ぼくは奇妙な部屋に寝かされていて、きみの手当てを受けていた。反射的に、指をひろげて屈伸させてみた。指先も、爪も大丈夫だった。体のあちこちが痛んだが、そんなことはかまわない。

サブは隣の部屋にいるときみは言った。

「あの子は一晩中、あなたのタオルを取りかえていたわ。わたしが触ると怒るの」

ここはどこか、とぼくはたずねた。それは実に奇妙な部屋で、壁には船長の帽子やら、射撃の標的やら、馬のあぶみやら、あらゆるがらくたやらが、雑然とかけられている。

壁際に真白なグランド・ピアノがあり、タブーのオーデコロンの空びんが、うず高く部屋の隅につみ上げられてあった。半月形の馬鹿でかいグッチの革バッグ。ペーパー・バックの〈ダブリナーズ〉と、空《から》のウイスキー・グラスが床に転がっている。銀の彫刻をほどこした二連銃の銃身が、獣骨の帽子かけにぶら下がってゆれていた。

「わたしの部屋」

と、きみは言った。

「両親はゴットランドのお城に行ってて夏至祭り《ミッドソンマル》まで帰ってこないわ」

サブが戸を開けてはいってきた。彼は、怒ったような顔で、ぼくを見て言った。

「どうして、弾かなかったんだ」

「なにが？」

「ドメニコにあんたのギターを聞かせてやればよかったんだ。なぜ弾かなかったんだよ」

「弾くとも」

と、ぼくは自分の指をじっと見ながら言った。

「弾くとも。夏至祭りのイブにな」

「コンクールに出るのか！」

「お前が歌うんだ」

ぼくは、あっけに取られているサブを見つめた。

「おれのギターで、お前が歌うんだ。ドメニコに聞かせてやろう」

「わたしにわかる言葉で話して」

と、きみがコーヒーを注《つ》ぎながら笑った。

その日からの二週間は、ぼくとサブにとって、忘れることのできない贅沢《ぜいたく》な季節だった。ぼくも、サブも、仕事には出なかった。ぼくは賞金の五百ドルに賭けたのだ。サブは、きみに賭けていた。

きみとサブとの間に、以前どのような関係があったのか、ぼくは知らない。ただ、ぼくの考えでは、きみは、サブを愛しながら、そのことで恥じていたのではないかと思う。

きみの家が、どういった家柄かは想像がつく。その古城のような家と、部屋ごとにある古い紋章は、きみの体にヨーロッパの古い貴族の血が流れていることを物語っていた。〈画伯〉が言ったように、きみは純粋の北方ゲルマン民族の典型なのだろう。金髪、碧眼《へきがん》。そして蒼白な肌と、長い四肢が、はっきりとそれを物語っていた。

イングリッド――

きみは正直だった。自分の偏見を隠そうとせず、サブにはっきり侮蔑《ぶべつ》的な態度を示そうとした。だが、たしかにきみはサブにひかれていた。ぼくの目には狂いはないと思う。

だが、きみはそのことを自分で恥じていた。サブが、きみと寝た、と言ったのは勿論、でたらめだ。彼は、きみがイブの女王になり、他の男と寝ることに耐えられなかったのだろう。しかし、サブはそんなにきみに夢中になりながら、きみと反対の意味で自分を恥じていたに違いない。自分の暗褐色の肌と、ちぢれた髪と、その厚い唇を。

きみたちは、お互いにひきつけられながら、互いにそれを恥じていたのだ。

きみは誇り高い少女だった。きみたちの仲間の少女たちは十四、五歳で女になる。きみにとって周囲への反抗とは、ぼくらの国と反対に、簡単に男と寝ないことだったかもしれない。だが、きみには、その誇りと反抗が、次第に耐えられないほどの重さに感じられてきたのではあるまいか。これはぼくの勝手な想像だが、きみはイブの女王に選ばれ、偶然の優勝者に抱かれることで、一挙に全ての重荷を投げ捨てようと考えたのではないかと思う。

ぼくは、そんなきみたちに時に微《かす》かな嫉妬《しっと》を感じたこともある。だが、ぼくにはスペイン行きのための五百ドルのほうが気になっていたのだ。

ぼくらは、一日に十時間以上も練習した。きみがピアノを弾いてそれを助けてくれた。

サブは鋭いリズム感と、正確な音程とを持っていて、それがひどくきみの関心をそそったようだ。サブが歌うのを、きみはテラスでじっと聞いていたことがある。こわばったきみの背中に、サブの苦しげなシャウトが鋭く突き刺さって行くのを、ぼくは感じた。サブは下手な歌い手ではなかった。だが、そんなことよりもっと大事な、フィーリングというやつを持っていた。歌い方にではなく、声そのもの、表情そのものの中に、である。それがきみの体をつらぬき、ひたしたのに違いない。

「ひどい声ね」

と、きみは自分の気持をおし隠そうとする女の声で言った。

「奇妙《ファニー》なというんでもないし、独自《ユニーク》の、という声でもないわ。しいて英語で言うなら、変種《フリーキッシュ》の、とでもいうのかしら」

マリメッコのブラウスの背中に、ぼくはきみの奇妙な孤独を読み取ろうとした。なぜきみは子供の頃に自殺なんかしようと考えたのだろう？　なぜきみは外の金持ちの娘たちのように両親たちと別荘へ行かないのだろう。

今にして思えば、それがきみたちの言う〈白夜の孤独〉というものかもしれない。完全な個人主義の下で、きみたちの家族は全く自由に生きているらしかった。きみが両親の目の前で男とペッティングをはじめた時の話を、きみはぼくにしてくれたことがある。きみのママは、チェスに夢中になっていて、きみが意識的に声を立てると、優しい声で、

「ベッド・ルームへいってちょうだい。いまパパに負けそうなんだから静かにしてね」

と呟《つぶや》いたのだ。きみだけでなく、きみたちの国の若者たちは、大人がすることの全てを許されていた。禁止も、強制も、将来の不安も、きみたちを圧《お》しつぶそうとはしない。そして、老人たちと、大人と、若者たちが勝手に孤立して生きていた。家族、という感情をぼくは好まない。だが、きみたちには共同生活者としての連帯感さえも欠けていたように思う。きみたち若者は、二十四時間を自由に生きていた。だが、いずれはその白夜の季節が去り、ながい深い暗黒の季節がやってくるのを知っている。豪華なアパートか、老人ホームの庭できみたちは、それを迎えることになるだろう。明るい世界の、明るい孤独、それは〈白夜の孤独〉だ。

イングリッド、きみは他の若者たちより一層鋭くそれを感じていた。それにおびえて、衝動

的に逃げ出そうとあがく、一匹の動物が、きみだったのではあるまいか。

　ぼくらは、高いので有名なレストランから毎日、豪華な北欧風オープンサンドを取り、赤い花の咲いている庭で食事をした。きみたちの国で〈ニッポン〉と呼ばれるそのバラは、ぼくらの国にも咲いている〈はまなす〉だった。

　ぼくら二人の居候《いそうろう》は、〈朝日の当る家〉ともう一曲、日本の民謡との貧弱なレパートリーを仕上げるために、白夜の二週間をきみの家で過したのだった。

8

　やがて夏至祭り《ミッドソンマル》の夜がやってきた。

　ストックホルムが、一年中で最も開放的になる季節だ。王様通り《クングスガータン》のコンドーム自動販売機がコインで一杯になる。すらりとした金髪の少女が、ガムを噛みながら、無邪気な手つきで銀紙の包みをつまんで行くのだ。誰も振り返ったりはしない。

　その日の夕方、遊園地《チボリ》のダンス・インで、コンクールの予選が行なわれた。ぼくらは十三組だった。ぼくは、きみが貸してくれた古いギターを持って出場した。それは一九〇三年製のエンリケ・ガルシアの筒入りギターだった。

　フレットが銀で出来ていて、絃巻き軸に獣骨をかぶせてある見事な楽器である。ぼくにはそのギターの値打ちはわからない。だが、トルレス、ラミーレス、ガルシアという、世界の三大名匠の名前だけは知っている。

　祖父の誕生祝いに贈られたものだ、ときみは言っていた。

「もし予選で落っこったら、このギターのせいよ、こわしてコーヒーをわかしてやるから」

　ぼくは、六本の絃を四日前に張っておいた。その日が最高の調子になるように、毎日調絃したのだ。ガルシアのギターは、六絃から一絃まで、一本々々の絃がそれぞれの性格を鮮《あざや》かに表現する力をもっていた。それは、恐ろしい楽器だった。

　サブは、二、三日前から、少し風邪気味だった。声を張る部分はいいのだが、低く出るところが、どうしても喉をしめて苦しそうだ。

　だが、ぼくは気にしてはいなかった。どうせ歌で勝負する気はない。サブが、ひとつの深い感情《フィーリング》を聴衆の前に投げ出してくれさえしたら、後はぼくが支えてやる。

　予選のステージで、サブは震えていた。

「やめよう。おれはだめだよ」

「イングリッドが見てるぞ。みっともない真似《まね》はよせ」

　ぼくらは伴奏のオーケストラを断って、ギターだけで審査員たちの前に立った。

ゆっくりした前奏《イントロ》を弾いている時、サブのゴクリと唾をのみこむ音がきこえた。彼は少し急いではいって来た。

それは〈朝日の当る家〉という曲で、娼婦の悲しみを歌う黒人のブルースだ。サブは、その歌をかなりうまく歌った。ぼくらが歌うと、正確に半音下げるところを、彼は微妙な譜面に表わせないような音程で歌うのだ。

間奏の部分で、ぼくはマイクに向けて素早いオクターブのアドリブを、いくつか弾いた。それは審査員たちを、とても驚かせたようだった。

ぼくらは楽々と予選を通過した。二十八組のうち、六組が夜の野外ステージで歌うことになったらしい。

きみはその日、真赤《まっか》なボルボに純白のドレスを着て乗ってきた。ボルボのフェンダーに白樺の小枝をくくりつけて、明るい夜の街を走ってきた。ほかの車も、みんなエゾマツや白樺の小枝を前につけている。

「このギターのおかげだ」

と、ぼくはきみに言った。

「ドメニコは予選に出場してないようだな」

「彼は昨年の優勝者だから出なくていいの」

「おれ、あそこんとこ少しシャクリすぎたかなあ。アイム・ゴーンのとこだよ」

と、サブが割りこんできた。

「気のきいたことを言うな。どだいあれは歌なんてもんじゃないぜ」

「そうかよ」

「わたしのわからない言葉で話すのね」

と、きみが言った。そのとき、ぼくらが射的場の裏で喋っているところへ、キャシイのイタリア人給仕が伝言を持ってやってきた。

「あんたらが優勝したら、ただじゃすまないそうだ。よく考えてやれとさ」

ドメニコが言ったのか、とぼくがきいた。

「そうじゃない。マリオの警告だ」

それはいつか〈画伯〉が話していた男だった。この街のイタリア人たちを支配しているというコルシカの男だ。

マリオはドメニコの兄貴だ。彼はイタリア人以外の外国人がストックホルムで人気者になるのは好きじゃないらしい、と彼はつけくわえた。「たしかに伝えたぜ」

ぼくらは顔を見合せて黙っていた。

ステージの前には何千人もの市民や観光客がつめかけていた。コンクールの余興に、入港しているソ連バルチック艦隊の水兵たちがコサックダンスと合唱を披露《ひろう》して、会場の興奮を盛りあげる。ＡＢＳラジオが中継の準備をはじめていた。オーケストラが音合わせをやっている音がきこえてきた。

九時に最初の歌い手がステージに上った。ぼくらは四番目だ。きみはステージの上手で、審査員席をのぞきこんでいた。

地元の少女が二番目に北欧民謡〈すずらん〉をうまく歌って、相当の拍手を集めた。

ドメニコは、ぼくらの前だった。彼は舞台の下手から、真白《まつしろ》な歯を見せて優雅に微笑しながら登場した。軽快な編曲をバックに、〈ボラーレ〉を歌いだした。サンレモの新曲でなく、ありふれた通俗曲の〈ボラーレ〉を出したところに彼の真剣さが感じられた。やる気だな、とぼくは思った。

ドメニコは大した歌い手だった。ぼくはジャンバラヤでよたっていた彼が、こんないい歌をうたう男だとは予想もしていなかった。イタリア人によくある、美声を聞かせるという型ではない。ドラマチックに歌い上げるというのでもない。ひとつひとつのフレイズを丹念にふくらみを持たせてうたっていた。出だしの語り《ヴァース》の部分を、バックを手で制しておいて完全な語りで聞かせ、一転して、さっと両手を振りおろしフィエスタ的なスイングに盛りあげていくところなど、うっとりするほどの鮮やかさだった。

「すげえ野郎だ」

とサブが唸《うな》った。

「畜生め」

大変な受け方だった。舞台の前に陣どったイタリア人たちの一団は狂熱的な拍手を送っている。ドメニコは、何度となく魅力的な微笑をふりまいて会釈し、下手に消えた。

　ぼくらの番だった。

「どうする？」

　と、サブが下をむいたまま呟いた。「とても勝てそうにないよ」

　その時、きみが駆け寄ってきた。サブは絶望的な目つきできみを眺めた。これが今生《こんじょう》の終りみたいなしょげ方だった。

「あそこにいる男を見て」

　と、きみは顎をしゃくった。

「あの黒眼鏡をかけてこっちを見てる男。あれがマリオよ」

　このまま車でパパのいるゴットランド島へ逃げよう、と、きみは青ざめた顔で言った。

「優勝したらただじゃすまないわ。優勝できなければ、わたしはドメニコと――」

「きみは奴と寝るのがいやなんだな」

　と、サブが言った。

「それじゃ、なぜイブの女王になんかなったんだ」

　きみは、黙ってサブを見つめた。それから、彼の暗褐色の唇に、美しい横顔を傾けてキスをした。きみは遠くの方を見て言った。

「ニグロの血が混っている男なんかにひかれた自分が口惜しかったから」

司会者が舞台からぼくらを呼んでいた。やろう、と、サブが目で合図をした。

「よし」

と、ぼくはギターを抱えて、きみに笑いかけた。

「優勝できなかったらギターのせいだ」

サブとぼくは、スポットの中に、ふたりきりで立っていた。

「あの歌でいこう」

と、ぼくは言った。

「二番だけをリピートしろ」

ぼくたちは、一人で弾き語りをやるように、二人で自由に即興的な演奏をやるのが好きだった。ぼくが弾く。彼がはいってきて歌う。それを拾ってぼくが勝手に弾く。それで行こうと決めたのだ。

最初は沈んだ調子の前奏で出た。ヴィラ・ローボスの〈ブラジル風のバッハ・五番〉からヒントを得た長いイントロだ。サブに合図して転調する。六絃の重いアポヤンドの余韻《よいん》が、白夜の空に消えて行く。

サブの歌がはいってきた。ぼくは歌のうしろでじっとしている。彼の声のエコーのように、フレイズの間をぬって控え目な音をばらまくだけでいい。この歌のサブは大丈夫だった。放っておいても心配はない。それは、彼が子供の頃からよく知っている曲だ。彼は、その〈島原地方の子守唄〉を、まるで民謡らしからぬ歌い方でうたっていた。

姉しゃんな　何処《どけ》行たろうかい
姉しゃんな　何処行たろうかい
青煙突の　バッタンフール
唐は何処《どこ》んねけ　唐は何処んねけ
海の涯ばよ　しょうがいな

サブのスラー気味に上げた語尾を拾ってぼくが少し弾く。サブが繰返しの部分をうたう。

はよ寝ろ泣かんで　おろろんばい
おろろん　おろろん　おろろんばい

視界の端を、ちらっとマリオの黒いサングラスがかすめた。それから頭の奥に、少年院の固い枕の感触と、裏庭に咲いていた、はまなすの花が滑って行った。野上主事の声や、酒場でギターがこわれる音などがよみがえってくる。ガルシアのギターから、それらの失われたものの全部が、溢れるようにわき上ってきた。

勝てる、とぼくは思った。

9

その夜、ぼくらは確かに勝った。ぼくらが優勝して、ドメニコが二位だった。だが、果して本当に勝ったのだろうか。

サブとぼくは、遊園《チボリ》地の入口で別れた。ぼくは賞金の五百ドルを握りしめていた。サブはきみと一緒だった。

ぼくら三人は、三時間後に〈階段〉で落ち合う約束をして別れた。きみの運転するボルボで、すぐにこの街をはなれる計画だった。マリオやドメニコともめるのはお断りだ。ぼくらは明朝、車でヨーロッパ縦断の旅行に出る。ぼくはアンダルシアへ。きみたちは、ぼくを途中でおろして陽光の降り注ぐ更に南の海岸へ。

新しい季節、白夜にかわる真昼の季節がはじまるのだ。

ぼくは二週間ぶりで、自分の部屋へ帰った。きみたちは、あのニッポンというバラの咲いている古い邸で、三時間の初夜を過す。そして荷物をかつぎ、その紋章だらけの家に別れを告げて〈階段〉へやってくるだろう。

三時間後にぼくは〈階段〉にいた。すでに二時で、朝日が〈階段〉に縞模様を作っている。オルフェウスの像は洋琴を空にかざして、しなやかに背のびをしていた。すべてが鮮明で、爽《さわ》やかに見えた。六月二十五日の白夜の朝だ。

ボルボの低い唸りが、王様通り《クングスガータン》から響いてきた。真赤な車体はタイヤを鳴らして〈階段〉へ横づけになった。そして、きみが降りてきた。

イングリッド――

あの朝のきみの純白のドレスと、それを染めた朝焼けのような血の色を、ぼくは今ありありと思い出す。

「手伝って」

と、きみは、低い声で言った。ぼくはきみが開いたドアから、麻袋のように道路に転がり落ちたサブの体を見た。それは、そのまま動かなかった。

その時のきみの表情を、ぼくは一種の怖れをもって思い返すのだ。あれが北方ゲルマン民族の本当の顔なのだろうか。

きみは涙も見せず、震えもせず、取り乱してもいなかった。邸の前で車から下りるとき待ち構えていた連中に刺されたのだ、ときみは言った。それから、ぼくにサブの体を〈階段〉の上に運ぶように頼んだ。サブの顔は白っぽく、厚い唇は何かに驚いたように少しひらかれていた。彼の体はひどく重かった。

　ぼくがサブを運んでいる時、鋭いマフラーの音を響かせ、タイヤを空転させながらきみのボルボがスタートした。ぼくは見た、運転台の氷のようなきみの横顔と、窓から銃身を突き出しているあの見事な二連銃を。

　きみがどこへ、何をしに行くかを、ぼくは直感した。マリオか、ドメニコの所へだ。きみに銃を使わせてはいけない。ぼくは商店の前に駐車している車に駆けよった。三台目のミニ・クーパーのキーがそのままになっていた。エンジンは素直にスタートした。きみのボルボはセルゲル通りを右折したと思う。前輪駆動のミニ・クーパーは、背を丸めた猟犬のように追走した。アクセルを離すと怖いような急なカーブを切れ込んで回ってゆく。前方に赤いボルボが見えた。ＮＫデパートの前を過ぎ、オペラ劇場の横で大きく横すべりしながら回っていった。

　きみの車は議事堂と中央銀行の間を抜けて橋を二つ渡り、旧市街に飛びこんだ。ジャンバラヤへ行く気だな、と思った時、目の前のボルボの赤い車体が角のグリーンベルトに乗りあげ、三度横転して火を噴くのを、ぼくは見た。

10

イングリッド――

甲板で鐘が鳴っている。イルマータ号は小島の間をぬってヘルシンキへ接近して行く。円窓から光が射しこんできた。それは、あの朝、〈階段〉のオルフェウス像と、サブの顔と、きみの純白のドレスを染めた鮮やかな曙光《しょこう》ではない。冷たく褪《さ》めた白夜の季節の、ひよわいうしろ姿だ。ぼくは、この手紙をヘルシンキで出そう。

サブを刺した犯人は発見されなかった。きみは五週間入院して、頬と胸に消えない火傷《やけど》を残し、両親のもとへ帰った。ぼくは大使館から帰国をすすめられ、それに従うことに決めた。持病の気管支炎が再発して、とてもスペインでの生活に耐えられそうになかったからだ。サブは解剖され、郊外の墓地にほうむられた。そして、夜は少しずつ長くなっていった。街の人びとの顔から微笑が消え、〈階段〉に集まる若者も少なくなってきた。それが白夜の終りだった。

イングリッド――

ぼくは、もう二度とこんな感傷的な手紙を書くことはないだろう。

今、ぼくは人びとが青春と呼ぶ一つの季節が、夏と共に去って行くのをはっきりと円窓の外に見たからだ。

——「白夜のオルフェ」了——

ローマ午前零時

1

あたりは明るかった。午前七時とは思えない強い陽《ひ》ざしが、道路と車のフロント・グリルに降り注《そそ》いでいた。走り過ぎて行く周囲の風景は、焦点を深く絞《しぼ》り込んだ画面のようにくっきりと見えた。タクシーは、レオナルド・ダ・ヴィンチ空港からローマ市内への道路を、車体をきしませながら突っ走っていた。平均時速百二十キロぐらいは出していただろう。

私は陽やけしたイタリア人運転手の隣に坐っていた。うしろの座席に、滝《たき》社長と佐《さ》伯《えき》亜《あ》紀《き》がいる。亜紀は滝の膝《ひざ》の上に突っぷして、ひどく喘《あえ》いでいた。葡萄《ぶどう》色のジョーゼットのブラウスの下で、尖《とが》った肩の骨が苦しげに上下するのがわかる。東京を発《た》つ前の日に脱色した栗《くり》色の髪が乱れて白い首筋の皮膚にはりついているのが、変に刺戟《しげき》的な感じだった。

「だいじょうぶか、おい」

と、私は体をのり出して亜紀に声をかけた。

「もっとゆっくり走るように運転手に言おうか？」

「いいの」

亜紀が汗に濡《ぬ》れた額《ひたい》をあげて、首をふった。

「早くホテルについてベッドに横になりたいわ。もっと急がせて」

「冗談じゃない。これ以上とばしたら危険だぞ」

と、滝が言った。彼は太陽の熱気がこもっているせまいタクシーの中で、ダブルの背広の両前を合わせてきちんと着ていた。片手を上着のポケットに差し込み、片方の手で亜紀のタイト・スカートのくびれた腰を抱きかかえている。

「アレグロ！」

と、私は叫んでみた。もっと早く、と言いたかったのだ。太い首をした牛のような運転手は、両手をハンドルからはなして、肩をすくめてみせると、思い切りアクセルを踏み込んだ。小さな石の橋が現れ、あっという間に後方へ飛び去った。左右には牧歌的な田園風景が続いている。左手の小高い丘の上に、中世の僧院を思わせる石造りの建物が見えた。運転手は荒っぽく、だが巧妙に高速で走り続けた。カーブではスピードを落して入り、素早《すばや》く加速してアウトへ脱《ぬ》ける。速度計の針は百キロをかなり越えた場所で激しく震《ふる》えていた。不意に、風を切る金属質の音を残して、こちらの車の横をかすめ、見る見るうちに小さくなってゆくスポーツカーがあった。

「気が狂っている。百七、八十キロは出してるぞ、あれは」

滝が首を振って叫んだ。彼の額にも汗が滲《にじ》んでいる。

〈ローマに何日ぐらいとどまることになるのだろう？〉

私はまぶしい陽光に目を細めながら、ふとあまり愉快でないことを考えた。エール・フランスは全《まった》く就航していない。パリのオルリー空港は依然として麻痺《まひ》状態を続けている。だがニースまではアリタリア航空が飛んでいるはずだ。それともニースの空港も、まだ混乱したままなのだろうか。そのへんは皆目《かいもく》見当がつかない。

「もう少しだ。がんばり給《たま》え。ほら、ローマの街が見えてきたぞ」

背中のほうで滝の声がきこえた。前方に赤い建物の集積が見えはじめた。両側の並木が次第に立派になってくる。タクシーはいま、ようやく速度を落してローマの市内にはいろうとしていた。

〈とにかくローマまでやってきたのだ〉

ここまでくれば、ニースはもう目と鼻の先だ、という考えが私の気分を楽にした。私はうしろの座席で苦しげな喘ぎを続けている亜紀を無視して、口笛で去年のサン・レモ音楽祭の優勝曲のメロディーを吹いた。運転手が前方をみつめたまま、艶《つや》のあるテノールで繰り返しの部分をハミングした。買物籠《かご》を抱《かか》えた女や、裸足《はだし》の子供や、髪をなでつけた青年や、見事な乳房の娘たちが窓の外を流れて行く。空は深いトルコ石色に冴《さ》え、赤っぽい高層アパートや古い建物が、くっきりとした輪郭《りんかく》で左右に見えてきた。小型のフィアットや、二人乗りのスクーターが目立って多くなった。タクシーは、無遠慮にクラクションを鳴らしながら、交差点をすり抜けていった。

「ヴィア・ベネト！」

と、私は運転手にどなった。そこに空港で予約した、われわれのホテルがあるのだ。

「レジナ・カールトン」

　わかってる、といわんばかりに運転手はうなずいた。

「Ｏ・Ｋ。ヴィア・ベネト――」

　前方に白い鋭角的なピラミッドが見えてきた。いちど前に案内書の写真で見たことのある建築物だった。その石面の幾何学《きかがく》的な模様が、私になぜか異様な感じを抱《いだ》かせた。疲れているのだろう、と私は思った。無理もなかった。ニースへ行くと決めてから今日まで、実にさまざまな問題を処理しなければならなかったのだ。しかも、私たちが自分の作品を携《たずさ》えて参加しようとしている国際テレビＣＭフェスティバルは、パリでおこった学生デモとゼネストのため、その開催が危《あや》ぶまれているという話だったのである。私たち三人は、そのニュースを、ローマ空港についてはじめて聞いたのだ。

「ベネト通りとかいうのはまだかい」

　と、うしろから滝が言った。

「さあ。ぼくもローマははじめてでしてね」

「可哀相《かわいそう》に。この子はかなり参《まい》ってるようだぜ」

「かなり揺れましたからね。さっきは」

「お水ちょうだい」

と、亜紀が言った。

「お水が欲しいわ」

「もうすぐだよ」

私は手をのばして亜紀の背中をさすった。

「いや、吐《は》きそう」

亜紀が背中を曲げて言った。私は手を引いて、滝と顔を見合わせた。

「暑いなあ。実際、暑い」

滝がネクタイをゆるめながら呟《つぶや》いた。「悪い時にきたもんだ。これから先が思いやられるぞ」

「そうですね」

私が言った。車はバロックふうの建物がそびえる一画にさしかかっていた。街路樹の葉の重なりの向こうに、色ガラスのような青い光った空のかけらが見えた。私はシートに背中をもたせかけて目を閉じた。ローマは私たちの目的地ではなかった。私たちは、しかたなしにこの古い街へやってきたのだった。フランスに現在おこりつつあるデモとストライキの波が引くのを、私たちはローマで待つのだ。私たちの本当の賭《か》けは、ニースに飛んだ時にはじまるだろう。

「ヴィア・ベネト！」

運転手が大声で叫んだ。車は噴水のある広場を抜けて、ゆるやかにカーブした登り坂の大通りにさしかかっていた。

2

レジナ・カールトンは、こぢんまりした古風な中級ホテルだった。そこを選んだのはわれわれではない。空港の案内所で紹介してくれたのだ。

案内書によれば、このローマの銀座通りともいうべきベネト通りの周辺には、有名な一流ホテルがずらりと揃《そろ》っているらしい。レジナ・カールトンの前からも、エキセルシオールの堂々たる玄関が見える。何か国際会議でも行なわれているのか、各国の国旗が鮮《あざ》やかな色どりでひるがえっていた。有名なハスラーやエデンなどといった高級ホテルも、この一画にあるはずだった。

ホテルに着いて荷物をおろすと、急に眠くなった。社長の滝と、亜紀は、ツインの部屋にはいり、私は一人で三階の角《かど》の部屋を取った。亜紀はタクシーから降りると、そのままロビーの安楽椅子《あんらくいす》に沈み込んでしまって、部屋へ連れて行くのが大変だった。滝と二人で部屋まで抱えて運びあげたのだ。

自分の部屋へ引き揚げて、窓のカーテンを引き、上着を脱いでベッドの上に横になった。白い、のりのきいたシーツが気持ちよかった。ふかぶかと頭の沈み込む大きな枕《まくら》に顔を埋めて、私は自分はローマにいるのだ、と考えた。どういうわけか、少しも実感がなかった。まっすぐニースへ飛んでいれば、またちがった感慨もあったにちがいない。今度の旅で、ローマは私の関心の外にあった。私たちは、ニースで今月の下旬から開催されることになっている、国際テレビCMフェスティバルをめざしてやってきたのだったから。

〈まずい時期にぶつかったものだ〉

さっき滝が言ったのと同じようなことを、私は改めて考えた。今度の旅行は、遊びではない。ある意味では、私がいま働いている会社と、私自身の将来のコースを決める重要な旅行だった。それは滝にとってもそうだった。だからこそ、彼は自分まで進んで私に同行したのだろう。

私はしばらく眠り、十二時少し前に目をさました。疲れはいくぶん消えていた。カーテンのすき間から、烈《はげ》しい刺《さ》すような陽ざしが一条、ベッドの上に伸びていた。その鋭い光の線は私の体を二つに切って背後の壁に落ちていた。私は急に激しいのどの渇《かわ》きをおぼえた。受話器を取りあげて、英語で滝の部屋につないでくれるように頼んだ。

「もしもし」

滝の声だった。

「彼女はどうですか」

と、私はたずねた。

「死んだように眠ってる。そっちはどうかね？」

「少し寝ました。どうです、外でコーヒーでも飲みませんか」

「いいな。そうしよう」

私たちはロビーで待ち合わせて、ホテルを出た。滝はいつものダブルの背広を脱ぎ、レモン色のポロシャツと枯葉色のスラックスをはいていた。滝にしてはめずらしい大胆な恰好《かっこう》だった。彼はいつもより、五つか六つほど若く見えた。

「いいじゃありませんか」

と、私が言った。

「なにが？」

「その服ですよ」

これが、と滝は苦笑してポロシャツの胸《むな》もとを指でつまみ、

「東京で亜紀が勝手に買込んできたシャツさ。外国だからこそ着れるがね。ふだんはとてもおれの年には無理だろう」

「そんなことないですよ」

私は少しはなれて、若返った滝を眺《なが》めた。彼は日本人としては背の高いほうだった。肩幅もあり、がっしりした体格をしている。短く太い首の上に、大きな顔が乗っている。唇が厚く、目がくぼみ、お世辞《せじ》にも整った顔立ちとは言えない。どこかあの野生のガマに似た風貌《ふうぼう》の男だった。髪にわずかな白髪《しらが》が見えている。私より二十歳上だと言っていたから、五十六歳か、その前後だろう。

私たちはゆるやかな坂になっているベネト通りの舗道を歩き、道路にしつらえてあるテラスふうの屋外カフェに坐った。原色の明るい色の日覆《ひおお》いの下に、客たちはぼんやり腰をおろして、目の前を行きかう人びとを眺めている。

「カフェ・ド・パリ――か」

と、滝が灰皿の字を読んで、何を飲むか、と私にたずねた。

「月並みだけど、カンパリ・ソーダでもやりますか」

と、私は言った。イタリアの強い陽ざしの下ではカンパリの薬くさい苦味《にがみ》がよく合うと誰かが書いていたのを思い出したのだった。

「おれはエスプレソにする」

白い制服を着た給仕に、滝は意外に慣れた英語で注文をした。

赤い小さなびんに入ったカンパリは、刺すような苦味があって、悪くなかった。滝はエスプレソと一緒にコニャックを頼んで、コーヒーと交互に口に含んでいた。

「どうです？　パリの情勢は」

私は隣で〈ニューヨーク・ヘラルド・トリビューン〉をひろげている米国人らしい老人を目で示しながら滝にたずねた。

「ストの参加者が八百万をこえたらしい」

と、滝が隣の英文を横目で見ながら言った。「きのうから銀行と税務署がストに入った。交通、通信、電力、ガス、重要産業のほとんどと、文化人、芸能人までがストに加わっている」

「どうなんです、今後の見通しは？」

「わからん。いずれにしても状況は悪くなる一方だ。一九三九年以来の革命的事態と書いてあるようだ」

滝は大きなため息をついてコニャックをあおった。落着いているように見せかけてはいても、彼自身、ひどくつきつめた気持ちでいることが想像できた。

この男とおれが知りあったのは、一体良かったのだろうか、と私は考えた。赤いカンパリ・ソーダの苦さを味わいながら、私はふと頭の中で過去の重苦しい記憶が逆回転するのをおぼえた。それは、日覆いの厚い布地を通して感じられる爽《さわ》やかな五月の陽光のせいにちがいなかった。

あのメーデーの日もこんな爽やかな五月の午後だった。私は指を折って数えてみた。十六年前の五月一日だ。数えなくったって十六年ということはわかっている。

〈十六年――〉

その十六年の重く苦い年月の流れの中で、私は何度も溺《おぼ》れ死にしそうになりながら生きてきた。それは私だけではなかった。あの十六年前の一日を今も背おい続けている人間が、私のほかに、まだ二百三十八人もいるのだった。本当はもっといたのだ。だが、十六年間の時間の流れのうちに死んでしまった連中が十四人いた。〈メーデー事件被告〉という厄介《やっかい》な肩書きをしょったまま、彼らは死んでいったのである。

「何を考えてる？」

と、滝が言った。私はゆっくりと目をあげて彼のガマに似た異相をみつめた。人の心を読むことにかけては、実に鋭い勘を持った男だった。私がはじめて彼に会った時も、そうだった。彼は私がある秘密を隠したまま、彼の社へスカウトされてきたことを、ちゃんと見抜いていたのだろう。

「あなたと最初に会った時のことです」

と、私は言った。

「あれは確か日証印刷の裏庭でしたね」

「そうだったかね」

滝はかすかに微笑して首をかしげた。

「そうですとも。あの日、あなたに会わなかったら、ぼくはいまでも印刷所を渡り歩いている流れ者だったかもしれない」

「三年も前のことをきみはよく憶《おぼ》えてるもんだな」

私は彼から目をそらして苦笑した。忘れるわけはない。いま私がこうしてどうにか世間に通用する立場でいられるのは、この滝義一郎という奇妙な男に拾われたからだ。それは本当だった。

三年前の夏の半《なか》ば、たぶん終戦記念日の数日後だったと思う。私はある印刷所の職人として彼に出会ったのだった。その印刷所は、日証印刷といって兜町《かぶとちょう》の近くにある古ぼけたビルの地下の印刷所だった。タブロイド判の証券関係の新聞や、業界紙、ＰＲ紙、その他の小さな印刷物を専門に刷《す》っている工場である。三十歳を過ぎた私は、そこで新聞の大組みの仕事をやっていた。

私はそれまで、無数の職業を転々としてきている。大学を途中でやめてからは、それこそ何ダースもの仕事に首を突っ込んできた。地方回りの人形劇団とか、労働組合の専従だとか、広告代理店の調査員、セールスマン、ホテルの警備員、その他、ありとあらゆる職業の世界を縦断してきたといっていい。

だが、どの仕事も長続きしなかった。私をやとってくれた相手が倒産したり、給与があまりにも安すぎたり、その仕事が嫌いになったりで、一年間続いた職場は、ほとんどなかった。悪いことには、これは続きそうだと思われるまともな職場からは、しばらくするときまって追われたのだった。それは、まともな職場では、私を正式の社員として雇い入れる前に、きまって私の身上調査を行なったからだった。私は厄介な肩書きを背おっている人間の一人だったからである。

〈メーデー事件被告〉というのが、私の公的な肩書きだった。昭和二十七年五月一日、学生グループの一人として皇居前広場へのデモを強行しようとした私は、負傷して警官に逮捕され、後で告発された。その時の事件は、〈血のメーデー事件〉として有名である。検察側は、その事件の関係者に騒乱罪の適用を主張して、二年前に結審したが、東京地裁の判決はいまだに出ていない。事件後十六年たった現在でも、裁判はまだ一審すら終わっていないのだった。そして、被告の名を背おったまま二百三十九人が、生きている。事件当時二十歳の青年だった私は、いま三十六歳の中年男に変貌《へんぼう》した。だが裁判はいつ終わるか、先の見通しすら立たない有様《ありさま》なのだ。そして、その永遠に終わりのなさそうな裁判の続く間、私は騒乱罪率先《そっせん》助勢の被告という厄介な肩書きから逃《のが》れることができないのだった。あの爽やかな五月の陽光の下で、浮き浮きした気分でデモに加わり、若い学友たちと腕を組んで皇居前の広場へ駆け込んだという、ただそれだけのことが私をしばっていた。

　以前の私は興奮しやすい性格の若者だった。警官が不意に発砲し、若い娘の一人が片脚《かたあし》を撃《う》ち抜かれて倒れるのを目撃したとき、私は平静を失った。そして投石し、警官と格闘して逮捕され、被告となった。だが、私はその日、計画的に広場に突入し、暴行、脅迫を行ない、都市部の平穏《へいおん》を乱す共同の意志はなかったし、その準備もなかったのだ。

しかし、少なくとも私は被告と呼ばれたその時から、自分の人生のコースが大きく向きを変えたことを知った。私は学資の仕送りをとめられ、過酷《かこく》なアルバイトで体をこわしてから大学をやめた。そして、その日から十数年にわたる私の放浪がはじまったのだった。そして、それに終止符をうったのが、滝義一郎との出会いだったのだ。

「カンパリを飲んでる男というのは、なんとなく安っぽく見えるなあ」

と、滝が私のほうを眺めて言った。「どうも、その単純な赤い色がいけないね」

「昼間からコニャックをやってる男は、どことなく信用できない感じがあるんじゃないですか」

「そんなことはないさ」

「あなたは別ですよ」

「無理しなくてもいい。ニースまで出してやったからといって、日頃に似合わんお世辞はきみらしくないぜ」

ニース、という言葉を聞いて、私の中に再び動き出す不安があった。

「フェスティバルは予定通り開催されるんでしょうね」

「うむ。何しろ国際的な行事なんだからな」

「ぼくらはニースへいつはいるんです？」

「それをこれから研究するのさ。初日まではまだ一週間もある。ローマでじっくり様子を見て、計画をたてるんだ」

「ドゴールはどう出るんだろう」

私は隣のアメリカ人がたたんで椅子の上においた新聞を拾い読みしながら、独《ひと》り言《ごと》のように呟いた。カンパリの軽い酔いが、かすかに回ってきた。午後のベネト通りは、次第に人びとが増えはじめていた。驚くほど見事なミニの娘や、流行のパンタロン・スーツをひるがえして行きかう婦人たちが、私の視界の端《はし》を軽快にかすめて過ぎた。

「カンパリをもう一つ」

と、私は白い制服の給仕に英語で頼んだ。仕事のことさえ考えなければ、申し分のない爽やかな五月の午後だった。

3

私が滝義一郎に拾われたのは、全くの偶然にすぎない。それは私が印刷所で働いていた時のことだった。

その日、私は自分が受け持って組んだある業界新聞のゲラを眺めながら、つい余計なことを喋《しゃべ》ったのだった。それが彼と私を結びつけたのである。

昼休みの工場の裏庭で、私はベンチに坐って牛乳を飲みながら、その新聞を拡げて苦笑いしていた。〈ハイ・タク週報〉というその新聞は、すでに校了になった不要のゲラだった。私は退屈しのぎにそれを拾い読みしていたのである。

校正者の手で乱暴に朱筆の入ったゲラは、とても新聞などと言えた代物《しろもの》ではなかった。見出しも、リードも、本文の記事も、およそ客観性を欠いたハッタリじみた印象をあたえた。しかも、見出しに使われている用語や熟語に、明らかな間違いがいくつも見られるのだった。私が笑ったのは、そのことだった。

そのとき、私の横に色の浅黒い、変わった顔つきの男が坐っていた。その男は煙草をふかしながら腕組みをして何か考えている様子だった。何かの拍子《ひょうし》に、ふと私と目が合ったその男は、私が手に持っている新聞のゲラを見て、薄ら笑いを浮かべたのだった。

「ずいぶんいろんな新聞を刷ってるんだな、この印刷所は」

と、その男は言った。私は相手を、その印刷所に集金にでもやって来ている紙屋の店主か何かだろうと思った。

「新聞なんて言えたもんじゃないさ。こんな整理のイロハも出来てない紙面を組むほうの身にもなってみろよ」

と、私は言った。男はどれどれ、と私の持っている新聞をのぞきこむと、

「〈ハイ・タク週報〉か。そんなにひどいかね、この新聞は」

「ひどいってもんじゃない。ほら、この面だけで二ヵ所も腹切りやってるだろう。それにこの見出しは一体なんだい。中学生だってこんな文章は書かないんじゃないか。まあ、どうせ相手がタクシー屋の親父《おやじ》たちらしいから、これでいいんだろうけど」

「なるほど」

私は退屈しのぎに、あれこれとその新聞に対するかなり皮肉な批判を喋った。かなり気《き》障《ざ》なコミュニケーション論も一席ぶったはずだ。

その男はしばらく紙面を眺めていたが、ふと私に、この印刷所にくる前はどこにいたのか、とたずねた。

「いろいろさ。流れ歩いた職場は一ダースぐらいある。ここだって、いつまでいるかわからんね」

なぜか、と彼はたずねた。私は苦笑して新聞を丸めて庭の隅《すみ》に投げた。

「いろいろ個人的な事情があるんだ」

私は立ち上って仕事場へもどった。妙な顔をした男だ、という印象が残っただけだった。

その男が私の大森のアパートへたずねてきたのは、一週間ほど過ぎた日曜日の晩だった。私はぼんやり見るともなしにテレビのコマーシャルを眺めているところだった。

彼は私に名刺を出して、〈ハイ・タク週報〉を出している交通通信社の社長だと名乗った。それが滝義一郎と私の正式の出会いだったのである。

その晩のことを、私ははっきりと憶えている。彼は自分の会社の性格と内情を率直《そっちょく》に説明して、私に印刷所をやめて自分の社へ来ないか、とさそった。ハイヤー・タクシー業界を対象にして出している週刊新聞をやめて、自動車業界をバックにした専門紙を出したいというのが、彼の説明だった。彼は私に、その新聞の整理を見てくれないか、と申し入れたのである。

「残念ですが――」

と、私は言った。

「ぼくにはいろいろと個人的な事情がありましてね」

知っている、と彼は平静な口調で言った。

「きみの経歴は全部うちの記者に調べさせた。私がきみをさそうのは、きみがメーデー事件の被告だと知っての上だ。いつ判決が出るか知らんが、もし騒乱罪率先助勢で有罪になっても、うちは一向にかまわん。変な言いかただが、ぼく自身、つまらん前科がいくつかあるんだ。戦前の治安維持法なんてのが生きていた時代だがね。どうかね、うちの社へきて、ひとつ腰をすえてぼくの仕事を手伝ってみてくれんか。こないだのマスコミ論を聞いて、ぼくはきみをぜひ欲しいと思ったんだ。それでいろいろ調べた上で、こうして頭を下げてやってきたというわけさ」

どうせまともな世渡りは出来ない、といったひねくれた虚無《きょむ》感が私を侵《おか》していた。私は彼の申し出をうけ、滝義一郎の社に移ったのだった。それから今日まで、さまざまな転変が私と彼と、そして私たちの社の上にあった。だが、変わったのは私たちだけではない。むしろ、世の中のしくみと時代が激しい勢いで変わって行き、私たちはそれを追いかけただけだったといえる。

私は滝が新しくはじめた自動車業界のＰＲ紙をしばらくやり、やがて交通通信社の社名をＰＲ通信と改めた。更《さら》に二年後には連合ＰＲセンターとして新しいＣＭ制作の分野に転進して行ったのだった。

すでに印刷媒体《ばいたい》によるＰＲは限界にきていると見越して、ＰＲ新聞をやめ、電波媒体へ乗りかえようと計画したのである。滝は、自動車業界での古くからの顔を生かして、これまでのユーザー専門から、メーカーとディーラーの間に仕事の範囲をひろげて行った。私は彼の下でＣＭ部門の責任者として仕事に打ち込んで働いた。実際、私は大学を飛び出してからの十数年、これほど真剣に仕事に熱中したことはなかったと思う。それは自分自身、はじめて興味の持てる仕事にぶつかったという歓《よろこ》びと、さらに滝義一郎という変わった人間の知遇に答えるという気持ちがぴたりと重なったためだろう。しかも、自分で言うのはおかしいが、私はその新しいＣＭ関係の仕事に、かなりの才能があったらしい。私がタッチしたＣＭは、いつもかなり評判になり、スポンサーをよろこばせた。

連合ＰＲは、次第に広告代理店として業界にまともな立場を築いて行こうとしていた。自動車関連産業専門という、特殊な立場が一つの強味となっていたのかもしれない。去年の春頃からは、番組やＣＭの扱いだけでなく、一歩進んでＣＭ制作の部門をもうけて少しずつその分野にも進出して行こうとしていた。

私がことに興味を持ったのは、新しいテレビ用コマーシャル・フィルムの制作だった。私は昨年の夏から滝に頼んで社内にテレビＣＭ制作室というセクションを新設し、自分がその責任者のポストについた。私は滝に、将来はそのセクションが社の中心部門になるだろうと予言した。滝は、その私の言葉を信じて、かなりの研究予算をさいてくれたのである。

私は相変わらず独身でアパートに住んでいた。私の生活の大部分は、新しいテレビＣＭフィルムの研究によって占められていた。私には一つの野心があったのだ。それは、これまでわが国のＣＭ制作者たちが創《つく》り出していない新しいタイプのＣＭフィルムを世に送ることだった。

私にその野心の芽を抱かせたのは、去年の春、ある放送局で見たアメリカの煙草メーカーのＣＭフィルムだった。それは、私がそれまでに見た、どのＣＭフィルムともちがっていた。それは視聴者に商品の知識をあたえるものでも、購買欲をそそるものでも、単に信頼感を植えつけるものでもなかった。その短いＣＭフィルムが私にあたえたのは、一つの人間的な感動だった。私はそこに二十世紀の新しい表現の可能性を見たのである。そこでは、ＣＭの制作スタッフは単なるＣＭの職人ではなかった。その一分たらずの短い画像には、無駄のない構成、鮮やかな映像処理、新鮮なイメージと、さらに一種のポエジーさえもきらめいていた。私はそのアメリカの煙草のＣＭフィルムに、ほとんど打ちのめされたような感動を覚えた。私はそれを勝手に、〈ドラマチックＣＭ〉と名づけた。私が創りたいと思ったのは、それだった。現在、問題意識を失って単なる感覚の職人になり下がっている前衛ＣＭの制作者たちや、事大主義的なアナクロニズムをＣＭに持ちこもうとする、かつての映画界の巨匠たちに、一つ挑戦の旗をかかげたいと願ったのである。

　私にそんな気をおこさせたＣＭフィルムは、およそこんなふうに作られていた。

　ベトナムからの帰還兵を迎える港の風景。家族たちが、恋人たちが、輸送船のタラップをおりてくる陽やけした兵士たちと抱き合ってよろこびあう。花束。キス。飛び立つ鳩《はと》のカット。ブラスバンドの行進。連れ立って去って行く一家族。ふと一人の黒人兵が荷物をおいて立っている。彼には誰も迎えに来ていない。動物のような猫背のうしろ姿。海をふり返る横顔。孤独な波と光の交錯。人気《ひとけ》のない波止場《はとば》。遠くなって行く行進曲。ポケットに手を入れて、彼は煙草の袋を取り出す。一本だけ残った煙草に火をつけて、口にくわえる。空《から》になった煙草の袋を手の中でまるめて海に放る。荷物をかつぎ、ゆっくりと独りで去って行く逆光のシルエット。カメラがパンして海面に漂う丸めて捨てられた煙草の袋を写し出す。水にぬれ、少しほどけた煙草の袋。商標が写り、再び無人の波止場の遠景。波に揺れる煙草の袋。船の汽笛――。

言葉におきかえればなんでもない話だが、映像としては最高のしろものだった。私はそれを見た日、社に帰ってすぐ滝にその話をした。〈ドラマチックＣＭ〉という私の言葉が、彼を刺戟《しげき》したようだった。

「それをやろうじゃないか。金は出す。今度Ｒ自動車が発売する新車のＣＭフィルムをそいつで行ってみろ。相手との話はぼくがつけるから」

と、滝は言った。そしてその日から、私は新しいＣＭフィルムの企画にのめり込んで行ったのだった。もう、あれから一年近くたっている。そして今、私は自分が最も自信の持てる作品の一つをたずさえて、やってきたのだった。今月末、ニースで開催される国際テレビＣＭフェスティバルにそれは出品されることになっていた。

私は最近、連合ＰＲの経営があるマンモス代理店の圧迫によって悪化しつつあることを知っていた。そして滝が、そのことを私に一言も愚痴をこぼさず、黙って相当の研究費を出してくれていることを心苦しく思っていた。しかし、私はやりたい仕事をやるために、自分の野心を追求するために、そしらぬふりで彼の好意を受けてきたのだった。もし、このＣＭフィルムが国際コンクールで入賞すれば、連合ＰＲは息をふき返すだろう。それは間違いない。Ｒ自動車だけでなく、一流企業が競《きそ》って私たちにＣＭフィルムの制作を発注するはずだ。Ｒ自動車のＣＭフィルムは、オーディション版として、すべてこちらの費用で制作されている。それに注《つ》ぎ込んだ制作費だけでも、優《ゆう》に普通のＣＭフィルムの十本分ぐらいの金額になっていた。国際フェスティバルで入賞すれば、Ｒ自動車は、それを買い入れると約束していた。

　私たちは、いわば今度のフェスティバルに社の運命をかけていたともいえる。滝がみずから飛んで来たのも、そのためだ。そしてもし、失敗すれば、会社だけでなく、私自身の生活も変わらざるを得ない。私たちは、そんな重苦しい圧迫感を抱いて東京を発ったのだった。それをお互いに知っているだけに、できるだけ快活にふるまおうとしていたにちがいない。だが、今、思いがけない政治の動きが私たちの行く手に暗い予感を投げかけていた。五月に入ってからパリで爆発した学生たちの騒ぎは、予想に反して次第に大きな火の手となってフランス全土をゆるがしている。先週からカンヌで開かれている有名な映画祭も、かなりの混乱を見せているらしい。ニースのＣＭフェスティバルがもし中止にでもなったら、それですべては終わる。私たちは、そんなきわどい瀬戸際《せとぎわ》に立っていた。そして、お互いになるたけそれに触れないようにして、ここまでやってきたのだった。

4

私が室生《むろう》彰人《あきひと》に会ったのは、ローマについた次の日の午後だった。ホテルのロビーに、彼は独りでぼんやり坐っていた。私はその若手の中で一流といわれている映画監督と前に一度いっしょに仕事をしたことがあった。

「室生さん」

と、私は彼のうしろから近づいて声をかけた。彼はびっくりしたように目を細めて私を見あげた。

「ぼくですよ。忘れましたか。連合ＰＲの風見《かざみ》です。前に一度――」

「きみか」

室生はほっとしたような照れた微笑を浮かべて、「風見慎君だったかな。あの節はどうも」

「こちらこそ」

私は彼の前に腰をおろして、相手を眺めた。いつも大学の講師か助教授ふうの感じをあたえる男で、年齢は四十歳を少し出たくらいだろう。黒っぽい地味なスーツをきちんと着て、白いシャツに黒いタイをしめていた。映画畑の人間には見えないクラシックな感じが、私に好感を持たせた。

「いったい、こんな所でどうなさったんです？」

「ここに泊まってるんだよ」

「へえ。いつからですか」

「今日、着いたばかりさ。カンヌから命からがら脱出してきたというわけさ」

「カンヌがどうしたんです」

「きみ、知らないのか。例の映画祭が中止になったんだよ」

「中止？　カンヌ映画祭がですか」

「ああ。ぼくは自分の作品を出すことになったので少し早目にカンヌへ行ってたんだがね。十日から開かれはしたものの、途中でぶっつぶれてしまった。きみも知ってるだろう、例のトリュフォやゴダールのシネマテーク擁護委員会の介入でね」

「そうですか」

　私はぼんやり足もとのじゅうたんを眺めながら呟いた。天井《てんじょう》のシャンデリアに反射した光の破片が、床に白い粒になって落ちていた。

「そうですか。中止にね」

「トリュフォらの呼びかけで審査員を辞退したのが、女優のモニカ・ビッティだろ、監督のルイ・マルやポランスキーもこれに同調したんだ。アラン・レネやルルーシュは出品作品を撤回すると言いだすし、当然、映画祭はやれなかったわけだよ。十八日に彼らは労働者や学生たちと映画祭の大ホールを占拠してしまった。ゴダールやトリュフォは先頭に立ってアジってたな」

「彼らは何と言ってたんです」

「ブルジョアのための映画祭を中止せよ、学生と労働者の革命的闘いに参加せよ、というわけだ。上映を実力ではばむため、スクリーン前のカーテンを押さえてしまってね。サウンド・トラックとつながる配線を切っちゃったんで、まるで無声映画さ。ひどいもんだった」

「そうですか」

私はうなずいて黙り込んだ。

「ところできみは？」

「え？」

「なんのためにローマへ来たんだい。仕事かね？」

「ええ。まあね」

「独りで？」

「いいえ」

室生は変な顔で私をみつめた。

「どうかしたのかい？」

「実は社長の滝も来てましてね」

ほう、と室生はうなずいて煙草を取り出した。

「ニースの国際テレビCMフェスティバルに出品するんで、そのためにやってきたんですよ」

「なるほど。そういうのがあったな」

室生彰人を私は好きだったが、やはり彼も映画の世界の人間だった。何十秒というCMフィルムを見る目は、どこか子供の遊びを見るような感じがあった。

「いつからだい」

「二十五日からなんですが」

「そりゃあ駄目だ」

室生は煙を吐くと指で宙に×を書いてみせて言った。

「フランス全土が煮《に》え滾《たぎ》ってるんだぜ。下手《へた》するとパリでは内戦の危機さえ出てくるだろう。ぼくがカンヌから脱出できたのは、イタリア人の有名なプロデューサーの自家用機に便乗させてもらえたからだ。そもそも、ニースへどうやってはいる気だい」

「………」

「そりゃ無理だよ。実行委員会からの連絡はあったかい？」

「いいえ」

「気の毒だが、あきらめるんだな。どうせＣＭコンクールなんてのは、あちこちでやってるんだろう。ほかへ回せばいいんだ。がっかりするのはスポンサーだけさ。まあ、ローマでのんびりして命の洗濯でもするんだな。それが必要だよ、きみたち忙しい連中には」

「そうもいきませんのでね」

「だって、ニースへ行くだけでも大変だぜ。フランスの連中はそれどころじゃないだろう。カンヌ映画祭がふっとんだのに、ＣＭフェスティバルが開かれるわけがないじゃないか」

「…………」

私は黙っていた。室生彰人という監督が好きな相手だけに、かすかな痛みが心の中にうずいた。

「外でコーヒーでも飲みますか」

と、私は出来るだけ平静な口調で言った。

「いいね」

私たちが立ち上ったとき、エレベーターから亜紀が降りてきた。原色の、思いきり大胆なミニ・ドレスに大きなサングラスをかけている。真《まっ》すぐにのびた足の爪先《つまさき》が、サンダルからのぞいて赤く光っていた。

「風見くん」

と、亜紀が大きな声で呼んだ。

「ゆうべはごめんなさい」

「やあ」

「いいお天気ね」

室生監督は、びっくりしたように私と亜紀を眺め、不意にそわそわしだすと、

「じゃあ、ぼくはここで――」

「いいんです」

と、私は言った。

「こちらはモデルの佐伯亜紀。滝社長が一緒に連れてきたんです。フェスティバル用のホステスにね」

「お友達？」

と亜紀がきいた。

「映画監督の室生さん」

「知らないわ」

「こいつは手きびしいな」

室生が苦笑して言った。「あんたは見たことがあるよ」

「そう」

と、亜紀は微笑を返して、「よろしくね」

室生は亜紀を職業的な目つきでちらと素早く眺めた。

「このへんじゃどこがうまいものを食わせるんだろう」

と私は独り言のように呟いた。

「〈ハスラー〉の屋上のグリルが評判いいようだね」

室生が言った。

「ただ、ちょっときゅうくつかな」

「楽な所がいいですね」

「わたし、カレー・ライスが食べたいんだがな」

亜紀が生真面目《きまじめ》な顔で言い、私と室生を眺めた。

「日本料理の店があるでしょう」

私はローマの日本料理店の話を東京で聞いていた。それを思い出したのだった。

「ああ。二軒あるよ。そっちにするかい？」

「洋食よりそのほうがいいわ」

「じゃあ、そっちへ行くとするか。〈ハスラー〉も悪くないんだがな」

室生は少し未練がましい口調で言うと、私たちの先に立ってホテルを出て行った。

「イタリア人がやってる店と、日本人のとあるんだ。どっちにする？」

「イタリア人のやってる日本料理ってのも妙なもんだな」

私が言った。

「もっとも東京じゃ日本人のやってるイタリア料理店がほとんどだが」

「じゃあ、〈ミヤコ〉にするか」

室生はタクシーに乗り込むと、なんとか広場、と、行き先をイタリア語ふうの発音で告げた。

日本料理店〈ミヤコ〉は、ひどく混んでいた。団体客らしい日本人たちが、湯豆腐や刺身などをつつきながら大声で叫んだり笑ったりしている。地方の議員か、小売店主たちの一行らしかった。彼らははじめて修学旅行に出た少年たちのように、異様な興奮状態におちいっていた。

「だからよう、おれが言ってやったんだ。倍出してもいいから金髪のやつがええとな。そしたら――」

「上と下とはちがうんだ。金髪いうたって染めてりゃわかりゃせんが。だまされて高い金ふんだくられたんやろ」

「なんの。日本円をようけ持ってきちょるから、こたえやせん。どんとこいや」

「悪いお土産《みやげ》もろうて、かみさんにどづかれるなよ」

彼らは店中に響きわたるような笑い声の合唱を連続的に繰り返した。

「いやあね」

亜紀が鼻にしわを寄せて言った。

「あれで一人になると借りてきた猫みたいにしゅんとしちゃうんだから」

「何にしよう」

「おれは刺身と天ぷらでいい」

室生が言った。「亜紀君はカレー・ライスかね」

「できるかしら」

着物をきた中年の日本人の女が注文を取りにやってきた。事務的というより、機械的な応対のしかたで彼女は注文を受けてテーブルを離れて行った。カレー・ライスは特別にオーダーすれば出来るということだった。

「よかったな、亜紀」

と、私は彼女の痛々しいほど尖った肩を叩いて言った。

「グラツェ《ありがとう》」

亜紀は肩の上の私の手を握ると、歌うように言った。室生がそれを眺めながら、

「ところで酒はどうする？」

「どうするって？」

「ここで飲むかい、それとも飯を食った後でどこかへ改めてくりだすかね」

「日本酒でもやりますか」

「いいわね」

亜紀が打てば響くように応じた。

「お酒、お願いね」

「はい」

私たちは運ばれてきた日本酒で乾杯し、お互いの健康を祈りあった。

「仕事のほうは駄目だったからな。せめて無事に帰国しないと」

室生が少し赤味をおびた目で私を見て言った。

「室生さんは作品を持って来たんでしたね」

「うん」

「上映できなかったんですか」

「ああ。ついてないよ、まったく」

「でも、またほかの映画祭があるでしょう」

「来月のベルリンへ招待されるらしい」

「いいですね、いろいろチャンスがあって」

室生は微笑して盃をあけ、手酌《てじゃく》で注いだ。亜紀は男たちに酌をするということなど、考えもつかない顔で、澄まして手酌で飲んでいた。

「トリュフォやルルーシュやゴダールたちは映画祭を引っかき回すだけひっかき回して、自分らはさっとパリに引き揚げて行ったんだ。連中、凄《すご》いスポーツカーで颯爽《さっそう》たるもんだったよ」

「彼らの映画はどうなんです。ぼくはあまり買わないけど」

「え？」

室生はちらと私を見て苦笑した。ＣＭフィルムの制作者が何を言う、といった感じのある笑い方だった。いや、それは単なる室生のくせだったのかもしれない。だが、私にはそれを善意に取る心理的な余裕というものがなかった。

「室生さんの出品作品はなんだったんです」

と、私はたずねた。彼はちょっと眉《まゆ》をしかめて、

「〈夏の重き扉〉さ。きみ、見ただろう」

「題名だけは知ってますけど」

「そう」

室生は私から目をそらせて、盃をあけた。

「きみたちはゴダールやルルーシュを簡単にけなしたりするけど、映画ってのはそんなやさしいもんじゃないんだぜ」

「テレビＣＭだってそうですよ」

と、私は言った。亜紀がちらと私の方を見て目で信号を送った。ストップ、と彼女の目は言っていた。私はそれを無視して室生の方に向きなおった。それが私の悪いくせだった。長い間、世の中の底辺をはいずり回っている間にしみついた、一種のひがみ根性のようなものだ。ちゃんとしたもの、世間で評価が固まっているようなもの、正統的なものなどには、なんとなくからんでみるような傾向が私にはあった。日本映画界の若手監督として、これまでにいくつかの賞をうけている室生に、〈夏の重き扉〉というＣＭフィルムを軽くあしらわれた反撥《はんぱつ》もあったにちがいない。

「あなたの〈夏の重き扉〉という作品は見てませんが、あなたもぼくの新しいＣＭフィルムをごらんになったことはないでしょう」

と、私は言った。

「見てないけど、およそわかるような気がするな」

室生は言った。きちんとした、まともな言い方だった。

「ＣＭってやつは、しょせん主人持ちの作品だ。その根本の姿勢において反社会的、反体制的、反日常的ではあり得ない宿命を背負っているだろう。どんなにうまく作られたＣＭでも、人間を感動させることはできない。精々、視《み》る者に好奇心を抱かせるくらいのものだ。それで十分じゃないか。何もＣＭに芸術を持ち込むことはないし、映画に対抗意識を燃やすこともないさ。そうだろ、え？」

「さあ」

私は目を伏せて盃を指で回した。そんなことはどうでもいいことだ、という声が頭の奥できこえた。

「ぼくの〈夏の重き扉〉というやつだが、あれは、ちゃんと上映さえすればなんらかの賞は取れただろう。自分で言うのは変だが、悪くない作品でね」

「こんどぼくがニースのフェスティバルに出す作品も、悪くないですよ」

私は言った。

「ちゃんとコンクールが実施されさえすれば、必ず入賞する作品ですがね」

「どういうタイプのものだい」

室生がきいた。私は待ちかまえていたように、私が一年がかりで作りあげたＣＭについて喋った。それはＲ自動車が今年の春に新しく発売した乗用車、アロー一九〇〇のＣＭフィルムだった。

　私が喋り終えると、室生が言った。

「ドラマチックＣＭか。ちょっと古い気がするね。映画や小説の世界じゃ、すでにアンチ・ドラマチックな世界を追求してる時代だ。ＣＭは一周おくれて走ってるランナーじゃないのか。トップを切って走ってるように見えて、本当は一周おくれている。いまの話は、根本のところにおいて甘っちょろいヒューマニズムによっかかってるところが気になるな。もっとも、絵を見てみないとなんとも言えんが」

「逆ですね、考えかたが。テレビというメディアは、映画や小説と反対側から入場した選手なんですよ。クールなメカニズムから出発して人間へ向かう、それがテレビの新しさじゃありませんか？　ヌーベルバーグや、ヌーボーロマンの立ち止まった地点からぼくらはスタートしたんだ。それがわからないのは——」

「映画人の思いあがりだというのかい」

「そうじゃないですか」

「さあ」

　室生はちょっと首をかしげて、「考えてみよう。きみがそこまで自信を持ってるとは思わなかったよ。一度機会があったら見せてもらいたいもんだ。勿論《もちろん》、そいつはテレビで放映されるんだろう？」

「まだ決まっていないんです」

「どうしてだい」

「今度のニースのフェスティバルで入賞すれば買ってやるというスポンサーの約束でしてね。今度のやつは、うちの社でテスト版として勝手に作ったものなんです」

「もし入賞しなければ？」

「終わりですね、何もかも。会社もぼく自身も、その作品も、ぜんぶ空中分解して消え去るでしょう。いろいろとわけがありましてね」

「大丈夫よ」

と、亜紀が言った。

「滝さんとあなたがいればなんとかなるわよ。わたしはそう思うな」

「それがそうは行かんところまできてるのさ」

「本当？」

「本当だとも」

室生は空《から》になった徳利《とくり》を脇《わき》へよせながら、真面目な口調で言った。「もし、ニースのフェスティバルが中止になったら？」

「…………」

私は黙って手の中の盃を眺めた。もしそんなことになったら、私は自分が全《すべ》てを托した作品を闇《やみ》から闇へ流産させることになるのだった。それは耐えられないことだった。

「どこかで飲みなおそう」

と、室生が微笑して言った。

「くよくよ考えても仕方がないさ。なあ」

「そうよ。先のことを考えてもはじまらないわよ」

亜紀が立ち上って私の腕を叩いた。

「行きましょう。ローマの夜を楽しまなくっちゃ損だわ」

「今夜は飲むかな」

と、私は呟いた。

「ひとつ、徹底的に酔っぱらってみるか」

「夏の重き扉をあけて、すすみいでよ、若き死者たち――」

室生が呪文《じゅもん》のようにとなえながら立ちあがった。もうかなり出来上っているようだった。

5

夜のスペイン広場は、若い男や女の子でいっぱいだった。ヒッピーふうの長髪の青年もいたし、真紅《しんく》のパンタロン・スーツを着た少女もいた。彼らはスペイン広場の階段や、噴水のまわりに腰かけたり、寝そべったりして群れていた。

広い階段を上って行くと、夜気《やき》の中に甘い花の匂《にお》いがした。亜紀は栗の実《み》に似た形のいい腰をふりながら、私たちの先に登って行った。

「あの子はきみの恋人かい？」

と、室生が小声でたずねた。

「いいえ」

「じゃあ、何だ」

「うちのボスのこれですよ」

私は指を一本立てて、室生の目の前で振ってみせた。亜紀はピッチをあげて、うんと先の方まで登っていた。

「連合ＰＲの滝義一郎が世話をしてる女です。今度も彼にねだってついてきたんですがね」

「モデルだって？」

「趣味程度にやってます」

「才能はあるの？　頭は良さそうじゃないか」

「才能ねえ」

私は少し皮肉な笑いを浮かべて階段の途中で立ち止まった。

「どっちの才能です。ベッドではなかなかあじなところのある子だそうですが」

「女優として使えるかという意味さ」

「それはぼくにはわかりません」

室生は私の顔をのぞきこむと、

「もう一つの方の才能は確認ずみらしいな」

「お答えできませんね」

私は亜紀の後を追って、足早に長い階段を登って行った。少し上まで行って振り返ると、室生は階段のまん中ほどで立ち止まって、こちらに背中を向けて夜の街に見入っていた。

「早くおいでよ」

上から亜紀が呼んだ。私は大きな歩幅で、声のする方へ登って行った。階段は途中で左右に分れ、半円を描くようにして上の教会へ続いていた。

亜紀は教会の前の、石の手すりにもたれて下を見おろしていた。

「監督さんはどうしたの？」

「まだ下だ」

私は亜紀と並んで石の手すりに腰をおろした。スペイン広場は百三十七段の階段の下にライトに照らされて拡がっていた。バルカッチャの噴水が氷花のように光って見えた。

「〈ローマの休日〉でヘップバーンが――」

と、私は言いかけて、やめた。そんなことなどどうでもいいことだ。ローマの街は一つの石ころ、一本の草にまでなんらかの由緒《ゆいしょ》がまつわりついている。このスペイン広場の階段の下にある古い石造りの建物は、詩人キーツが住んでいた家だ。正面に見える通りには、〈カフェー・グレコ〉という十八世紀からやっている喫茶店がある。ゲーテ、ゴーゴリ、イプセン、ショパン、ヴァーグナーなどという大スターたちが出入りした店なのだ。だが、そんなことなど、私には関係なかった。今はただニースのフェスティバルが予定通り開催されることを祈るばかりだった。

「気持ちがいいわね」

と、亜紀が言った。

「お前さんはのんきでいいよ」

私は皮肉っぽくでなく、亜紀に言った。

「そうね」

亜紀は少し首をかしげるようにして、私をみつめた。

「のんきなだけじゃないわ」

「…………」

「なんとかならないの？」

と、亜紀は私の手首をつかんで、小さく叫ぶように言った。

「ニースのフェスティバルが流れるといいわ」

亜紀は私を押しやるようにした。

「馬鹿な」

「でも、そうなれば――」

「そうなればどうだって言うんだ。会社は倒産、滝さんも、おれも失業だ。もちろんきみもパトロンを失って働かなきゃならなくなる」

「いいじゃないの、それで。最初から出なおすのよ、わたしたち。滝と別れて、あなたと暮らすわ。どんなに小さなアパートでもいい。最初からやりなおすために、どんな辛《つら》いことでもがまんするわ」

「おれはいやだね」

私は言った。失業はまっぴらだった。また以前と同じように前歴をかくして転々とするのは、もう二度と繰り返したくない。裁判が終わるまで、なんとでもして滝と私たちの会社をはなれたくなかった。

「なぜ？」

　亜紀がかすれた声できいた。

「わたしを好きなんでしょう？」

「ああ」

「じゃあ、いいじゃない。あなたならどこの会社でも、すぐやとってくれるわ。ＰＲ関係でなくても、どこでも働けるわよ」

「おれは今の仕事が好きなんだ」

「よそでも同じ仕事がやれるわよ」

「ちゃんとした会社で、おれを雇ってくれるところはないんだよ」

「どうして？」

「滝さんは話さなかったのか」

「なんにも」

　私は黙って広場を眺めた。室生は階段の途中に、根が生《は》えたように立っている。何かを考えているのだろう、と私は思った。

「なぜ？　なぜちゃんとした会社にはいれないの？」

「おれは――」

亜紀には言ってもかまわない、と私は思った。滝はずっと私のことを黙っていてくれたのだ。私はゆっくりと亜紀に言った。

「おれ、メーデー事件の被告なんだよ。まだまだ裁判が長びく限り、ずっと被告でいなきゃならない」

「メーデー事件って？」

「知らないのか」

「モデルの仲間とばかりつきあっていると、常識がなくなっちゃうの。教えてよ、メーデー事件って、なあに？」

私は黙っていた。メーデー事件って、なあに？――と、亜紀の言葉を繰り返してみた。そのとき、思いがけない笑いが口からこぼれおちた。

「どうしたの？　急に笑い出したりして。気持ちがわるい」

「メーデー事件って、なあに？　か――」

私は亜紀を抱きしめ、瞼《まぶた》の上に何度もキスをした。この女はいいやつだ、と私は思った。今度のフェスティバルがうまく行ったら、結婚してもいいな、と考えた。そのとき、滝にどう説明すればいいかは考えなかった。私が切り出せば、おそらく彼は黙ってうなずくだろうという予感があった。

「あの人、呼んでこようか」

と、亜紀が言った。

「ああ」

「手のかかる監督ね」

亜紀は髪をなびかせながら、跳《は》ねるように階段をかけおりて行った。

6

翌朝、目を覚ますと、ひどく頭が痛んだ。口の中がからからに渇《かわ》いている。上体をおこして部屋を眺めると、昨夜のことがおぼろげながら思い出せた。

朝の五時過ぎまで三人で飲んだのだ。小さな酒場を二、三軒回り、最後にバンドの入っているクラブでＧＯＧＯを踊ったのだった。亜紀を滝の部屋まで送って、室生と二人でこの部屋へ帰ってきた。ウイスキーのびんを取り出して、それからまた少し飲んだのだ。上着やズボンが、乱雑に床に脱ぎすててある。窓からさす光が、その上に落ちていた。私は起きあがってシャワーを浴《あ》びた。

少し気分がよくなった。私は服を着てロビーへ降りて行った。

「おそいな」

滝が黄色いポロシャツ姿で近づいてきて言った。

「何度も起こそうと思ったんだが、可哀相《かわいそう》でね」

「何か用事でもありましたか」

「今晩、アリタリアがニースへ飛ぶ。座席の予約もＯＫだ。さっきジェトロの人に聞いたんだが、主催者側では予定通りニース国際テレビＣＭフェスティバルを開催すると言ってるそうだ」

「そうですか」

思わず声が大きくなった。滝はそんな私を手で制して、

「だが、まだパリの情勢は相変わらずらしい。いや、ますます混乱が大きくなりそうだ。ドゴールが今朝、国民にテレビで演説したらしいが、彼は相変わらず強気で押しまくるつもりだろう。そうなると――」

「それは行ってからの話にしましょう。ぼくはすぐ出発できるように準備をします。彼女はどうしました？」

「まだ寝てるよ。昨夜は大変だったらしいな」

「ええ。半分やけっぱちでね」

「室生さんも一緒だったんだって？」

「ええ。彼、ここに泊まってるんですよ」

あれは才能のある男だ、と滝は言い、壁際《かべぎわ》のソファーに深々と腰をおろした。

「どうかね、うちのCMフィルムは入賞の見込みがあるだろうか」

と、彼は私を見て言った。

「ええ」

「せめて銅メダルぐらいにでも行けばなあ。だが、こればかりは水ものだし」

「金賞を取りますよ」

「きみは自信があるんだな。うらやましいよ」

「絶対にいけますよ。ぼくは金賞以外は欲しくありませんね」

「もし金賞を取れたら、きみになにかプレゼントをしよう。グッチのトランクでも買うかね」

「亜紀をくれませんか」

「え？」

私は言ってしまってから、すぐに後悔した。フェスティバルが予定通り行なわれるというニュースに有頂天《うちょうてん》になって、つい口をすべらせたのだった。

「…………」

「亜紀を、だって？」

「どういうことだい、それは」

「彼女が好きなんです」

私は正直に言った。ほかに逃げようはなかったし、滝はごまかしのきく相手ではなかったからだった。

「亜紀の方はどうなんだ」

「おんなじでしょう」

「寝たのかい、すでに」

「…………」

「そうか」

滝はポケットから煙草を出して口にくわえた。その煙草の先端が、かすかにふるえるのを、私は辛《つら》い気持ちで眺めた。

「すみません」

私は頭をさげて続けた。

「もっと早くあなたに言うつもりだったんですが、つい——」

「何度あったんだ？」

「…………」

「一度じゃないんだな」

「ええ」

滝の目の中に一瞬ちらと燃え上るものがあった。だがすぐにまたもとの目の色にもどった。

「考えさせてくれ」

と、滝はしばらくして言った。

「亜紀とも話し合ってみるから」

「はい」

私の胸の中に苦《にが》いものがあふれた。印刷工場を渡り歩いていたあの頃のすさんだ日々が、ふっと噴水のように意識の下から吹きあげてきた。

あの時、この男に会って拾われなければ、おれはどういう生き方をしていただろう、という感慨があった。

「すみません」

と、私は言った。

「そのかわり、もしぼくの作品が金賞を取れなかった時には、ぼくは亜紀をあきらめます」

「馬鹿な」

滝は低い声で言った。「そんなことじゃないんだよ。わかるだろう」

「ええ。わかっています。でも、これは自分の気持ちですから」

もし一位に入賞できなかった時には、亜紀ときっぱり他人になるのだ、と、私は考えた。彼ら二人の前から姿を消して、どこか地方の印刷工場へでももぐり込めばいい。

〈そうしよう〉

と、私は決めた。

〈だが、もし一位に入賞したときは？〉

私は首を振って考えることをやめた。滝は煙草の煙の向こうで、ぼんやりと何か考えこんでいるように見えた。

その日の夕方、私たちがホテルをチェック・アウトしているところへ、室生がやってきた。

「ニースへ飛ぶんだって？」

「ええ。アリタリアです」

「やめろよ、悪いことは言わん。いいかね、ドゴールがテレビで学生・労働者のストに対決する高姿勢を示したことで、騒ぎはますます拡大して行くだろう。彼が信任の国民投票を持ち出したことで、パリはまた燃えあがったらしいぜ」

「誰から聞きました」

「大使館の友達に会ったんだ」

「ぼくらは行きますよ」

「リヨンでは警察側に死者が出たそうだ。パリじゃ株式取引所が放火されてる。このままで行けば、フランスは革命か内戦かのどっちかにまき込まれるぞ」

私は滝と顔を見合わせて苦笑した。室生の話は少しオーバーすぎると思ったのだ。パリがどうなっているかは、ローマにいてはわからない。ともかくフェスティバルの主催者は予定通りに開会すると通知してきているのだ。

「ぼくらは行きますよ。どうせＣＭフェスティバルにすぎませんが、そのためにやって来たんですから」

「皮肉を言うんじゃない」

室生は私の肩に手をかけて言った。「おれはカンヌで映画祭がつぶされるのを目の前で見たんだ。ＣＭフェスティバルも絶対に狙《ねら》われるさ。主催者側が何と言おうと、まともにやれるわけがない。だからおれは――」

「駄目だったら帰ってきますよ」

と、私は言った。

「ニースから泳いできたってイタリアへはつけるさ」

「冗談じゃないんだぜ」

「ええ。わかってます」

私と滝と亜紀の三人は、室生に手をふってタクシーに乗り込んだ。

亜紀は車の窓から顔を出して、大げさな投げキスを室生に送った。

「彼、わたしのことを気に入ってたのよ」

と、車が走り出すと亜紀が言った。私も滝も、黙ったままだった。

7

はじめて見るニースは、ひどく印象が悪かった。地中海の壮麗《そうれい》な夕暮れを期待していたのだが、全く当て外《はず》れだった。

暗い雲が低く空をおおい、海からの荒々しい風がパームツリーの葉を引きちぎるように吹いていた。街には人影も少なく、車の影さえあまり見られなかった。

私たちはニースの空港からタクシーでホテルへ向かった。予約してあったホテルは、私たちの到着がおくれたためにキャンセルになっていた。空港で紹介されたホテルは、ウエストミンスター・ホテルという名前だった。

海にそって車が走っているうちに、あたりが暗くなった。弓なりにカーブした海岸線の端に、火の粉を撒《ま》いたような灯火が望まれた。

「あっちがカンヌだ」

と、滝が言った。

「ニースより向こうのほうが景気がよさそうだな」

「どこがニースなの」

と亜紀がきいた。

「このへんはもうそうだよ」

「こんなものなの」

亜紀は拍子《ひょうし》抜《ぬ》けのしたような声であたりを眺め回した。テキサスの街にあるようなモーテルふうのレストランや、映画のセットじみた趣味の悪いホテルが現れては消えた。

「あれがネグレスコ・ホテル」

「好きじゃないわ、あんなごてごてした建物——」

亜紀が鼻を鳴らして言った。私は黙っていたが同意見だった。ウエストミンスター・ホテルとやらが、それに似ていないことを私は祈った。

「着いたらしい」

ウエストミンスター・ホテルは、古い、こぢんまりと典雅なホテルだった。木造の窓の覆《おお》いがずらりと並んで、古風な美しさを外観にあたえている。

「これはいい」

滝は先頭に立ってロビーを横切って行き、フロントの男と手真似《てまね》で何かやりはじめた。

「決まった。ＯＫだ」

滝は私と亜紀を見て言った。

「シングルの部屋を三つ取った。それぞれ各階ばらばらだが、不便はがまんしてもらう。ぼくは年寄りだから二階をもらう。いいかね」

滝がなぜ亜紀と一緒の部屋を取らなかったかを、私は考えた。わかるようで、はっきり彼の考えが読めなかった。亜紀に三階の部屋を渡し、私は四階へ上って行った。

それは一種の屋根裏めいた小部屋で、窓から海岸が目の下に見えた。海は暗く、遊歩道の鮮やかな色彩だけが、ライトの中に奇妙な鮮明さで浮かんでいた。

〈これがニースか――〉

私はさっきの亜紀の声を思い出しながら、窓をしめ、カーテンを引いた。少し眠りたかった。服を脱いでベッドに入ると、冷たいシーツの感触が快《こころよ》かった。

その日の夜、私たち三人はニースの街を車で流していた。

英語の達者なホテルの運転手がいて、私たちのニース見物の案内を買って出たわけである。彼は五十歳を少し過ぎたくらいの、あから顔の男だった。背が低く、大きな頭が目立つ男だった。イブと呼んでくれ、と彼は言った。

ニースの駅の前で車を止めると、イブは訛《なま》りの強い英語で、かつての映画全盛時代の思い出話をはじめた。駅のすぐ近くにある古ぼけたホテルを指さして、彼は言った。

「このホテルのロビーは、かつてのスターたちが一度は歩いた場所だよ。売出し中の新人女優と肥《ふと》ったプロデューサーが、やってきておねんねしたホテルだ。スターたちも、最初はみんなそんな具合にして、階段を上って行ったもんだ」

「何て言ったのこのひと」

亜紀が説明を求めた。

「若い女優の卵が泊まるホテルだそうだ」

と、私は言った。

「へえ。こんな古ぼけたホテルにね。でも面白そうね。わたしも泊まってみようかな。そうすれば、ハリウッドの大プロデューサーか誰かが目をつけて、契約の話でも持ってこないかしら」

「何十年も昔の話だよ」

と、私は言った。

「今はコールガールの巣だそうだ」

「それもいいじゃない。どっちにせよ、同じようなもんじゃないの」

滝は何もきこえないような顔で、古ぼけた駅のたたずまいに見入《みい》っていた。

「このへんで一杯やろうか」

と、彼は私をふり返って言った。

「どこかいいバーを知ってるかい」

と、私はイブにたずねた。彼は知っている、と言い、車をスタートさせた。

「このへんはちょっとおっかない店もあるところでね。アルジェリア人たちが集まってる所もあるよ。女を買うならホテルの周辺が安全だ。いつも常連が立ってるからな」

「音楽のある所がいいな。連れて行ってくれ」

「いいとも」

イブは私たちを海岸ぞいの、妙に明るいバーに案内した。もみあげを長くのばしたスペイン人ふうの若者が、ギターを弾《ひ》きながら高い声で歌っていた。フラメンコでもなく、ラテンでもない、崩れた下品なギターだった。

「ニースふうサラダというやつを食ったかね」

と、席につくとイブがきいた。

「いや」

「一度はやってみたらどうかね。食い物じゃ大した名物もない所だが、ニースふうサラダという名前だけは世界に知られているんだ」

「そいつをもらおう」

滝と亜紀はウイスキーを、私はコニャックを注文した。イブはアイリッシュ・コーヒーとかいう妙な飲み物を取った。

入口に金髪の、化粧《けしょう》の濃い娘がいた。なかなか贅沢《ぜいたく》な感じをあたえる娘だった。ミニのスカートからのびている脚は、驚くほど綺麗《きれい》だった。

「あれは寝るのかい？」

と、私はイブに耳うちした。

「さあね。連中はニースの町に立っているそれ専門の女とはちょっとちがうんだ。パリから遊びをかねてやってきた女たちさ。気に入った金持ちに誘われればついていく。ひと夏をヨットや別荘で遊び暮らす代償に、体をまかせる娘たちだよ」

「日本にもいるな」

と、私は言った。

「最近はプロともアマともつかん連中が増えてきたな」

私たちはしばらく夜の海岸通りを眺めながらグラスを傾けた。海は暗く、左手のはるか遠くに灯台のような火が見え、ときどき大きな排気音をひびかせてスポーツカーに乗った連中が飛ばして行った。

「今年のニースは葬式みたいだ」

イブが頭のうしろで手を組んで、ため息をついた。

「カンヌの映画祭は流れるし、アメリカ人たちは来ないし、金持ちどももスイスあたりへ逃げ出してしまった。パリからきた娘たちがスポンサーが見つからなくて大弱りらしい。戦争が終わってから一番陰気な夏だよ」

「もう一杯飲もう」

「カンヌやニースの黄金時代も、もう終わったんだ。いずれ田舎《いなか》ふうサラダの原産地なんてことで知られるようになるさ」

「ひどい歌だな」

と、私は言った。もみあげをのばした若者は、さっきの娘の横に寄りそってアダモの曲を歌っている。

「サラダはどうだった」

「どうってことはないな」

「そんなもんだよ、名物ってものは」

ギター弾きが私たちのテーブルに近づいてきた。彼はまっすぐに亜紀の横へ行くと、鼻息を吐きかけんばかりの近さに接近して、甲高《かんだか》い声を張りあげはじめた。

「可愛《かわい》いわ、この子」

「下手くそだよ」

「でも、とっても綺麗な目してるわ」

亜紀は男が歌いおわると、胸の前で小さく拍手をした。

「明日はどうします？」

と、私は滝にきいた。

「実行委員会のオフィスへ顔を出すべきでしょうね」

「ああ、九時にロビーで会おう。それから一緒に出かけようじゃないか」

「わかりました」

「こんな時に仕事の話なんて」

と、亜紀が口を尖《とが》らせた。

「男の人って、仕事のことしか念頭にないのかしら」

「仕事が第一さ。遊びはその次だ」

と、滝が言った。亜紀は滝の顔をじっとみつめると、

「じゃあ、わたしとのことは遊び？」

「それとこれとは話がちがう」

「いいえ、ちがわないわ」

亜紀は滝の目をのぞきこむようにして、言った。

「滝さんは、わたしのことを本当に好きなの？」

「亜紀」

と、私は横から口をはさんだ。

「今夜はその話はよそうじゃないか」

「あなたはどうなのよ」

亜紀は今度は私の目をのぞき込んで言った。

「あなたはわたしのこと、本当はどう思ってるの？」

「酔ってるな、亜紀」

と、滝が言った。

「酔ってなんかいないわ」

「ちがう話をしようじゃないか、亜紀」

「みんな逃げるのね」

亜紀の目が不意に光り出して、涙がぽろんと落ちた。だが、表情は少しも変わっていなかった。

「もう、いや」

と、彼女は言った。

「もう、いやよ」

「わかったよ、亜紀。さあ、もう帰ろう」

滝が優《やさ》しい声で言った。亜紀は黙ってうなずいて立ち上った。

「帰るのかい」

イブがきいた。

「あんた、女がいるのなら紹介してもいいぜ」

「ありがとう。また改めて頼みに行くよ」

「下のフロントにいる。いつでもおこしてくれていいぜ」

「わかった」

私たちはウエストミンスター・ホテルにもどり、イブにチップをやって別れた。三人で並んで階段を上って行くとき、二階で滝が私に「おやすみ」と言った。彼はごく自然な態度で亜紀の肩を抱き、そのまま廊下を歩いて行った。

「おやすみ」

私はその場に立ち止まったまま、歩いて行く二人のうしろ姿を見送った。亜紀がふり向くにちがいない、と私は思っていたのだ。そうすれば、できる限りの恨《うら》めし気《げ》な目でみつめてやるつもりだった。だが、亜紀は振り返らなかった。滝と並んで白い細い脚がドアの陰に消えるのを、私は深い敗北感で眺めたのだった。

四階の部屋にもどり、窓を開けて海を眺めた。波の音がきこえた。おれは亜紀をどう思っているのだろう、と考えてみた。私は愛などというものを信じてはいなかった。といって、セックスを通じてのつながりなど、それ以上に信じてはいない。自分の亜紀に対する感情は、そのどちらでもなかった。もっとべつな、迷った動物同士のいたわりあいのような感情に似ていた。

私はバスを使い、ベッドにもぐり込むと、灯《あか》りを消して、闇の中で亜紀とのことを思い続けた。彼女と会ったのは、いつ頃だったろう、と私は考えた。

8

亜紀を私のところへ連れてきたのは、カメラマンの水島だった。彼は若い、とても良い腕を持ったカメラマンで、私とは兄弟のように親しくしている男だった。

あれは去年の夏だった、と私は考えた。そうだ、七月のはじめ頃だったはずだ。社の制作室におそくまで残っていた私のところへ、先に帰った水島から電話がかかってきたのだった。

「まだ仕事は終わりませんか」

「何か用かね」

と、私は受話器を肩にのせたまま、新着のグラフィック雑誌のページをめくりながらきいた。

「大した用じゃないんですが」

「言えよ。金か？」

「そんなんじゃありません。女の子なんですがね」

「女の子がどうした？」

「二号を持つ気ないですか、先輩」

　水島はとんでもないことを平然と言う男だった。彼のくせを知っていたから、私はおどろかなかった。

「夏枯れで二号のパトロン探しかね」

「可愛い子ですよ。月に五万でいいそうです」

「本気か？」

「今夜、会ってみて下さいよ」

　月に五万などという金は出せない、と私は言った。だが、一体どんな娘がパトロンを探しているのだろう、という好奇心があった。私は水島と三十分後に青山の〈リラ〉で会うことにして、電話を切った。

〈リラ〉は渋谷に近い坂の途中にあるありふれたスナック・バーだった。昼間は青山学院の女子学生たちが、よく集まって喋っていたし、夜になるとデッサンの道具を脇にかかえた男の子たちが群《むら》がってくる。どこといって特徴のないところが気楽な、若い連中の店だった。私たちの連合ＰＲの事務所の近くだったので、若いスタッフは、よく顔を出しているらしかった。

　その晩、私は亜紀にはじめて会ったのだ。亜紀は十七か八ぐらいに見えた。だが喋っていると、ときどき三十過ぎの女のような言葉を吐いたりした。

　水島の説明だと、化粧品会社のマネキンをやっている娘だという。子供っぽく見えるが二十歳は越しているという話だった。髪を無造作に背中へたらし、派手なベルベットのパンタロン・スーツに、金属のバックルつきの幅広のベルトをしめている。指に安物の指輪をずらりと並べてつけ、そのピカピカ光る安物の指輪が妙にメルヘン的な洒落《しゃれ》た雰囲気《ふんいき》を作っていた。

細い、白い首と、少しすねたような唇を持った変わった娘だった。指の間に煙草をはさんで、虚脱したような目を天井に向けている。喋るとき、時どき、舌がもつれるような物の言い方をした。

「亜紀という名前です」

水島が私に言った。亜紀は黙って煙草の煙を眺めていた。

「赤坂の〈レオ〉で踊ってて知りあったんですがね」

「いつだ」

「ゆうべです」

と、言って、水島はあわてて訂正した。

「正確に言うと今日の明けがたですが」

「それで今日はとろんとした目をしてやがったんだな、こいつ」

と、私は水島の頭をこづいて言った。

「二号になりたいというのはきみか」

「ええ」

歌うような口調で彼女は言った。

「睡眠薬を飲んでるな」

「関係ないわ」

「月五万というのは安いじゃないか」

「わたしの今の月給の倍よ」

「バーにでもつとめたら十万は楽にかせげるんだろうに」

「バーは嫌い。お客のご機嫌をとらなきゃならないから」

「体を使ったほうが楽は楽だな」

「どうなの？　わたしを買ってくれるの？」

「五万は出せないね」

「そう」

私は亜紀を見ているうちに、ふと何か心の中で引っかき傷のような痛みが目覚めるのを感じた。私は彼女の肩をおさえて言った。

「おれはきみの世話はできないが、五万円出せる人を紹介しよう」

「どんな人？」

「えり好みするのか」

「いやな人はいや。だから安いのよ」

「なるほど」

その晩、私は亜紀を車にのせて私のアパートへ連れて帰った。彼女は自分がどこに住んでいるのか、家族がどうしているのか、そんなことは一言も喋らなかったし、こちらも聞かなかった。水島は女が好きでないタイプの青年だったので、亜紀と私が二人で店を出る時も、別に変な顔はしなかった。一度、彼に口説《くど》かれたことがあるが、そのとき私が彼をまともに批判して以来、そういった対象としてはあきらめていたのだ。

亜紀はその晩、私のベッドで寝た。朝方、私をおこして、自分を抱くようにと私に言った。

「どういう気だい」

「泊めてもらって悪いもの。お礼のつもりよ」

「いいよ」

と、私は断った。

「腹のへった犬じゃあるまいし、ほどこしものはいらない」

「そう」

昨夜言ったことは冗談だろう、と私はたずねた。

「いいえ。本気よ」

「馬鹿だな、きみは」

「あんたの知ったことじゃないわ」

私は亜紀を見ているうちに、変に腹が立ってきた。

「よし。お前さんがその気なら、男を紹介してやろう。本当に二号になるんだな」

「なるわ」

その日、私は亜紀を、社長の滝に引き合わせたのだった。金を欲しがっている娘がいる、しばらく面倒を見てやってほしい、と私は彼に言ったのだった。

「もし、この娘を放っておけば、やくざか金持ちの馬鹿息子のおもちゃになってしまうでしょう。何とかなりませんかね」

滝はじっと亜紀を眺めていたが、黙ってうなずいた。彼はその日から彼女のオーナーになったのだった。

亜紀がふだん何をしているかは、私は知らなかった。彼女は滝の世話をうけるようになってから、見る見るうちに美しく、健康そうになった。そして、滝の世話で、あるファッション・モデル・グループに所属し、ときどきモデルとして働くようになったのである。

滝と亜紀がどのような形で結びついているかは、私は知らなかったし、知りたくなかった。だが、今年に入ってから、私は亜紀とある晩、偶然に出会い、一緒に酒を飲み、彼女の部屋に泊まった。

「どうなんだ、今は？　うまく行ってるかね」

「ええ」

亜紀はなんの感情も表わさない顔で言葉少なに滝はいい人だ、と言っただけだった。

私たちはその後、やはり偶然に出会って、二度ほど寝ていた。今度、ニースのCMフェスティバルに滝と私が行くと決めたとき、亜紀は、どうしても一緒に連れて行けと滝にねだったのだった。私も滝に口ぞえをした。滝が無理を承知で三人の費用を出したのは、ひょっとすると彼自身の会社が危機に近づいていることを感じ取って、それに拍車をかけるような破滅的な衝動のためだったのかもしれない。彼は、私の作ったCMフィルムが、国際フェスティバルで入賞することなど、あり得ないと思っているようだった。だが、私には自信があった。半《なか》ば自分の事業を投げかけている滝に、私は国際フェスティバル入賞の事実をつきつけてやりたかったのだ。そして、連合PRを一流のCM制作会社にまで育てあげるきっかけをつかもうと考えていたのである。亜紀は、ほとんど私の関心の外にいた。それが、どういうはずみか、今度の旅行の中途から私と滝との間に、大きな存在として立ち現れてきたのだった。

その夜、私は眠れず、フロントに降りて行ってイブをおこし、ニースの街へ女を買いに行った。女はアラブの血の混じった、痩《や》せた娘だった。私はその女の体の上に亜紀のイメージを重ねて、ようやく行為を終えることができたのだった。

9

晴れた気持ちのいい日だった。地中海の海の色はとろりと甘い青さに染まって、波の下からミルクを流したような色に輝いていた。

私が降りて行くと、滝は白い背広を着て、きれいに磨《みが》いた靴をはき、昔の映画に出てくるイカサマの鉱山成金《なりきん》のような感じでテラスにいた。

ホテルの入口の左右にある野外のテーブルに向かって、綺麗な老婦人が手紙を書いていた。過去の大スターが、この街でバカンスを過しているような風情《ふぜい》だった。

「おはよう」

「やあ」

滝はまぶしそうに私を見あげ、よく眠れたか、とたずねた。

「疲れてたんですね。ぐっすり朝までです」

「それはよかった」

「実行委員会と連絡はつきましたか」

と、私はたずねた。

「オフィスの場所だけはわかったよ」

と滝が言った。

「あの男に車をたのんだ」

イブが車を回してきて、私たちに手をあげた。

「よく眠れたか」

と、彼は目を細めてきいた。

「ゆうべの女は少し痩せすぎてたな」

「そうでもないさ」

私は滝の手からフェスティバル実行委員会のオフィスの略図を受けとり、イブに渡した。

「OK」

と、イブは言って私たちに車のドアを開けた。昨夜の少し多すぎたチップが、彼をまめまめしくさせていたのだろう。

その日の夕方は、私たちはカンヌまで車を走らせて海ぞいのレストランで食事をした。美しい夕方だった。空の色と海の色とが全く同じ色に重なりあう一瞬があって、私たちは思わず食べるのを忘れて見とれた。

フェスティバルはどうやらうまく行きそうな具合だった。参加国は少なかったが、アメリカは第一線の優《すぐ》れたCM制作者の作品を事前に全部送って来ていた。日本からの作品も十数本着いているという話だった。各国の審査員たちは、大型バスでニースへ運ばれてくるらしい。会場は古いが、一般観客を入れないので、スペースは十分だった。各国の放送関係者と審査員たちが観《み》るだけなのだ。

「ヘンリック・ジョーンズが変わったやつを出すらしいですね」

と、私は海に見とれている滝に言った。彼はぼんやり海の方に顔を向けたまま、私の声が耳に入らないらしかった。この人もずいぶん白髪が増えたものだ、と私は思った。滝がどんな家庭を持っているのか、子供たちが何人いるのか、私は一度も彼からそんな話を聞いたことがなかった。今、考えてみるとひどく不思議な気がした。

「ヘンリック・ジョーンズがですね」

と、私は繰り返した。

「え？」

と滝は振り返って、「ヘンリック・ジョーンズが何だって？」

「もういいです」

と、私は苦笑して言った。亜紀が外国人ふうのゼスチャーで両手を上にあげ、肩をすくめてみせた。

「滝さんはまだ耳が遠くなる年でもないはずなのに」

と、亜紀は遠慮のないことを言った。
「ときどき、最近なんだかぼうっとしてることがあるわ。変ね」
滝は黙って海を見つめていた。その唇の端に、何か一種のあきらめに似たかすかな微笑が浮かんでいるのを、私は不思議な気持ちで見た。それはこれまで彼があまり見せたことのないうつろな表情だった。

それから数日の間、あわただしい日が続いた。CMフェスティバルの実行委員会は、パリの混乱のためにほとんどその機能を失っていたのだった。私と滝はイブに手伝ってもらって、積極的にフェスティバルの運営に協力することになったのである。会場の施設から審査用の資料のタイプから、役員や参加アーチストたちの宿舎の手配まで、私たちは精力的に手伝って働いた。亜紀も、これまでの投げやりな表情を捨てて、大会のシンボルマークのポスターを貼ったり、会場の飾りつけをやったり、楽しそうに働いていた。自分たちの出品作品がどう評価されるかという立場とは別に、その仕事にはお祭りを用意する、あの心のときめくような歓《よろこ》びがあった。最も素《そ》朴《ぼく》な形での労働の緊張感が私たちを陽気にしていた。私は亜紀が滝の部屋に泊まることが気にならなくなり、亜紀も滝も、表情に快活さがみなぎっていた。

フェスティバルの前夜祭は、海岸にそった近代的なホテルで行なわれることになっていた。パリの騒ぎを逃れてきた黒人ミュージシャンのグループが、特別出演するというニュースが、ホテルの泊まり客たちの間で話題になっていた。カンヌ映画祭とくらべると、比較にならないくらいのささやかなフェスティバルだったが、うしろにアメリカの大資本がついているだけに、運営資金のほうはたっぷりあった。ぼつぼつ姿を見せはじめた各国の宣伝関係者の間では、私が思った通りアメリカの大保険会社専属のクリエイター、ヘンリック・ジョーンズの新しいＣＭフィルムが前評判を高めていた。

〈強敵はあれだろう〉

と、私は思っていた。

前夜祭は意外なほどの盛況だった。カンヌ映画祭が流れて、退屈を持てあましていたブルジョア連中が、フェラーリやロールス・ロイスをつらねて乗り込んできた。ヨットで招待客を乗せてきた南米の大金持ちもいた。彼らにとって、テレビＣＭはただの目新しいおもちゃにすぎなかったが、そのおかげで、ＣＭフェスティバルは予想以上の前景気のうちに、そのふたを開けようとしていた。

前夜祭の終わったあと、私はアメリカ人の広告代理業者から借りたスポーツカーで深夜のドライブに出かけた。私の隣には亜紀が乗っていた。私たちは海ぞいの夜の道をモナコの方角へ車を飛ばした。

途中で海を見おろす高い台地に車をとめ、ニースとモナコの夜景を眺めた。潮の匂いのする軟《やわ》らかな風が海から吹き、亜紀のフリルのついたブラウスを花のようにひるがえした。

「いよいよ明日ね」

「ああ」

「自信はあるんでしょう？」

「作品にはね。だが、審査の結果には自信はないんだ、本当は」

「ヘンリック・ジョーンズの作品のこと？」

「そうじゃない。このフェスティバルに対して、どこから金が出てるかおれはこれまで知らなかったんだ。ほとんど全額、アメリカの大企業が出してるんだよ」

「映画祭でも、コンクールでも、大体そんなものなんでしょう、どこでも」

「そうかもしれん」

「でも、いいじゃない。あなたが本気で作った作品を世界中の専門家たちに見せるのは、楽しいことよ。賞は二の次だわ」

「入賞しなかった時はどうなるか知ってるんだろうな」

「ええ。連合ＰＲは、それでつぶれるのね。わたしはあなたと一緒に働くわ」

「滝さんはどうする？」

「あの人はもう五十歳を過ぎた人よ。これまでに自分の人生を十分に生きてきたわ。わたしたちはこれからですもの」

　亜紀は残酷な言い方をした。私はもう、何もかもなるようになればいいという、奇妙な投げやりな気持ちになっていた。

もし入賞してグラン・プリをもらったところで、それが何だろう。精々、会社が持ちなおして、CM制作の注文が殺到するだけではないか。その中で仕事に追われて暮らすことに一体なんの意味があるというのだろう。

目の前にどこまでも拡がる黒い海と、遠い灯火、風と波の音の中で亜紀と二人でいると、それらのすべてが、ひどくちっぽけなものに思われてくるのだった。

私は亜紀を引きよせ、彼女の細い体を腕の中に抱いた。私たちは三十分ほどして、その場所をはなれ、ニースへもどった。亜紀を送って部屋へ帰ると、体のあちこちが痛んだ。せまいスポーツカーの中で、亜紀と無理な姿勢を取ったためらしかった。その晩は、めずらしく、すぐに眠りがやってきた。

10

次の日の朝、ドアを叩く音で目が覚めた。

「風見さん！」

亜紀の声だった。ひどく切迫した声だった。私はふといやな予感につき動かされてベッドからはねおきた。ドアを開けると、亜紀が半袖のスウェーターにスラックスという恰好《かっこう》で立っていた。

「どうした？　滝さんに何か？」

「そうじゃないのよ！」

亜紀は胸を上下させながら、学生と労働者たちのデモが行なわれている、と言った。

「デモ？　ドゴール反対のデモかい」

「そうじゃないわ。わたしにはわからないけど、何でもＣＭフェスティバルの会場へ向かってるらしいわ」

「…………」

私は素早く服を着た。上着を取るいとまもなく、亜紀の腕をつかんで階段を駆けおりた。イブが玄関のところにいた。

「来てくれ、イブ！」

「学生たちが労働者とデモをやってますぜ」

「会場へ急ぐんだ、頼む！」

「今日は車がありませんよ。修理に出してるんでね」

「あれは？」

私はホテルの横に駐車している真紅《しんく》のアルファ・ロメオを指《さ》して言った。

「あいつを借りよう！」

「えっ？」

私はスポーツカーに駆け寄った。ドアを開け、さし込んだままになっているキーをひねり、素早くスタートさせた。首ががくんとうしろに反《そ》り、タイヤが白い煙を立てて、アルファ・ロメオは猛然と走り出した。背後で亜紀の鋭い叫び声がきこえたようだった。私はふり返らずにアクセルを踏み込んだ。タイヤを鳴らしてカーブを切りながら、これは誰の車だろう、と考えた。

米車を陳列してあるガラス張りのショー・ルームの角を曲ったとき、デモ隊の先頭が見えた。彼らはすでにフェスティバルの会場の前にさしかかっていた。デモ隊といっても、わずか四、五十人くらいの青年たちだった。ショートパンツをはいた、陽に灼《や》けた青年が先頭に立って、大声で叫んだり歌ったりしていた。ビキニの水着をつけた娘たちも数人いた。どうやら学生と労働者のデモ隊といっても、それはバカンスで海岸へやってきた若者たちの混成旅団らしかった。

彼らは、笑ったり歌ったりしながら、それでも隊列を崩さず、プラカードや、ビラを持って行進して行った。警官の姿も、実行委員会の連中の顔も、会場の前には見えなかった。

私は車をターンさせ、横の道を回ってデモ隊の鼻先に車を突っ込んだ。

先頭に立っていた青年が何か大声で叫んだ。私は車から飛びおりると、その青年のそばに駆け寄り、思わず日本語で「待て！」と叫んだ。

「待ってくれ、みんな！」

「日本人だぞ」

と、誰かが叫んだようだった。

「マオ！　マオ！」

若い男の子が飛び出してきて、私に毛沢東《もうたくとう》の似顔絵を押しつけた。

「中国人じゃないんだ！」

私は会場入口の階段に駆け登って叫んだ。

「ゼンガクレン！」

と、女の声が飛んだ。拍手が一斉に沸《わ》いた。外国人から見ると、日本人はほとんど少年に見えるというが、彼らは私を日本の学生だと思ったらしかった。私は彼らに何かを伝えようとした。だがイタリア語も、フランス語も私は知らなかった。私は英語で、私は日本人だ、と叫んだ。彼らが少し静かになった。私はかなりひどい英語で彼らに語りかけようとした。

「ぼくは日本人だ。このフェスティバルがアメリカの大企業の後おしで開かれたことは、ぼくも知っている――」

パラパラと拍手が沸いた。私は続けた。

「ぼくも十六年前には、きみたちのようにスクラムを組んでデモをしたんだ。だから、きみたちの気持ちもよくわかる。ぼくもブルジョアジーのためにだけ奉仕する芸術運動には反対だ。だが、しかし、今日のフェスティバルは――」

一人の学生らしい若者が進み出て、私の片言《かたこと》の英語の演説をフランス語に訳して喋り出した。彼らは一斉に拍手し、私に対して何か口々に叫んだ。手をのばして握手を求める娘もいた。私はその時、彼らが何か大きな勘ちがいを犯《おか》していることに気づいた。通訳をした学生は、「だが、しかし――」という私の言葉を無視して、私の最初の言葉だけを独立して訳して聞かせたのではないか。デモ隊が私が彼らをはげますアジ演説をやったと受け取ったとしたら――。

「ちがう！　ちがう！」

と、私は両手をあげて叫んだ。デモ隊が、歓声をあげて私を引っぱり込み、左右からがっちりとスクラムを組んだ。私は右手に固く握りしめているものに気づいて、地面に投げた。私はさっきから無意識のうちに、少年に押しつけられた毛沢東の似顔絵を高くふりかざして喋っていたのだった。

「ちがう！　ちがうんだ！」

と、私は叫んだ。きみたちの気持ちはわかるが、フェスティバルを流産させるのはやめてくれ、と、言いたかったのだ。おれたちは自分が精魂こめた作品を持って、はるばる東京からやってきたのだ、せめて一度だけでも、このおれの作品を、ドラマチックCMを、世界の同業者たちの前に提示させてみてくれ。私はそれを喋りたかったのだった。アメリカの大企業が主催するフェスティバルだが、おれの作品はヒモつきのＣＭではない。スポンサーの要請を逆手《ぎやくて》にとって、五十五秒の鮮烈な人間ドラマを彫《ほ》りおこそうというおれの試みを、その成果を、せめてこのフェスティバル・ホールで一発うちあげさせてくれ！

「ちがう！　ちがうんだ！」

と、私はデモの列に押し流されながら大声で叫んだ。すると左右の若者たちはいっそう目を輝かせて、声をそろえてシュプレヒコールのように合唱するのだった。

「チガウ！　チガウ！　チガウ！　チガウ！」

彼らはそのエキゾチックなかけ声にますます興奮して、なだれを打ってフェスティバルの会場へ殺到して行った。立看板が飛び、ガラスが割られ、椅子がつみ重ねられてバリケードが作られていくのを、私はぼうぜんとデモの渦《うず》の中から眺めた。

〈ちがう！　ちがう！〉

と、すでに声にならない叫びをくり返しながら。

会場の中から、何かが燃えるきな臭《くさ》い匂いがふき出してきた。誰かがカーテンに火をつけたのかもしれなかった。会場の破られたガラス窓から、青い煙がうっすらと漂いはじめるのを眺めながら、私はノロノロとスポーツカーのほうへ歩いて行った。そのとき、奇妙な豚の鳴き声のような警笛を鳴らしながら、紺色の警察の装甲車が何台も近づいてくるのが見えた。

11

私は鉄格子《てつごうし》のはまった個室から、ぼんやり空を眺めていた。青いとろりとした、やわらかみのある空だった。

看守がやってきた。彼は手真似《てまね》で、私に立て、と命じ、鍵を鳴らして入口の扉を開けた。私は彼につきそわれて、四角いセメントの部屋へはいった。

黒い金網《かなあみ》をへだてて、長い木の椅子が見えた。そこに滝がいた。

「おう。元気かい」

と、滝は金網ごしに大きな声で言った。

「やあ」

「精神的にまいってるんじゃないかと思ったが、大丈夫なようだな。少し差入れしておいたぞ。もう一、二日すれば大使館の人がきてくれる。ちょっとの辛抱《しんぼう》だ」

「すまん」

と、私は言った。「えらい間違いだぜ。ここの警察じゃ、おれがあのデモを指揮したと思い込んでるんだ。冗談じゃない」

「しかし、状況がそろいすぎたな。おれもいろいろ釈明したんだが、どうしても納得《なっとく》してくれんのだ」

「だが、これは間違いだぜ」

「それはわかっているさ」

と、滝は言い、大きなため息をついて、

「まず他人のスポーツカーを無断で持ち出した。そしてデモ隊に毛沢東の写真をふり回してアジ演説をやった。それからスクラムを組んで会場へなだれこんだ。みんながそう証言してるんだ。彼らが嘘《うそ》をついているんじゃなくて、そう信じ込んでるんだから始末におえない。ま、大使館の人がくるまで、じたばたせずに待つさ」

「これは間違いだ」

と私は呟いた。われながら小さな、情けない声だった。看守に連れられて再び独房へもどりながら、私は前に一度、これと同じような目にあったことを思い出していた。

二日たって大使館の若い書記官がやってきた。見るからに頭の良さそうな、そつのない青年だった。

彼は私に一つ一つ、説明を求め、それをこまかくノートした。

「要するに、あなたはこの事件はすべて誤解によるものだというんですね」

「もちろんです」

　と、私は言った。

「それでは、あなたが他人の所有するアルファ・ロメオを、ホテル運転手ムシュー某の制止にもかかわらず無断で走らせたことについてはどうです。これも誤解ですか」

「…………」

「はっきり答えて下さい。あの日、デモを見物していた観光客の証言では、あなたはデモ隊に演説して、このフェスティバルはアメリカ帝国主義のバックアップによって開催されるものだ、とアジったそうですが」

「ちがう、それはちがうんだ」

「どうちがうんですか」

「ぼくは自分の作品を出品するためにやってきたんだ。それだのにどうして、フェスティバルをつぶしたりする？　え？」

「あなたはこのCMフェスティバルで必ずグラン・プリを取ると言ってたそうですね」

「…………」

「ところが、前夜祭の前評判では、アメリカのヘンリックの作品が他を圧倒的に引きはなして受賞するだろうといわれていた。そこであなたはそれをアメリカ大企業がうしろから糸を操《あやつ》っていると考えて、フェスティバルそのものに反撥《はんぱつ》した——そうは考えられませんか？」

「それは――」

　私は、ぽかんと目の前の利口そうな書記官の顔をみつめた。

「誰があなたにそんなことを」

「情報のソースは言えません。だが、そうも考えられるケースです」

「ぼくはそんな無茶をやる人間じゃありませんよ」

「じゃ、どんな人間です？」

「…………」

　書記官の薄笑いが私の心を凍りつかせた。

「言えないでしょう。何しろあなたは〈メーデー事件被告〉として、騒乱罪率先助勢に問われている方ですからね」

　書記官は続けた。「今度の海外渡航は、あなたの場合、特例として許可されたものですが、海外でこんな騒ぎを起こされるとあなた自身、大変に不利なことになります。おわかりですね」

「ちがう。ちがうんだ」

　と、私は繰り返した。頭の奥で、滝はどうしておれのことを、こんな相手に洗いざらい喋ったんだろう、と考えた。ひどく辛《つら》い感じだった。

12

私がローマにもどってきたのは、それから二週間後の土曜日だった。

若い大使館員の工作と、ＣＭフェスティバル実行委員会の協力で、私は釈放され、帰国することを命じられたのだ。

ＣＭフェスティバルは、二日ほどおくれて警官の護衛つきで行なわれたということだった。グラン・プリを取ったのは、やはりアメリカのヘンリックだった。私の作品は、警察が参考物件として押さえていたため、上映されなかった。滝は私が釈放される二日前に、すでにニースを去っていた。亜紀も一緒にホテルを引き払っていた。だが、彼女は私宛てに一通のメッセージを残していた。その紙片には、〈毎週土曜・午前零時・ローマ・トレヴィの泉にて〉と、下手なペン字でなぐり書きしてあった。

私はローマに着くと、最も安いペンシオーネに宿を決め、航空会社や、大使館へ顔を出して亜紀と滝の消息をたずね歩いた。滝については全く見当がつかなかったが、亜紀を見かけたという人は何人かいた。彼女は肥ったユダヤ人の大金持ちの老人と腕を組んで、高級なクラブに出入りしていたという噂《うわさ》だった。私は航空券を払いもどし、金にかえた。もうほとんど手持ちの金がつきかけていたのだった。航空券を失うことは、日本への橋を外《はず》されるような淋しさがあり、不安もあった。だが、安い貨物船をみつければ何とかなるだろうという気がしたのだった。

土曜日の晩だった。

私は有名なトレヴィの泉の前に立って、あたりを眺め回していた。

むし暑い夜だった。観光客や、町の若ものたちは、大胆な恰好《かっこう》で泉の回りに集まってきていた。トリトーネが運ぶ巨大な貝殻《かいがら》の上に、ネプチューンは筋肉を輝かせて立っている。豪放なバロックの厚味が私を圧倒するような迫力で輝いていた。泉の水は、あのニースの海の色と同じ淡《あわ》い青に染まっていた。観光客たちは、再びローマを訪れることを祈って、泉に高々とコインを投げこむのだった。銀貨が一瞬光って揺れ、泉の底に沈んで行く。その影に目をこらしていると、どこかで鐘の音がきこえてきた。私は腕度計を眺めた。

午前零時だった。

私は背のびして、泉の周囲を眺めた。だがバスを連《つら》ねて集まってくる観光客の渦の中に、亜紀の姿は見当らなかった。

アメリカ人の老夫婦が、私の横で喋っていた。

「イタリアのお金でもいいのかしら？」

と、老婦人が言った。銀髪の品のいい婦人だった。

「いいだろう」

「あなた、持ってらっしゃる？」

「あるかもしれん」

老人はポケットをさぐって、コインを一つつまみ出した。

「これをお投げ」

「いくらかしら？」

「百リラだろう」

「百リラって、ドルでいくらでしょう」

「さあ。ちょっとお待ち」

一ドルが六百リラという計算が、老人には苦手《にがて》らしかった。

「えーと、二十五セントぐらいかな」

「そんなはずはないわ」

「そうだね、ちょっとちがった」

「もっと小さいのない」

「いいから、それをお投げ」

「駄目よ。もったいないじゃないの」

その老人はふと、私の顔をみて、かすかに笑った。片目をつぶると、その老人は、
と、私に耳打ちした。

「女はしょせん女さ」

「むし暑いですね」

「暑いね」

「ローマはどうです?」

「噴水ばかり目立つ街だね。女は綺麗だけど」

「そうですね」

「きみは日本人かい?」

「ええ」

「去年、キョウトに行ったよ。暑い街だった」

「季節が悪かったんですね。それじゃ――」

「さよなら」

私は腕度計を見た。零時十五分過ぎだった。私は歩いてスペイン広場まで行った。ひどく疲れたが、夜の空気が気持ち良かった。階段には恋人たちが体を寄せあってうずくまり、いつかのあの甘い花の匂いがした。

私は教会の前の広場に立って、夜のローマの窓の灯《ひ》を眺めた。

「日本人かい？」

黒い髪の青年が、人なつっこい笑顔で喋りかけてきた。うまい英語だった。

「タカハシという友達がいたよ」

と、その青年が言った。「知ってる？」

「知らない」

「旅行者だろ」

「そうだ」

「安くて踊れて、女の子が沢山《たくさん》いる店があるんだが、割勘《わりかん》で行かないか」

「金がないんだ」

「トラベラーズ・チェックでいいんだぜ」

「金がないのさ」

私は同じことを繰り返した。青年は不意に感じのいい微笑を引っこめ、舌打ちして離れて行った。日本人旅行者をカモにする、常習犯なのだろう。

私はぼんやりと石の手すりにもたれて、なぜ滝はおれを捨てたのだろう、と考えた。あの前夜祭の晩、亜紀と車の中で寝たことに気づいたのだろうか。滝のようにいい男は、めったにいない、と私は考えた。大使館の書記官にいろいろ喋ったのも、それは小さな嫉妬《しっと》から出た行為にすぎない。

〈彼は亜紀に本気で惚《ほ》れてしまったのかもしれない〉

と、私は思った。亜紀は、いまどこで何をしているのだろうか。

私はゆっくりと石の階段を降り、再び同じ道を通って、トレヴィの噴水へ歩いて行った。急に大粒の雨が降ってきた。暗い空に、鳩が飛ぶ羽音があった。

雨はかなり激しく降り出した。私は暗い石の建物の陰で、雨の止《や》むのを待った。その場所の向かいに明るいカフェがあり、一人の髪の黒い男がビールを飲んでいるのが見えた。私は雨の中を横切って、その男のテーブルに近づいた。やはり思った通りだった。

「室生さん」

「え？」

室生はひどく驚いたふうだった。私は彼の前の椅子を指して、坐っていいか、とたずねた。

「いいとも」

「しばらくでしたね。まだローマにいらっしゃるとは思いませんでしたよ」

「ぼくの〈夏の重き扉〉が、ベルリン映画祭に招待されることになったんだ。それで――」

「ローマで待機してるわけですか」

「まあ、そんなところだ」

室生はうなずいて、

「ところできみはどうしたの？」

「ニースでちょっと問題をおこしましてね」

「知ってるよ。デモ隊を指揮してＣＭフェスティバルへ乗り込んだそうじゃないか」

「ちがうんです」

「まあいいさ」

「亜紀を知りませんか」

と、私は聞いた。

「ああ、あの変わった子か」

室生はビールを私のグラスに注いで言った。

「外国人の金持ちの老人と結婚したらしい。そういう噂を聞いたよ」

「ローマには、もういないんですね」

「さあ」

「そうですか」

私は立ち上ってビールの礼を言い、その店を出た。

雨はすっかり上っていた。空は黒くビロードのように光っていた。濡《ぬ》れた舗道を歩いて行くと、足音がうしろから追いかけてくるようだった。

私は亜紀の、あの時の顔や、声や、しぐさを頭の中に思い返そうとした。だが、うまく行かなかった。どんな顔をしていたかさえ、はっきりした形では浮かんでこなかった。

私は私の放映されなかったテレビＣＭの作品を考えた。

あれがもしフェスティバルに上映されたとしたら、果たして入賞していただろうか、と考えてみた。今になってみると、前のような自信はなかった。

〈案外つまらない月並みな作品だったのかもしれない〉

と、私は考えた。十数年目に、自分の本当の才能を掘り当てたような気がしていたのだが、あれも錯覚だったのだろうか。

滝との友情も、自分だけの思い過しではなかったろうか、と考えた。そうすると亜紀とのことも、嘘のように思われてきた。何もかもすべてが、あいまいで、はっきりしなかった。自分は一体なんだろう、と私は考えた。そうすると、はっきりしているのは一つしかなかった。私はまちがいなく十六年前の事件の〈被告〉なのだった。〈メーデー事件被告・風見慎――〉これだけはまちがいなかった。

やがて私の目の前に再びトレヴィの噴水が現れた。雨が降ったせいか、今度はほとんど人がいなかった。海神ネプチューンは夜気《やき》の中に白く光って立っていた。

ふと私の目の前に亜紀が現れた。彼女は生まれたままの裸で、薄い胸と細い脚をもっていた。

「亜紀！」

と、私は呼んだ。彼女は振り返りもせず、まっすぐトレヴィの泉のほうに歩いて行き、投げられた銀貨のように光りながら水面に吸いこまれて行った。私は自分がいま、最後の幻想を見ていることに気づいていた。私はネプチューンに背を向けて、雨上りの暗い舗道を歩いて行った。

——「ローマ午前零時」了——

対談解説

四方田犬彦 vs 五木寛之

Inuhiko Yomota　Hiroyuki Itsuki

モスクワと五木寛之作品

四方田　実はある目的があり、五木さんにお会いしたいと思っていたのです。

五木　ほう、その目的とは何ですか？

四方田　毎年2月になると、モスクワで「全ロシア・日本歴史文化学会」が催されていまして、次回はそこで「五木寛之の文学」について学会発表をするように要請されたのです。

五木　ええ？　そのようなことがあるのですか？

四方田　本当です。

五木　だってソ連時代には、私はペルソナノングラータと目されていました。ペルソナノングラータとは「好ましからざる人物」とか「受け入れ難い人物」という意味ですからね。社会主義国家の否定的側面を拡大誇張して書いた作家だというわけ。まぁ、仕方ないな、とは思いましたが（笑）。

四方田　そうでしたよね。この学会では年に一度、モスクワの高等経済学院にロシアの日本研究家が40人ほど集まってワイワイガヤガヤやるんです。今はオンラインになりましたが、前回は作家でロシア文学者でもある大泉黒石《おおいずみこくせき》について発表したところ、非常に好評だったのです。こんな偉い人物をなぜ自分たちは知らなかったのか、と、皆が口にしていました。

五木　いや、私もよく知らなかったんですよ。四方田さんのご著書『大泉黒石　わが故郷は世界文学』（岩波書店）を読んで、こんなすごい人物がいたのか、と驚きました。伝説中の人というか幻の人物でしたからね。

四方田　はい。それが好評だったものですから、毎年誰かについて発表してほしいと頼まれたんです。学会は3日間にわたって開催されます。二回目は泉鏡花《いずみきょうか》について発表しました。それで三回目は、今度は誰を希望していますか、と尋ねたら、五木寛之さんについて発表してほしいと言われました。

　それではロシアで翻訳されて出版されている五木さんの作品はどれとどれなのか、と尋ねると、『大河の一滴』しかないというではありませんか。それはけしからんと言うと、「我々は五木作品が読めないのだ」と言います。だからこそ次回のテーマにしてほしいと。

　それで今、発表の準備をしていたので、これはぜひともご本人にお会いしたいと思っていたんです。

五木　以前、私の紀行エッセイで、どこかの国に関するものが他の作品とともにロシア語版として出版されかけたことがありましたが、拒否されてしまったことがありました。やはりまだまだ昔のことが尾を引いているんだな、と思って。それでしばらくロシアには行っていません。

四方田　それはソ連時代のことですか？　それともロシア連邦になってからもですか？

五木　ロシア連邦になってからもですね。特にソ連時代に、『さらばモスクワ愚連隊』の映画を制作したときに、東宝のスタッフが当局の許可を得ないままにモスクワの路上で盗み撮りロケをしたことが問題視されたようです。

四方田　ソ連の時代ならありえますね。

五木　スナップ写真一枚撮っただけでも、民警が飛んでくるという時代でしたから。

四方田　同じ頃にフランスでは、映画運動のヌーヴェルヴァーグ（新しい波）が起こっており、路上での盗み撮りなど普通に行われていました。最新流行だったのです。

カミュとピエ・ノワール

五木　映画といえば、私は満洲に関心があったので、以前から満映（満洲映画協会）に興味を持っていました。満映の理事長は、満洲国の建設に一役買った甘粕正彦《あまかすまさひこ》が務めていましたね。満映の関係者たちが日本に引き揚げてきて東映の映画づくりに参加してゆく。それで一時期、東映のヤクザ映画や任侠映画が量産されて人気がありました。

四方田　内田《うちだ》吐夢《とむ》が渡満したのですが、何もできないうちに帝国が崩壊してしまいました。

五木　そうでしたね。満映出身者は引き揚げ後に大挙して東映に入ったんでしょう。当時の東映は、満洲で果たせなかった野心や野望が屈折した形でヤクザ映画をつくるエネルギーになったんじゃないのかな。

私もその辺りを主題にした小説を書いてみたいと思っていましたが、果たせていません。『男はつらいよ』シリーズで有名な山田《やまだ》洋次《ようじ》監督などは柴又を舞台に日本人の故郷を描きましたが、彼は大連中学出身ですからね。外地で育った人だからこそ、日本的なものへのノスタルジーが深くあって、ああいった作品を生み出したのかもしれません。

武満徹《たけみつとおる》や安倍《あべ》公房《こうぼう》などの音楽家や映画人、作家の中には「え？」と思うような人たちが外地の人だったりします、カミュみたいにね。

四方田　『異邦人』のアルベール・カミュですね。

五木　そう。私はフランス語はわかりませんが、かつて植民地の外地から本国に戻ってきた人たちね。そういうヨーロッパ系移住者をピエ・ノワール（Pieds-noirs）と呼んだそうです。自分たちの思い出が残るかつての植民地では、旧体制の宗主国の者として否定される身になる。それで本国のフランスに戻ってみると、そこは階級的なブルジョワ社会ですから、外地から帰ってきた者はピエ・ノワールと呼ばれたらしい。人間の状態が宙吊りになってしまうわけですね。

そこに引揚者文学や移民文学が生まれた。このセレクション第2巻ではマイク・モラスキーさんと対談をしましたが、彼の祖父がアメリカにおけるロシア系のピエ・ノワールだそうです。なんだ、こんな身近なところにそんな世界があったのか、と思いました。

四方田　そうでしたね。私は内田吐夢と李《り》香蘭《こうらん》についての評伝を書きました。『無明 内田吐夢』（河出書房新社）と『李香蘭と東アジア』（東京大学出版会）、それと『李香蘭と原節子《はらせつこ》』（岩波書店）という本です。

李香蘭、日本に帰国してからは山口淑子《やまぐちよしこ》として活躍されましたが、彼女のところには何度も伺って、大変に協力していただけました。写真なども提供していただけましたね。

五木　山口さんは、今こうして対談しているこのホテルに暫くの間、住んでいらしたんです。一階に喫茶店がありますが、そこで見かけたことがありました。それで、「自分はこういうものなのだけれども、一度お話をさせていただけませんか」と声をかけていただいたことがあったのですが、機会がなくてそれきりになってしまいました。

四方田　そうでしたか。

五木　いつも感じるのですが、半島大陸に居た人の雰囲気というか、匂いというかね。「ひょっとしたら、外地から帰ってこられた方ではないですか？」と尋ねると、「ええ、どうしてわかるんですか？」と驚かれるんです。匂いがするんですよね。でもね、私は引揚者という言葉はあまり好きではありません。追放された者ですからね。

四方田　私も追放の方が実態に近いと思います。さきほどカミュの話が出ましたが、彼も追放者に対する差別に対して反対していたわけですね。彼はフランスからアルジェリアに渡ってきた曽祖父から4代続いた貧しい家の人で、フランスには親戚もいませんでした。母親は文字が読めず、また聾《ろう》者でもありました。

ただ、彼は勉強ができたので、中学に行きたがった。それで小学校の教師が母親を説得して、なんとか中学校に進学することができたのです。

五木　なるほど、そうなんですね。私が学生の頃といえば１９５２年、昭和で言えば27年から30年にかけての時代ですが、だいたい文学部の学生というのはサルトル派とカミュ派に分かれたものです。私は圧倒的にカミュ派でした。一応、「サルトル」も読みましたけれども、カミュの方が肌にあっていると感じていましたね。

五月革命の体験

五木　四方田さんは韓国のことをよくご存じでいらっしゃるけど、このセレクションの第１巻には『深夜美術館』が入っています。

四方田　はい、五木さんの作品はみな読んでいます。

五木　それは嬉しい。『深夜美術館』には植民地時代といいますか、日韓併合時代にいろいろな美術品が韓国から日本に運ばれて、それが博物館などに展示されていることがモチーフなんです。この小説が１９７５年に『小説現代』に掲載されると、展示物を引っ込めたところがありました。やはりそれらの美術品の入手ルートに問題があると考えたのでしょうね。私は韓国の話をあまり書いてはいませんが、そのような作品で触れていることはあります。

四方田　そうでしたね。実は五木さんの作品に関しては、私は現在リハビリ中なんです。いずれも読んでからだいぶ経っているので。『デラシネの旗』についてはきちんとした文章を書いています。といっても20年ほどまえのことです。

五木　あの作品は１９６８年にパリに行き、五月革命を体験すると8月くらいまで現地にいたのですが、帰国するとすぐに書き上げて10月の終わりか11月には発表しました。五月革命に関する小説としては最も早かったんじゃないかと思います。まあ、あとから考えてみると、ちょっと走っているな、という感じはありましたが。

四方田　その翌年に出された『残酷な五月の朝に』と併せて読むと、両作品とも非常に面白いですね。デパートで「五月革命ポスター展」を催そうという話でしたから。

五木　そういう時代の作品のことをお話しできる同世代の人たちは、ほとんどいなくなってしまってね。

四方田　私は5年前に五月革命50周年のパリに行きました。もう、書店のショーウインドウには五月革命に関する本ばかり展示されていました。ポスター集も出ていました。エコール・デ・ボザールというパリの高等美術学校でも大展覧会が開かれていました。ポスターコレクションです。それからパリの総合文化施設であるジョルジュ・ポンピドゥー国立芸術文化センター、通称ポンピドゥー・センターの地下では子供たちにポスターの作り方を教える工房ができていました。そこでは「五月革命のポスターを今ならどんなふうに作るかな?」といった問いかけをしていましたね。

五木　ポスターと言えばね、私は五月革命の当時、たまたまボザール（美術学校）の中にもぐりこんでいたのですが、そこでは毎日毎日すごいポスターを刷っていました。

四方田　ええ、そのときの写真を見たことがあります。日本人としては稀有《けう》な体験ではなかったでしょうか。それも決して安全ではない。というのも、警官たちはアジア人を発見するとひどい暴行を働いていたからで。

五木　そこで刷り上がったポスターを、学生たちが自分たちのバイクやマイカーを走らせてパリ中に貼って回るのです。そこにはまるでポエムのような感動的なコピーが入っていました。これはもう、絶対に日本に持ち帰ってみんなに見せなければ、と思ってそれらの中から傑作だと思ったものを12、3枚ほど集めたのですよ。ところがパリの空港で全部没収されてしまいました。

四方田　そうだったんですね。

五木　残念でしたね。今あれば、五月革命ポスター展を開けるほど集めましたから。

血のメーデー事件

四方田　フランスでは、ポスターがたくさん収録されている本もずいぶんと出ています。「子供たちの五月革命」というような絵本までありますから。5年前の5月はいろいろな書店が五月革命ブームで、多くの人たちが当時のことを語り合っていましたね。ところが日本では一切やっていません。

五木　この国は、そういう意味では昔のことをあまり大事にしませんよね。

昭和27年（１９５２年）の5月1日は、皇居外苑（皇居前広場）でいわゆる「血のメーデー事件」が起きました。このとき、警官が初めて威嚇射撃ではなく水平射撃を行った。これなど、「天安門事件」と一緒で、どれくらいの規模で犠牲者が出た騒動だったのか、なんとなく今も曖昧なままになっています。

毎年5月1日になると、いつかどこかの新聞なりでそのことを取り上げるかな、と思って鵜の目鷹の目で見ているんですけど、ない。現代史上の問題に対する関心を持ちませんね、この国では。

四方田　そうですね。逆に、今回収録の『ローマ午前零時』では主人公の風見慎が「血のメーデー事件」の被告であるという過去をずっと背負っていますね。彼はCM制作会社の責任者として、フランスのニースで行われる国際テレビCMフェスティバルに賭けていたわけですが、折しもパリでは学生デモとゼネストが起きてしまって、カンヌ映画祭が中止になるなど、暗雲が立ちこめていくわけです。今回収録のセ

レクション6作品の中では、赴きの異なる作品ですね。

　１９６８年から50年経ったパリでは古文書館というところに行くと、大展覧会をやっていました。最初の部屋では機動隊の衣装や防具が展示してあります。盾や3種類のヘルメットなどがずらっと並べてあるんですね。そして次の部屋ではサルトルやマルロー、デュラスの当時の手紙や電報、ポスターなどが展示してあります。ポスターの中には、「東京がアメリカと戦っているぞ。東京に続け！」といった意味のフランス語が書かれているものもあります。パリが東京を意識していた証拠なんですね。

五木　そうですよね。たしかに東京を意識してました、当時の彼らとしては。

四方田　東京に続け、という話では、私は以前アッバス・キアロスタミというイランの映画監督と話をしたことがあります。彼がテヘラン大学に入ったときは、大学では反米デモがたくさん行われていて、「ソルボンヌ、東京に続け、テヘラン！」などといったスローガンが掲げられていたそうです。

五木　おお、「ソルボンヌ、東京に続け！」ですか。

四方田　そのような状況を見たキアロスタミさんは、「これはもう、絶対に日本語をやらなきゃいけない」と思ったそうです。半年で挫折したそうですが。つまりペルシャの大学生としては、「ソルボンヌ、東京」に続いて次は自分たちだ、という思いだったという。

五木　そうだったでしょうね。高度成長でＧＤＰが世界何位だ、という前にね、そんなふうにサブカルチャーからひっくるめて新しい風が吹いている。そういう街として東京が意識されていた時代があったんですよ。戦後に一度だけね。ですから外国で私が「東京から来た」と言うと、皆が「おおっ」と反応する時期がありました。今ではものが安くていいよね、という感じですが(笑)。

四方田　『ローマ午前零時』では主人公がニースで起きたデモ隊を止めようとすると、日本の学生だと思われて「ゼンガクレン！」と叫ばれます。五木さんの小説の中に時々登場するカタカナの「ゼンガクレン」というのは、本当ですね。ゼンガクレンの本当の意味は禅だなんて、私も説明されたことがありましたが、「ゼンガクレン」という言葉は音として広まりました。

五木　どこから来たのかと問われて「東京からだ」と応えると、「ゼンガクレンか？」としょっちゅう聞かれました。それくらいカルチャーの面も政治的な面も日本に関心が持たれていたと思います。

四方田　期待もされていました。

五木　たしかに。

四方田　ところが今は、中学や高校の教科書にも１９６８年とか五月革命とかは一切出てきません。一方、パリでは書くんです。もう、革命はお家芸だという立場で、中学の先生なども歴史で教えているんです。フランス革命があって、二月革命があって、パリ・コミューンがあって何があって、五月があってと。

五木　そう。パリというとファッションや美術、音楽といった華やかなイメージがありますが、あそこは実に政治的な街なんですよね。それはもう、痛感するところがいっぱいありました。パリの労働者や市民は頻繁にデモをしますよね。ガス代が上がったと言ってはデモ、年金受給開始年齢が引き上げられればデモ、移民が警察に差別されたと言ってはデモ。とにかくデモが多くて、市民の意思表示が強烈なところです。

カレリアの歴史

五木　ところで、今度のロシアのウクライナ侵攻が起きたときに私が一番に気になったのはフィンランドの動向でした。

四方田　カレリアですね。『霧のカレリア』でアイノ・コスチアイネンという女性が、主人公の冬木衛に対して「あなたの家族は、何語を話すの？」と尋ねるシーンがあります。もちろん冬木は日本語だと答えますが、アイノはカレリアの歴史に触れるように答えますよね。「わたしの祖母はロシア語とフィンランド語を話すわ。父はロシア語とドイツ語と、フィンランド語。わたしは英語とスウェーデン語とフィンランド語を、そして妹は、アメリカ語とスウェーデン語とフィンランド語を喋るの。わたしたちは母国語以外に、その時代の支配者の言葉を覚えなければ生きて行けなかった民族よ」と。

五木　はい。だからフィンランドで一番歳を取った人たちはロシア語がわかるんだね。真ん中の世代の中年の人たちはドイツ語がある程度わかる。それから若い人たちは英語がわかる。3世代にわたって話せる言葉によって、フィンランドの複雑さが感じられます。私たちはフィンランドというと、ムーミンだとか白樺だとか、サウナなどといったものを連想しやすいのだけれども、実はものすごく際どい綱渡りをしている国ですよね。ロシアと事を構えずに西側として進んでいくという。

それに比べてスウェーデンは、なんとなく馴染みにくいところが少しあるんです。だけどフィンランドはものすごく民族主義的な感性がありますよね。韓国と似ているという言い方はおかしいかもしれませんけど、大国と大国の間に挟まってギシギシ臼にひかれるようにして国をつくってきた人たちですから、彼らは鋭い国際的な敏感さと独特なパトリオチズム（愛国心）を持っている。自分たちはカレリアの民であると。

四方田　とてもよくわかります。この『霧のカレリア』はとても複雑な構造を持っていると思いました。つまり、五木さんが幼少期を過ごした朝鮮があって、そこから追放されるわけですね。そういう作者の生い立ちがあることと、もう一つは、ロシアに支配されていたフィンランドが独立してロシアに対峙するということが背景にあります。物語では、主人公の冬木衛が東京から出か

けて行ってフィンランドを訪れると、ヘルシンキでアイノという女性に遭遇します。冬木がアイノに軽いお世辞のつもりで「君はスウェーデンの娘みたいだ」と言うと、アイノは本気で怒った表情で「わたしはスウェーデンの娘じゃないわ！　スオミの娘よ」と反発します。そこから、アイノは複雑な歴史の重大な秘密を語りだしていきます。
　フィンランドに行ってサウナだけじゃないことを書くのは、五木さんが自らの物語をここに重ね合わせているのだとわかります。この構造は『白夜のオルフェ』『夏の怖れ』といった他の北欧ものやソ連ものを読んでいても感じます。

五木　できるだけソフトフォーカスしているんですが。行間で何かを伝えようという気持ちがやっぱりありますから。明治の演歌師みたいな気分が自分の中にはあるのかな。

四方田　〈ラッパ節〉を流行させた添田《そえだ》唖《あ》蝉坊《ぜんぼう》のような、ですね。

五木　ええ。ですから、たとえばフィンランドといえば、これまでは北欧家具とかモダニズムとかですね。

四方田　モダニズムは教会を含め、建築に明確に現れていますね。

五木　あとソーシャリズムとか、携帯電話のノキアのイメージも有名ですけど、フィンランドは強烈に政治的な、あるいは愛国心が強い国です。第二次世界大戦時の「冬戦争」と「継続戦争」によってカレリア地峡とラドガカレリアがソ連に割譲されて賠償も大きかった。それでソ連に向けて最後の穀物を運んでいく船がフィンランドの港を出るときには、本当に市民たちが港に集まって皆で泣いたとかいう伝説があった。

そういう話を聞くと、ぼくはグッと来るんです。ですからラブロマンスを書きながらも、そういうところは伝えたいという気持ちがありました。

五木作品の構造

四方田　だから五木さんの小説では、日本人の旅行者が北欧やソ連に行って、そこで知り合った女性があるとき突然、自分の過去の非常に深刻な歴史的問題を語りだすんですね。それを東京から来た語り部が聞いて持ち帰る。そういう構造の短編をいくつか書いてらっしゃいます。
今回のセレクションの各作品を見ますと、自分の国の歴史や生い立ちに深い影を持つ女性たちが登場します。『白夜のオルフェ』ではスウェーデンで出会った英語やドイツ語、フランス語を話すイングリッド・ユングレンという少女、『霧のカレリア』では英語とスウェーデン語とフィンランド語を話すアイノ・コスチアイネンというフィンランド放送に勤める女性、『夏の怖れ』ではノルウェーで暮らすヴァイキングの末裔のジュリー・フラグスター、『赤い広場の女』ではソ連で出会ったウクライナ人のリューバというデザイナーの女性、『ソフィアの秋』ではブルガリアの山奥にあるというキオシス村に暮らす英語とロシア語を話すという少女、そして『ローマ午前零時』だけは、少し前にも言いましたが、趣が異なりますね。この作品では、フランスのニースに行く途中でやむをえず立ち寄ったイタリアのローマに共に訪れた日本人モデルの佐伯亜紀が登場しますが、ここでは女性が語るのではなく、主人公の風見慎が血のメーデー事件の被告である傷を顧みていますので、本当の舞台は東京なのかもしれません。

『ソフィアの秋』と『夏の怖れ』については、もう少し立ち入った感想をお話ししておきたいと思います。

五木　お願いします。

四方田　『ソフィアの秋』の主人公は美術専攻の学生で、本物の聖像画《イコン》は金になるという卑小な着想に囚われ、山中の寒村に大量に放置されていたイコンを村人からゆずり受けるのですが、遭難し、あまりの吹雪の寒さにイコンを次々と燃やして暖をとって生き延びる。すべては徒労に帰したというアイロニーで物語が終わります。この主人公は社会主義体制のなかでも篤実な信仰を守っている現地の住民に向かって強いアメリカ・ドルを振りかざす、資本主義体制の愚かなる尖兵ですが、自分が歴史のなかでどのような場所に立たされているかに無自覚です。同時に彼は世界の深奥には無垢にして神聖なるものが存在しているという真理からも遠ざけられています。真のイコンを前にしても、それを暖をとるための木材以上に認識することができない。炊きつけにされて燃えていくイコンのマリアが最後の瞬間、主人公たちを嘲《あざけ》るように笑ったという一節があります。おそらく読者のなかには、プーシキンの『スペードの女王』の結末部でトランプの絵柄の女王が、主人公の破滅を前に、一瞬ニヤリと笑う恐ろしい場面を連想する人もいるのではないでしょうか。今回のセレクションのなかから最も好きな短編はどれですかと花田《はなだ》清輝《きよてる》に尋ねてみたい気がします。彼は迷うことなく『ソフィアの秋』を選ぶだろうと、私は思います。

五木　花田清輝ねえ。

四方田　次にもうひとつ重要な短編、ノルウェーに取材した『夏の怖れ』についても、改まって論じておきたい気持ちがあります。

　これはノルウェーの画家、エドヴァルド・ムンクの作品に霊感を受けた短編です。精神を病んだジュリーという若い女性と、人生に絶望して何も語ろうとしないその父親の隠された物語が、歴史にいっこうに呪われたことがない日本人の若者の視点から語られている。ナチスに対するレジスタンス運動に参加して闘った父親の隠された過去。彼はレジスタンスから戻ってきて、妻が対独協力者になっていたことを知り、思わず殺害に及んでしまう。幼いジュリーはこの事件をトラウマとして抱え込み、長じて精神の失調を来たしてしまう。

　ムンクが絵画の主題とした〈病〉とは、本質的に19世紀のものです。神への信仰の破綻。実存的な孤独。結核。思春期の少女の成熟することへの恐怖。夕暮れ時に生じる世界没落感。これはまだ歴史意識に基づいたものではなく、どこまでも個人の実存の次元での不安に留《とど》まっています。

　ところが20世紀後半には、〈病〉のあり方はまったく変わってしまいます。精神の病は個人の実存の域を超え、政治的かつ歴史的な脅威として、人間の無意識の底を冒し蝕《むしば》むようになるのです。ナチス軍の侵略が北欧の少女にいかなる心理的トラウマを遺したのか。彼女の生がもし病んでいるとしたら、それはムンクの時代とはまったく異なった文脈によるものです。『夏の怖れ』が興味深いのは、にもかかわらずヒロインが自分の苦悶をムンクへの相反的な感情を媒介として外国から来た他者なる主人公に、それを告げようとしていることにあります。ここで語られているのは家族の内側にある残酷な政治であり、それが社会全体、時代全体の政治の、極小ではあるが危機的な集約として現れているという事実です。

　日本ではムンクについて、大正時代に『白樺』が世界で最初に雑誌特集を組んだことに始まる長い受容史を持っています。もっとも白樺派の作家たちはムンクを「鑑賞」することはあっても、自作の小説に取り込むまでには到りませんでした。彼らの純文学信仰は私小説に収斂《しゅうれん》してしまったという印象を私は持っています。『夏の怖れ』が重要なのは、そのムンクの病的な世界と、20世紀の社会が不幸にも体現するに到った残酷な記憶とを重ね合わせ、短編に結晶化したところにあります。この短編をもって日本文学はようやくムンクへの積年にわたる借財を返すことができたのではないでしょうか。

五木　そうですね。

四方田　このような構造を持っているのは、五木さんが子供時代から20世紀の大きな転換点のようなところに立ち合っていたことが関係していると思います。日本で暮らす多くの人たちがその転換点に無関心であったことに対する違和感を覚えていらっしゃったのではないでしょうか。それが、北欧やソ連を舞台とした物語に託されているような気がします。

五木　たしかに。

四方田　それも生々しく名前を出すのではなく、各地域や国に合わせて表現されています。これは五木さんの世界ではあるのですが、同時に日本の能にも似ていると思うのです。おそらく五木さんはそんなこと意識なされていないと思いますが、非常に古典的な日本の語り方に通じているのですね。

　能では、ある旅の僧侶がどこかにやってきて女性に出会う。女性はなぜか精神に深刻な問題を抱えていて、心の病を抱えている。最初はわからないのだが、翌日になるといろいろなことがわかって、女性の方から率先して語りだしたり舞ったりしだす。それを旅の僧侶が聞いてあげることで、いわば現代のカウンセリングのような効果を見せるんですね。

　五木さんの小説に登場する男性の主人公も、自ら積極的に何かをするのではなく、旅先で出会った女性の話を聞いてあげているんです。それは、現地での人々の間では、共同体的なタブーかもしれない話なのですが、主人公は女性たちにとって異邦人だから話せると。つまり心の治療が行われているような小説になっているんです。

五木　そのように見事に整理されると、なるほど、と自分で思います（笑）。だいたい主人公が昔で言うところの「まれびと」で。

四方田　そうです。

共同体のタブーとエトランジェ（異邦人）

五木　私が書く主人公は、基本的にエトランジェ（異邦人）なんですよ。エトランジェと現地の人たちとの擦り合いの中から新しい違和感のようなものが出てくる話が多い。ラブロマンスの中にもそういった夾雑物《きょうざつぶつ》が混ざっているところが私の作家としてのスタイルかな。

四方田　いや、夾雑物というよりむしろ本質だと思います。

五木　そこに本音があるんですね。

四方田　ですから、現地の共同体ではタブーとされていて口にしてはいけないことがたくさんあるのだけれども、なぜかエトランジェには胸襟を開いて吐露できる。しかし、そのエトランジェが去ってしまうと、きっとまた封じ込めてしまうのだろうと。

五木　そうですね。どこかに柳田《やなぎた》國男《くにお》の『遠野物語』に描かれるような来訪する異人の立場に自分を置いて、物語をつくっているような気もします。四方田さんのようにインターナショナルに活動をなさっている方から見るとちょっと幼稚な話かもしれませんが、私としては、それを直感的にわかる読者がいるだろうという気がするんですね。
ただ、平壌《ピョンヤン》やソウルを舞台にした物語というのはなかなか書けません。これまでにほとんど書いたことがありません。

四方田　以前も同じことをおっしゃっていました。五木さんにお会いするのは30年ぶりですが、前回お会いしたときに銀座のオリンピックという洋食屋さんでビフテキをごちそうになったと記憶しています。そのときに、やはり「韓国や朝鮮にはなかなか足を向けられない」とおっしゃられていました。
私はと言えば、もうソウル野郎みたいにしょっちゅう行ってましたが、これは確かに軽々しくは理由を聞けないと思ったんです。ただ、その後は、韓国のお寺についていろいろとお書きになっていますよね。

五木　多少はあります。ただ、やっぱり口籠るところが多くて、韓国に行くのはなかなかに決断がいるのですよ。

四方田　そうだと思います。

五木　先ほどおっしゃった追放者という者が、かつての植民者としてその国を統治した側の人間としてその地を訪問することは、たとえフレンドリーに迎えられたとしても、ちょっと居心地がよくありません。

四方田　それは小説家の小林勝《こばやしまさる》もおなじようなことを書いていました。梶山季之《かじやまとしゆき》さんも同じようなことがあったと思います。

「内向の世代」

四方田　韓国の世宗《セジョン》大学校で日本文学科名誉教授の朴裕河《パクユーハ》という方がいます。この人は早稲田大学に留学して大学院まで進みました。彼女は従軍慰安婦の研究などをしていますが、日本における引揚者の文学についても優れた本を書いているんです。

五木　そうですか。

四方田　彼女も引揚者という中途半端な言葉ではいけない、はっきり追放という言葉を使った上で、世界文学の中で考えなければいけないと言っています。日本では１９３０年くらいに生まれた人たちを「内向の世代」と呼ぶけれども、それは間違いだと。彼・彼女たちこそが少年少女時代に、民族や国境、言語を超えた次元でいろいろなことに立ち会っているんだと。

五木　私と同じ中学生時代に敗戦を迎えて福岡に引き揚げたのが後藤明生《ごとうめいせい》で、彼も露文なんだよね。その後、広告代理店を経て平凡出版に入った。「平凡パンチ」で私の『青年は荒野をめざす』を担当したんです。『青年は荒野をめざす』は彼が私に書かせたと言ってもいい。当初は『青年の荒野』というタイトルでしたが、彼がどうしても動詞がほしいと。動きがほしいと言ったんです。それで『青年は荒野をめざす』になったという経緯がありました。

四方田　先ほどの朴裕河は、内向の世代の人たちこそが、日本のナショナリズムなどいろいろなものに対して子供の頃から敏感に反応したんだと。たとえば後藤さんの『夢かたり』（中央公論社）などを読むと、子供の頃にいろいろな国の言葉を知っていた。それで日本に帰ってくると、他の子供たちに自分の言葉が通じないことがあったというのです。

五木　それは私も書いたことがあります。当時、植民地の日本人の家には、よく日本刀のコレクションと『歳時記』がありました。俳句ですね。今でも文春の人に聞いてみると、南米辺りでは俳句の歳時記がよく動くそうです。それは、外地にいる人間のある種アイデンティティの拠り所になっているんでしょうか。

戦後の50〜60年代に出てきた物書きや小説家たちのうち、追放者・引揚者たちのほとんどがエンターテインメントの方に行くんですよ。大藪春彦《おおやぶはるひこ》みたいにね。カルチャーの方に行かずにサブカルチャーの方を向いていたのが一つの傾向としてありました。ハードボイルド小説の兄貴みたいなことをやっていた生島治《いくしまじ》郎《ろう》も上海帰りだった。

映画も同じですね。すごい才能のある人たちがエンターテインメントの方に向けて突っ走った時代がありました。

引揚者の心の故郷

四方田　それから漫画家もそうですね。

五木　そうなんですか？

四方田　『あしたのジョー』のちばてつやは東京生まれですが、2歳のときに満洲に渡って敗戦後に引き揚げています。子供の頃に中国人の家の屋根裏に匿《かくま》ってもらい、生と死が隣り合わせの過酷な子供時代を過ごしていますよ。その頃に妹相手に漫画を描いたのが始めだとか。

　それから赤塚不二夫《あかつかふじお》も満洲からの引揚者です。赤塚さんが立ち上げたフジオ・プロダクションでは、スタッフの半分が満洲出身者だったといいます。入所試験で採用するとなぜか満洲出身者なんだそうです。

五木　『上を向いて歩こう』や『遠くへ行きたい』を作曲した中村八大《なかむらはちだい》なども青島《チンタオ》出身かな。彼がアメリカでヒットさせた曲などはチャイナメロディだよね。インターナショナルなメロディですよね。山田洋次さんの映画も同じだけど、日本人の心の故郷みたいなものは、引揚者の系譜から生まれてきていると思います。そういう系譜について、一度まとめてみたいと思ったことがありました。

四方田　そうですね。たとえば山田洋次という人が日本橋や浅草で生まれていたら、あのような映画はつくれなかったと思いますね。

五木　そうかもしれない。

四方田　山田洋次監督の『男はつらいよ』シリーズの舞台である葛飾の辺りはまだ空襲がなくて残っていたから、あのようなユートピアが描けますが、日本橋はもう今のガザみたいに完璧にゼロになっているわけですから。喪失感の方が大きいでしょうし。

五木　そうですよね。

四方田　だから、外側から客観的にあのようなユートピアをつくれたのかもしれません。それから先ほどの後藤明生ですが、彼の中学校の同級生に李《イ》浩哲《ホーチョル》という人がいます。後に韓国の小説家協会のようなところの会長になる方で、もちろん日本語もペラペラですがロシア文学が好きで、朝鮮戦争が始まったときには、生まれ故郷が北側でしたが、そのときに岩波文庫のチェーホフの本をポケットに入れて散歩していたら、人民軍に捕まってしまったんです。それで人民軍に入れさせられて、それが家族との一生の別れになってしまいました。

それから人民軍の兵士として南側に攻め入ったときに、今度は南側の捕虜になってしまいます。その後、南側で除隊し、アメリカ軍施設の護衛などをしながら南側で暮らしていたのですが、朴《パク》正熙《チョンヒ》時代に日本を訪れて日本の文学者たちのパーティーに出席しています。そのときに後藤明生と再会するわけです。中学校以来のことでした。

ところがそのパーティーだったか、別の会合のときだったか、そこに朝鮮籍の作家が誰かいた、ということが問題となり、金浦《キンポ》空港に戻ってきたところで逮捕されてしまいます。もう言いがかりですよね。それで朴正熙政権下では獄中にいました。

ただ金大中《キム・デジュン》政権の頃に私が2度めの韓国滞在をしたときにはすでに自由の身となっていて、先ほど言いましたように、小説家協会のようなところで会長を務めておられました。彼は川端康成《かわばたやすなり》から中上健次《なかがみけんじ》までいろいろな翻訳もされています。北から逃げてきた人たちが南でいかに生きているのか、いかに郷愁にとらわれながらも生き延びようとしているかというテーマの長編も書いています。

それで李浩哲さんは、後藤明生のことも覚えているというのですが、後藤さんの方は李浩哲がいたことを知らない、別の名前だったからわからなかったと言います。この認識の差は植民者と被植民者の違いです。

李浩哲さんと時々お会いしてお酒をご一緒したりすると、「西大門《ソデムン》刑務所ってのは今は西大門刑務所歴史館になっているんだけど、あそこのなんとか棟のなんとか号室に行ってみてくれないか」と言われたことがありました。その理由を尋ねると、「自分はそこに何年もいたが、その部屋の壁に爪の跡をつけてきたから、それが残っているかどうか見てきてほしい」というのですね。それで実際に行ってみると、壁はきれいに修復されていました。それでもこの部屋にいたのだな、と感慨にふけったものです。

50年代の若い人たちは、なぜ露文科に進んだのか

四方田　ここで後藤さんと李浩哲さんのお話をしたのは、五木さんに尋ねたいことがあったからです。後藤さんも李浩哲さんもロシア文学に憧れ、ロシア語を学ばれたわけですが、他にも50年代の日本で文学を志す若い人たちは、なぜこぞって大学で露文科に進んだのでしょうか。

　しかも多くの人が芥川賞や直木賞を取っています。これはどういうことなのでしょうか。このことがわかれば、私はモスクワの学会で発表したいと考えているのです。

五木　なるほど。50年代から60年代にかけてロシアとかソ連という国には、日清日露時代と同じように「ロスケ（露助）」というちょっと野蛮なイメージが残っていたんです。これに共産主義国家を「アカ」と呼ぶようなイメージが重なりました。

　その頃からソ連側が精力的に日本にロシア文化を紹介して来るのです。ボリショイサーカスが来るし、レニングラード・フィルハーモニー管弦楽団が来るし、キーロフ・バレエ団やモスクワ・ボリショイ・バレエ団、演劇ではモスクワ・アート・シアターなども来るんだね。ロシアのバイオリニストであるダヴィート・フョードロヴィチ・オイストラフも大きな話題になりました。

四方田　クラシックはすごかったですね。

五木　そう、クラシックな文化の波が来る。その当たりの興行はだいたい国際芸能プロモーター

の神彰《じんあきら》たちが手掛けているんだけれども、これはある意味でソ連による文化政策の一端だったんでしょう。だから神彰たちのプロダクションが提示するギャラがものすごく低くても、採算度外視で来日していた。

それらのロシア文化に触れた日本人たちから、「ロシアってすごいな」とロシアブームが起きるんです。そういう時代がありました。第二次世界大戦後のシベリア開拓を描いた『シベリア物語』などという映画も来ましたね。

四方田　あの映画は『石の花』に続くソ連で2番めのカラー映画でしたね。

五木　そう。そうして「ソ連ってすごいな」「ロシア文化って深いな」といったムードが出てきたときに、今度はアメリカが猛烈な勢いで文化攻勢をかけてくるんです。ＭＪＱ（Modern Jazz Quartet）やニューヨーク・シティ・バレエ団の来日とかね。

そんなふうにして、この島国の上で熾烈な文化戦争が展開されていました。クラシックからポップス、映画に至るまでね。穐吉敏子《あきよしとしこ》なども注目されました。

四方田　あの方は満洲からの引揚者ですね。

五木　そうですね。彼女が出演するアメリカのジャズの大きなコンサートがあって、スピーチを頼まれたことがある。それで企画書を見ると、私の前にアメリカ大使館の大使が挨拶することになっていた。

まあ、このような文化攻勢が行われる中で、とにかくソ連やロシア文化に対する印象が変わっていったんです。それに対してアメリカもジャズやポップス、ミュージカルなどを仕掛けてくる。セレクション第2巻の『老兵たちの合唱』など、私はそういう頃の小説も書いていますけれども、この頃は海外ブームでもありました。
以前の日本人旅行者のイメージはメガネを掛けて出っ歯でキョロキョロしていると言われていましたが、もう若い人たちは胸を張って、というほどではないにしろ、ユースホステルなどに泊まるような海外旅行を始めていましたね。私が海外小説を書いていたときの意識はこのときの感覚ですね。

日本人のロシアに対するノスタルジア

四方田　今お話しいただいたアメリカの進駐軍とソ連側の文化プロパガンダのようなことは理解できます。同時に、私は日本人の中には戦前から本質的にロシアに対するノスタルジアのようなものがあった気がするんです。

五木　それが不思議に深いところがある。北原白秋《きたはらはくしゅう》が作詞した〈ペチカ〉はロシアの暖炉兼オーブンのことですし、〈さすらいの唄〉には「露西亜《ロシア》は北国　はて知らず」という文言もありますね。

四方田　そういえば、「シベリア」というカステラ菓子もすでにありましたね。

五木　ありました。あと、芸術家といえばルバシカを着るとか。そういうこともひっくるめて、ロシアに対する共感というか親しみのような感情がこの国には明治以来ずっとありますね。

四方田　ソ連と日本はとにかく、政治的にも軍事的にもいろいろな問題を抱えていて、未だに平和条約も締結されていませんし、国交がきちんとなされていないわけですよ。それにもかかわらず、歌声喫茶ではロシア民謡を歌い、60年代にはある小学校でボルシチが出た例もあるんです。

このようにして日本にはすでにロシア的なものがたくさん入っていました。私はニコライ・アレクセーエヴィチ・オストロフスキーの『鋼鉄はいかに鍛えられたか』を真面目に読んだ最後の世代だと思っていますが、この作品は日本で漫画にもなっているんです。

五木　オストロフスキーの他にも、アレクサンドル・アレクサンドロヴィッチ・ファジェーエフの『若き親衛隊』とかワレンチン・カターエフの『孤帆は白む』とか、この辺りのソ連の作品がものすごく読まれた時期なんですよ。

あとロシア民謡は確かに歌われましたが、実のところウクライナ民謡でありグルジア民謡でありブルガリア民謡なんだよね。それらを一括りにしてロシア民謡と呼んでしまっていることに我々の認識の問題点があります。

四方田　かといって、ソ連民謡とも言えませんし。

五木　たしかに。

四方田　ウクライナとロシアのことを考えると、だいたいのウクライナ人はロシア語も話せますが、ロシア人でウクライナ語を話せる人はなかなかいません。ただ、両方の国にまたがって親戚がいたり友人がいたりするわけです。

たとえば日本と朝鮮のことを考えますと、日本の植民地支配は36年間です。ですから解放後は見事に朝鮮語も文学も何もかも復活しています。これがもし、３５０年間も統治していたらどうなっているでしょうか。そんな感じがウクライナとロシアの関係だと思うんです。

五木　そうかもしれない。しかもウクライナの方がロシアよりも歴史がありますしね。しかしロシアがずっと統治しているうちに、もうまぜこぜになってしまった。それが今、西側へ加盟することになってロシア側が慌てだした感じかな。

四方田　日本の朝鮮統治や台湾統治が３５０年続いていたらどうなっていただろうと思うのは私だけかもしれません。しかし、ウクライナとロシアには本当に分けがたいところがたくさんある。だからあんなふうにいろいろと起きてしまうのではないでしょうか。

ウクライナ民謡とロシア民謡

五木　ウクライナで注目せざるを得ないのは、ロシア正教の存在です。ロシア正教をグローバルスタンダードにしようという動きがかつてありました。それでウクライナ的なロシア正教を修正しようとするわけですね。それに最後まで反対する人たちがいて、分離派として追放されるわけです。

　たとえばフョードル・ミハイロヴィチ・ドストエフスキーの『罪と罰』などで、ラスコーリニキ（ロシア正教会の分離派教徒）という言葉は自然に連想ができますよね。

四方田　そう思います。

五木　ウクライナとロシアの問題には非常に微妙なところがあります。ウクライナ民謡がロシア民謡と呼ばれていたようなことはいくらでもあるんですよ。スターリン時代には、ウクライナのトルバドゥールと呼ばれた吟遊詩人みたいな人たちが、ウクライナの歴史などを語りながら、平家琵琶のように楽器を弾きながら放浪した詩人がいっぱいいましたが、多くが虐殺されたという問題もあります。

　だから私など、なかなかに立ちすくんでしまっていて、「ウクライナ問題に関して簡単にコメントください」などと言われても困るんですよね。それじゃあ、5時間くらいください、って言いたくなります（笑）。それくらい、語ろうとすると複雑な問題なんですよね。

そういう心情の中でいくつかの小説を書いてきましたが、やはり最も記憶に残っているのは『霧のカレリア』です。これはフィンランド人が日本に対して憧れを持っているということもあるかもしれません。日露戦争のときの日本に対しては、フィンランドでは伝説のようになっています。東方遠征の写真が壁にかけてあるホテルなどもありました。「トーゴウ（東郷）」という名のビルも昔はありました。

四方田　私も同じ体験をトルコ共和国のイスタンブールやアンカラでしています。トルコで「明治維新１５０年シンポジウム」を催すので来なさいと言われました。それで行くことになったのですが、何か明治維新に関する映画を上映して語ってほしいと言うのです。しかし、そういう映画はなかなかありません。

明治維新に反対する白色テロとしての新選組の映画はたくさんありますが、明治維新の功労者を取り上げた映画がないんです。そのような話をすると、前々から見たいと思っていた映画があるからそれをやってくれと言います。何かと尋ねたら、『明治天皇と日露大戦争』という映画があるからこれをＤＶＤでいいから取り上げてほしいと。2時間10分の映画でしたが満員になりました。

学者たちだけでなく一般の人も観ていて、バルチック艦隊が出てくると「わー」と声が出たり、映画が終わってからも1時間くらい質問攻めにあったりしました。私に言わせれば、むしろ今年はアタテュルクによる近代国家トルコの建国百周年じゃないかと。しかし彼らに言わせると、明治維新があったからこそ、トルコ共和国初代大統領のケマル・パシャはそれをモデルにできたのだとはっきりと言われました。

先日もトルコの人にあったら、やはり同じことを言っていましたね。

五木　まあ、ちょっと嬉しいような恥ずかしいような、複雑な感じがしますけどね。

四方田　そうなんです、日本人としては複雑なんですよね。

ところで私はイスラエルのテルアビブ大学で半年間ほど教えていたことがあります。その間にパレスチナにも頻繁に行っているんです。日本人はどこに行っても第三者ですから、検問所でもなんでも通れるんですね。それでパレスチナからイスラエルに戻ってくると、大学の同僚たちが、「大丈夫か？　怖くないのか？」と心配しているんです。私は「大丈夫だよ、全く怖くないよ。大歓迎されているよ」と答えます。

しかし、そのときでもガザだけは入れませんでした。プレスパス（取材許可証）などを取得しないと難しいのです。

五木　それはパレスチナ側の問題ですか？

四方田　いいえ、イスラエル側が入れさせないんです。新聞社などのメディアの証明書があればいいのですが、大学の教員というだけでは無理でした。

五木　一種のレッドゾーンだね。

四方田　ええ。ただ、そのときにはいろんなことを考えました。自分がものを書く転機になったのは、最初は25歳くらいのときに韓国に行ったことです。次はパレスチナだったなと。そしてその後はコソボの難民キャンプにあったプレハブ校舎の大学に行ったときです。このときは日本語を教えられる教員が誰もいないから来てほしいと言われて行きました。

　これらの体験について、私は自分に大きな問いを投げかけられたと考えているのですが、19年経った今でも答えられずにいるんです。

　ですから今のガザの報道を見るたびに、知人たちはどうしているだろうということばかりが気になっています。

高校、大学で読んだ五木寛之

四方田　私が『さらばモスクワ愚連隊』を読んだのは高校時代です。
五木　えっ？　高校時代ですか（笑）。
四方田　ええ、高校1年のときでした。ですから「平凡パンチ」の『青年は荒野をめざす』もザ・フォーク・クルセダーズの〈青年は荒野をめざす〉（五木寛之作詞）も含めて同時代でずっと見てきました。『デラシネの旗』（文藝春秋）もそうです。それから『わが心のスペイン』（晶文社）。『話の特集』に連載されていた「紙魚の眼」という古書・古雑誌散策のエッセイや野《の》坂《さか》昭如《あきゆき》氏との対談などもです。

これらの作品をリアルタイムで、同時代人として読んでいたという、まあ変な言い方かもしれませんが、プライドのようなものがあります。でもそれは当然、私だけが誇れるわけじゃありません。クラスメイトたちも読んでいましたから。ドーナツ盤のレコードを買うような感覚でした。

それでずっと年月が経ってから思ったのです。自分がやっている仕事の、あれは五木さんの『わが心のスペイン』を読んだのがきっかけだったなあ、などと、いろいろな仕事のきっかけが五木さんの作品にあるんですね。

私は、映画監督であり俳優でもあったルイス・ブニュエルについて『ルイス・ブニュエル』（作品社）という本を書きました。ブニュエルの評伝及び作品論なんですけど、そのときにも彼がスペインの共和国側の撮影隊長だったものですから、その後メキシコシティに亡命して、ずっとフランコ体制下のスペイン（スペイン内戦により第二共和政が崩壊した後のフランシスコ・フランコ・バーモンデによる体制。１９３９年－１９７５年）には帰れなかったんですね。メキシコシティにいる間もずっとスペインからの亡命者だけのコロニーの中で住んでいました。そのようにいろんなことを調べていくときに、そういえば、スペインの内戦（１９３６年－１９３９年）のことをどこで知ったんだろうと考えたら、五木さんの本だったんです。

それから、親鸞《しんらん》を調べだしたときにも、「あ、そういえば『蓮如―われ深き淵より―』（中央公論新社）を読んだな」と気づきます。

このように高校や大学生の頃に聴いたり読んだりした五木さんのラジオの言葉や本の内容が、ずっと眠っていたのがふっと出てくるんです。そんな風に、自分が今取り掛かった仕事のきっかけも五木さんだったんだろうかって思ったりすることっていうのはずいぶんあるんですね。

それからもう一つは、これは五木さんの個人を超えた大きなテーマですが、日本の近代の知識人や芸術家が、たとえば西洋文学とか西洋の芸術とか、あるいは西洋の哲学などにとても深く親しんできた人たちが、あるとき、親鸞に向かうのは一体どういうことなのだろうかと。

これはもう個人の才能とか関係の問題じゃないんですよ。三木《みき》清《きよし》から吉本《よしもと》隆明《たかあき》から。

五木　吉本隆明。

四方田　それから暁烏《あけがらす》敏《はや》です。日本の近代の知識人が、日本文学全体の問題として、あるときパッとこうなんか親鸞の方に行くんです。たとえば三木清の場合には、もう遺著が親鸞ですね。だから、あのマルティン・ハイデッガーのところで一生懸命勉強していた人が、最後に獄中で親鸞を書くんです。

これはもう、本当に日本近代の知識人や芸術家の問題だと思います。ですから、個人的には、もう本当にいろんな種を五木さんから無意識の中に植え付けられたみたいな気持ちが私にはあるんです。

メロドラマ的な想像力

四方田　今回、長い歳月を超えてもう一度、五木さんの本を読み直すと、やっぱり、非常にアクチュアルだなと思います。つまり、ロヒンギャからウクライナ、今はガザもありますが難民の問題があります。それから追放者の問題とか独裁者の問題。それから歴史の中でタブーとされた記憶を背負っていく人間と、それを忘れたい人間の問題を、まさにアクチュアルなものとして描いておられます。

　そして最も注目すべきは、五木さんがこれらの問題をメロドラマとして提示されたということだと思います。

　今回の収録作品に出てくる、歴史の影を背負った女性たちについては、はじめの方で紹介しましたが、彼女たちの謎めいた存在と行動が、物語にメロドラマ性をもたらしていくんですね。『霧のカレリア』では、アイノという女性が重要な人物として登場することを先ほど述べましたが、彼女には14歳の妹がいて、その存在が物語をスリリングなものにしています。『白夜のオルフェ』ではイングリッド・ユングレンという少女をめぐって、会員制の地下クラブでの投票や演奏コンクールが開催されます。『ソフィアの秋』はブルガリアの山奥に眠るロシア・イコンを手に入れるという主題と並んで、村長の娘との恋が思わぬ展開を呼んでいきます。

私は、メロドラマこそが小説の本質じゃないかと思うんです。メロドラマっていうのは、みんなこう、いつも悲劇に対して低俗だとかサブカルチャーだとかバカにするんですけど、実は一番大きな役割を持っているのではないかと思います。

五木　トルストイの『復活』だってそうだし。歴史をメロドラマにするということはすごい大事なことなんだけど、なかなか日本では、やらないですね。

四方田　でもそういう意味で五木さんがお書きになった、60年代70年代、それから『戒厳令の夜』（新潮社）まで含めてあの辺のことというのは、歴史の記録をいかにメロドラマとして提出するかということだと思います。普通に人に読んでもらうための作業なのだと思います。

ですから、たとえば現在のウクライナのことやロヒンギャのこと、あるいはガザのことを、後世の人たちにどのぐらい物語として伝えていくのかって問題に関わってくると思います。

今のガザのことをどんな風に、これから誰が小説にするのか、できるのか。

五木　本当ですね。

四方田　その問題に関わってくる。ですから私の中には、エンターテインメントとか大衆文学とか純文学とか、そういう言葉自体の発想がありません。それはもう引揚者が、追放された人間がものを書いて記憶と忘却の中で何かを残そうと決意するというのは、これは世界文学だと思っています。

つまり大泉黒石が世界的な存在であるというように、五木さんがなされたことも、モスクワにこういう不良少年がいるという、あちらでは書くこともできなかったことを書くこと自体が世界的なことだと思います。ちょっと大げさな言い方になってしまいましたが。

五木　話は尽きませんね。今日は自分でも気がついていないところを指摘されて、眼が洗われるような感じでした。本当にありがとうございました。

――「対談解説」了――

＊この対談は２０２３年11月に行われました。

四方田犬彦（よもた いぬひこ）

１９５３年、大阪箕面に生まれる。東京大学で宗教学を、同大学院で比較文学を学ぶ。長らく明治学院大学教授として映画学を講じ、コロンビア大学、ボローニャ大学、精華大学、テルアヴィヴ大学、中央大学（ソウル）などで客員教授・客員研究員を歴任。現在は映画、文学、漫画、演劇、料理と、幅広い文化現象をめぐり著述に専念。学問的著作から身辺雑記をめぐるエッセイまでを執筆。近著として『親鸞への接近』『詩の約束』『われらが〈無意識〉なる韓国』『愚行の賦』『さらば、ベイルート』『パゾリーニ』『大泉黒石　わが故郷は世界文学』。詩集に『わが煉獄』『離火』、小説に『すべての鳥を放つ』『夏の速度』『戒厳』。翻訳にボウルズ、サイード、パゾリーニなどがある。『月島物語』で斎藤緑雨賞を、『映画史への招待』でサントリー学芸賞を、『モロッコ流謫』で伊藤整文学賞を、『ルイス・ブニュエル』で芸術選奨文部科学大臣賞を、『詩の約束』で鮎川信夫賞を受けた。

おことわり

作品掲載にあたり、表記を一部、改めたところがあります。

作品に書かれている一部の名称や呼称については、現在では差別的で不適切とされるものもあります。編集にあたり最大限表現には配慮いたしましたが、過去の時代の歴史的考察の立場から、あえて掲載をさせていただきました。著者、出版社に差別の意図はまったくないことをご理解いただきたく、お願い申し上げます。

（編集部）

作品目録

霧のカレリア

【初出】
・１９６７年（昭和42年）３月、『小説現代』、講談社

【単行本】
・１９６７年（昭和42年）１月、『さらばモスクワ愚連隊』内、講談社
・１９７０年（昭和45年）12月、『白夜物語：五木寛之北欧小説集〈限定版〉』内、角川書店

【文庫本】
・１９７１年（昭和46年）３月、『白夜物語：五木寛之北欧小説集』内、角川文庫
・１９７９年（昭和54年）５月、『さらばモスクワ愚連隊』内、角川文庫
・１９８２年（昭和57年）６月、『さらばモスクワ愚連隊』内、新潮文庫
・１９９５年（平成７年）２月、改版『白夜物語：五木寛之北欧小説集』内、角川文庫

【収録作品集】
・１９７２年（昭和47年）11月、『五木寛之作品集 ２』内、文藝春秋
・１９７９年（昭和54年）10月、『五木寛之小説全集 １』内、講談社
・１９９６年（平成８年）７月、『物語の森へ：全・中短篇ベストセレクション』内、東京書籍
・１９９６年（平成８年）８月、CD book『五木寛之クラシック小説集 ２』内、小学館
・２００１年（平成13年）12月、『ラブミーワールド２』内、リブリオ出版
・２００５年（平成17年）11月、『五木寛之ブックマガジン 秋号』内、ＫＫベストセラーズ

ソフィアの秋

【初出】
・1968年(昭和43年)10月、『文藝春秋』46号に「聖者昇天」の書名で発表

【単行本】
・1969年(昭和44年)6月、講談社

【文庫本】
・1972年(昭和47年)6月、講談社文庫
・1980年(昭和55年)5月、新潮文庫

【収録作品集】
・1973年(昭和48年)2月、『五木寛之作品集5』内、文藝春秋
・1976年(昭和51年)1月、『現代日本の文学II-10』内、学習研究社
・1976年(昭和51年)5月、『筑摩現代文学大系92』内、筑摩書房
・1982年(昭和57年)11月、『十字路の残照(日本ペンクラブ編)』内、集英社
・1996年(平成8年)6月、CD book『五木寛之クラシック小説集1』内、小学館
・1996年(平成8年)7月、『物語の森へ:全・中短篇ベストセレクション』内、東京書籍
・2005年(平成17年)8月、『五木寛之ブックマガジン夏号』内、KKベストセラーズ

夏の怖れ

【初出】

・1967年(昭和42年)3月、『小説新潮』21号、新潮社

【単行本】

・1967年(昭和42年)4月、『蒼ざめた馬を見よ』内、文藝春秋

・1970年(昭和45年)12月、『白夜物語:五木寛之北欧小説集〈限定版〉』内、角川書店

・1975年(昭和50年)3月、増補改訂版『蒼ざめた馬を見よ』内、文藝春秋

【文庫本】

・1971年(昭和46年)3月、『白夜物語:五木寛之北欧小説集』内、角川文庫

・1995年(平成7年)2月、改版『白夜物語:五木寛之北欧小説集』内、角川文庫

【収録作品集】

・1972年(昭和47年)11月、『五木寛之作品集 2』内、文藝春秋

・1979年(昭和54年)10月、『五木寛之小説全集 1』内、講談社

赤い広場の女

【初出】

・1967年(昭和42年)3月、『旅』41号、日本交通公社

【単行本】
・１９６７年（昭和42年）４月、『蒼ざめた馬を見よ』内、文藝春秋
・１９７５年（昭和50年）３月、増補改訂版『蒼ざめた馬を見よ』内、文藝春秋

【文庫本】
・１９７４年（昭和49年）７月、『蒼ざめた馬を見よ』内、文春文庫
・１９９３年（平成５年）１月、『星のバザール　ロシア小説自選集』内、集英社文庫
・２００６年（平成18年）12月、新装版『蒼ざめた馬を見よ』内、文春文庫

【収録作品集】
・１９７３年（昭和48年）10月、『五木寛之作品集 17』内、文藝春秋
・１９７９年（昭和54年）10月、『五木寛之小説全集 1』内、講談社

白夜のオルフェ

【初出】
・１９６６年（昭和41年）８月、『小説現代』、講談社

【単行本】
・１９６７年（昭和42年）１月、『さらばモスクワ愚連隊』内、講談社
・１９７０年（昭和45年）12月、『白夜物語：五木寛之北欧小説集〈限定版〉』内、角川書店

【文庫本】
・１９７１年（昭和46年）３月、『白夜物語：五木寛之北欧小説集』内、角川文庫
・１９７９年（昭和54年）５月、『さらばモスクワ愚連隊』内、角川文庫
・１９８２年（昭和57年）６月、『さらばモスクワ愚連隊』内、新潮文庫
・１９９３年（平成５年）６月、限定版、『白夜のオルフェ』、吾八書房
・１９９５年（平成７年）２月、改版『白夜物語：五木寛之北欧小説集』内、角川文庫

【収録作品集】
・１９７２年（昭和47年）11月、『五木寛之作品集 ２』内、文藝春秋
・１９７６年（昭和51年）１月、『現代日本の文学Ⅱ－10』内、学習研究社
・１９７９年（昭和54年）10月、『五木寛之小説全集 １』内、講談社
・１９９６年（平成８年）８月、CD book『五木寛之クラシック小説集 ２』内、小学館
・２００５年（平成17年）11月、『五木寛之ブックマガジン秋号』内、ＫＫベストセラーズ

ローマ午前零時

【初出】
・１９６９年（昭和44年）１月、『小説現代』、講談社

【単行本】
・１９６９年（昭和44年）６月、『ソフィアの秋』内、講談社

【文庫本】
・1972年（昭和47年）6月、『ソフィアの秋』内、講談社文庫
・1980年（昭和55年）5月、『ソフィアの秋』内、新潮文庫
【収録作品集】
・1973年（昭和48年）3月、『五木寛之作品集6』内、文藝春秋
・1980年（昭和55年）12月、『五木寛之小説全集14』内、講談社
・1989年（平成元年）10月、『哀愁のパルティータ―南欧小説集―』内、集英社文庫

著者略歴

五木寛之（いつき ひろゆき）

1932年（昭和7年）9月福岡県生まれ。

生後まもなく朝鮮半島に渡り幼少期を送る。

戦後、北朝鮮平壌より引揚げ。52年早稲田大学ロシア文学科入学。57年中退後、PR誌編集者、作詞家、ルポライターなどを経て、66年『さらば モスクワ愚連隊』で第6回小説現代新人賞、67年『蒼ざめた馬を見よ』で第56回直木賞、76年『青春の門』（筑豊篇ほか）で第10回吉川英治文学賞を受賞。

2002年、第50回菊池寛賞、09年にNHK放送文化賞、10年に『親鸞』で第64回毎日出版文化賞特別賞を受賞。

著書に『朱鷺の墓』『戒厳令の夜』『風の王国』『蓮如』『風に吹かれて』『大河の一滴』など多数。翻訳にリチャード・バック『かもめのジョナサン』、ブルック・ニューマン『リトルターン』など。

撮影（対談）：戸澤裕司
カバーイラスト：ナガノチサト
対談協力：地蔵重樹
編集協力：菅原ひろみ
編集：末廣裕美子、植草武士

五《いつ》木《き》寛《ひろ》之《ゆき》セレクション Ⅲ《さん》
異《い》国《こく》ロマンス集《しゅう》
2024年3月13日　第1刷発行

著者　五《いつ》木《き》寛《ひろ》之《ゆき》
発行者　渡辺能理夫
発行所　東京書籍株式会社
〒114-8524
東京都北区堀船2-17-1
03-5390-7531（営業）／
03-5390-7455（編集）
https://www.tokyo-shoseki.co.jp
印刷・製本　図書印刷株式会社

ISBN 978-4-487-81450-3 C0393 NDC913.6

日本音楽著作権協会（出）許諾第2400754-401